SANDRA GLADOW | Gewitterstille

DIE AUTORIN SANDRA GLADOW IM GESPRÄCH

Nach Ihrem erfolgreichen Krimidebüt Eiswind *folgt nun mit* Gewitterstille *der zweite Fall für Staatsanwältin Anna Lorenz. Was hat sich seit* Eiswind *in Annas Leben verändert?*

Anna ist inzwischen Mutter geworden, und das stellt ihr Leben – wie das einer jeden Mutter – gewaltig auf den Kopf. Außerdem steht sie emotional zwischen zwei Männern: ihrem Jugendfreund Georg, der auch der Vater ihrer kleinen Tochter Emily ist, und dem attraktiven Kommissar Bendt. Das alles könnte Anna sicher problemlos meistern, wäre da nicht ihre Untermieterin, die achtzehnjährige Sophie, für die sie sich verantwortlich fühlt. Als Sophie plötzlich verschwindet, droht Annas Leben aus den Fugen zu geraten.

Sie arbeiten selbst als Staatsanwältin in Hamburg und sind Mutter von zwei kleinen Kindern. Wie finden Sie die Zeit für Ihre Romane? Haben Sie einen Lieblingsplatz, an den Sie sich zum Schreiben zurückziehen?

Das Gerücht, dass Beamte im Dienst durchschlafen und nicht arbeiten müssen, kann ich nicht bestätigen. Meine Verabredungen mit Anna Lorenz finden unter der Woche nie vor acht Uhr abends statt – Anna und ich sind also quasi Nachtmenschen. Meinem Mann Kai verdanke ich es, den einen oder andern Sonntag am PC sitzen und schreiben zu können, während er unsere Kinder im Safari-Park oder andernorts vergessen lässt, dass sie mich vermissen könnten.

An meinem Lieblingsplatz zum Schreiben – einer traumhaften Villa in der Provence mit Blick auf die Weinberge – arbeite ich übrigens täglich. Gegenwärtig schreibe ich allerdings noch an unserem Küchentisch mit Blick auf einen Kinder-Kaufmannsladen nebst vollautomatischer Registrierkasse aus lila Hartplastik. Mag meine Fantasie mich auch manchmal entführen, mein Lebensglück liegt genau hier.

Welche Ihrer Figuren sind Ihnen beim Schreiben ganz besonders ans Herz gewachsen?

Anna, die Kommissare Bendt und Braun, aber auch Georg sind Menschen, die mir mit jedem Anna-Lorenz-Krimi vertrauter werden und deren Stärken, aber vor allem auch kleine Schwächen ich schätzen und lieben gelernt habe. In jeder dieser Figuren steckt ein Stück von mir selbst oder von Menschen, die mir am Herzen liegen.

ZUR AUTORIN

Sandra Gladow, geboren 1970, war als Anwältin beschäftigt, bis sie 2002 in ihrer Geburtsstadt Hamburg zur Staatsanwältin ernannt wurde. Parallel zu ihrer juristischen Tätigkeit arbeitete sie bereits als Konzeptentwicklerin, Redakteurin und Drehbuchautorin. Nach *Eiswind* (2011) ist *Gewitterstille* ihr zweiter Kriminalroman um die Lübecker Staatsanwältin Anna Lorenz. Die Autorin lebt mit ihrem Mann und ihren beiden Kindern in Hamburg.

SANDRA GLADOW

Gewitterstille

Kriminalroman

Diana Verlag

MIX
Papier aus verantwor-
tungsvollen Quellen
FSC® C014496

Verlagsgruppe Random House FSC-DEU-0100
Das für dieses Buch verwendete
FSC®-zertifizierte Papier *Holmen Book Cream*
liefert Holmen Paper, Hallstavik, Schweden.

2. Auflage
Originalausgabe 4/2012
Copyright © 2012 by Diana Verlag, München,
in der Verlagsgruppe Random House GmbH
Redaktion | Angelika Lieke
Umschlaggestaltung | t.mutzenbach design, München
Umschlagmotiv | © mauritius images/imagebroker/Katja Kreder
Satz | Leingärtner, Nabburg
Druck und Bindung | GGP Media GmbH, Pößneck
Printed in Germany 2012
978-3-453-35465-4

www.diana-verlag.de

Für Jan und Martha

PROLOG

Christoph Kessler hatte sich in sein Arbeitszimmer im Souterrain zurückgezogen. Die Gewitterwolken, die sich zuvor so verheißungsvoll am Himmel versammelt hatten, waren vorübergezogen, und die Hitze lag wie ein schwerer, dunkler Teppich über der Stadt. Aber hier unten war es wenigstens einigermaßen erträglich. Er ließ sich in seinen Schreibtischstuhl sinken, zog ein Taschentuch aus der Hosentasche und tupfte sich damit über das schweißnasse Gesicht. Angewidert bemerkte er die großen Flecke, die sich unter den Achseln dunkel vom Hellblau seines Oberhemdes absetzten. Als er noch jung war, hatten ihm die heißen Sommer lange nicht so zu schaffen gemacht. Schnaufend zog er die unterste Schreibtischschublade auf und griff nach der Cognac-Flasche. Er füllte sein Glas drei Fingerbreit, schwenkte es unter der Nase hin und her und genoss den Moment, als die goldene Flüssigkeit schließlich seine Kehle hinunterrann. Erschöpft schloss er die Augen und lehnte sich in seinem Stuhl zurück, während er einen weiteren Knopf seines Hemdes öffnete. Wieder einmal hatte er zu viel gegessen. Er schaffte es einfach nicht, sich zurückzuhalten. Das Steak lag ihm wie ein Stein im Magen, als wolle es ihn für seine Fresssucht bestrafen. Er füllte sein Glas ein weiteres Mal, bevor er nach Briefblock und Füllhalter griff und zu schreiben begann.

Liebe Luise,
ich danke Dir für Deinen Brief und Dein Angebot, zu uns zu kommen, um mich zu unterstützen. Ich fürchte nur, die Reise wird gerade jetzt schon wegen der Temperaturen allzu beschwerlich für Dich sein und uns am Ende auch nicht weiterbringen. Denn auch Du wirst sie nicht umstimmen können. Die Zustände hier sind unverändert, und ich bin in größter Sorge. Ich glaube, dass es das Beste sein wird, wenn ...

Er fuhr sich mit dem Handrücken über die Stirn. Sie war kalt und schweißnass. Mit zittrigen Fingern kramte er erneut sein Taschentuch hervor. Die Übelkeit packte ihn mit nie da gewesener Heftigkeit. Vor seinen Augen hingen dichte dunkle Schleier. Mit zitternden Beinen stand er auf, tastete sich zum Sofa hinüber, sackte jedoch unmittelbar davor zu Boden. Es war, als trüge er eine unsichtbare Krawatte, die ihm erbarmungslos die Luft abschnürte. Keuchend stieß er einige verzweifelte Hilferufe aus, aber niemand schien ihn zu hören. Im Haus blieb es still. Der Angstschweiß drang jetzt aus jeder Pore seines Körpers. Seine Augen, vor denen der Raum zu verschwimmen begann, suchten nach dem Telefon. Stöhnend kroch er auf allen vieren den endlos erscheinenden Weg zurück zum Schreibtisch, aber er hatte nicht genug Kraft, sich aufzurichten. Er reckte den Arm in die Höhe und tastete nach dem Apparat. Endlich gelang es ihm, das Telefon neben unzähligen weiteren Gegenständen vom Schreibtisch zu wischen. Die Ziffern der Anzeige flimmerten vor seinen Augen. Panisch versuchte er seinen Blick zu fokussieren und den Notruf zu wählen. Sein Keuchen wich schließlich einem verzweifelten Wimmern, bevor seine Angst endlich von einer herrlichen Ruhe abgelöst wurde, die sich wie ein schützender Mantel über ihn legte.

1. KAPITEL

Anna ließ die Haustür hinter sich ins Schloss fallen und atmete auf. Draußen war es seit Tagen brütend heiß, und allein der Weg vom Auto zum Haus hatte ausgereicht, um ihr den Schweiß auf die Stirn zu treiben. Sie streifte ihre Flip-Flops ab. Der Steinfußboden war angenehm kühl. Bei dieser Hitze schien selbst ihr kurzes Sommerkleid noch zu viel zu sein.

»Ich bin wieder da«, rief sie.

»Hallo, wir sind im Wohnzimmer.« Georgs angenehme Stimme klang gut gelaunt.

»Ich bin gleich bei euch!« Anna beeilte sich, die Lebensmittel in dem großen amerikanischen Kühlschrank zu verstauen, den sie aus ihrem Haus am Priwall mitgenommen hatte. Das Gerät mit den Edelstahlfronten sah in der kleinen Küche mit den weißen Einbauschränken zwar etwas deplatziert aus, bot allerdings unglaublich viel Platz.

»Was ist das denn?«, fragte sie, während sie vorsichtig über den Karton und die Plastikteile stieg, die überall auf dem Parkett im Wohnzimmer verstreut lagen.

»Das ist eine Kinderküche mit integriertem Grill und Tiefkühlschrank – super, oder?« Georg war sichtlich begeistert.

Anna hob die kleine Emily hoch, die ihre Ärmchen sofort um ihren Hals schlang und ihre Hände in der dunklen Lockenmähne ihrer Mutter vergrub. Anna nahm ihr ein Stück des Pappkartons aus der Hand, an dem Emily gerade genüsslich kaute. Ihr Kopf war schweißnass, und in ihrem Nacken kräuselten sich die Babylöckchen. Auch ihr machte die Hitze sichtlich zu schaffen.

»Mama da!« Emily streckte den Arm in Georgs Richtung aus.

»Papa«, berichtigte Georg, während er eifrig weitere Teile auspackte und das Verpackungsmaterial links von sich zu einem hohen Berg auftürmte.

Die Begeisterung, die Emily empfand, wenn Georg in ihrer Nähe war, rührte Anna. Emily vergötterte ihren Vater. In letzter Zeit kam es immer häufiger vor, dass er seine Mittagspause oder angeblich ausgefallene Kundentermine nutzte, um unangemeldet in ihrer Tür zu stehen und Emily einen spontanen Besuch abzustatten.

»Guck mal, Anna, ist das nicht toll? Zu der Küche gehört ein komplettes Kochset. Wenn du willst, könnte Emily dir gleich ein Steak oder auch ein Spiegelei braten.« Georg hob eine Tüte mit diversen Plastiklebensmitteln in die Höhe und wedelte damit durch die Luft.

»Mama, jamjam.« Emily begann auf Annas Arm ungeduldig zu strampeln. Anna stellte sie vorsichtig auf ihre nackten Füßchen, auf denen sie prompt wie ein betrunkener Seemann auf Georg zuwankte, der sie auffing und zwischen seine Beine auf den hellen Flokatiteppich setzte.

»Der Papa muss arbeiten.« Georg fischte die Aufbauanleitung unter seinem offenbar achtlos zu Boden geworfenen Businesssakko und seinen Schuhen hervor und klemmte sich diese zwischen die Zähne, während er sich weiter durch den Wust von Gegenständen arbeitete. Die Ärmel seines weißen Oberhemdes hatte er ebenso aufgekrempelt wie seine helle Anzughose. Er lachte, als Emily seine nackten Füße kitzelte, und revanchierte sich gleich darauf bei seiner Tochter, die vor Vergnügen laut quietschte. Wieder einmal musste Anna feststellen, wie sehr Emily ihrem gut aussehenden Vater glich. Schon jetzt war zu erahnen, dass sie einmal ein bildhübsches Mädchen werden würde. Sie besaß Georgs kluge dunkle Augen ebenso wie seine hohen Wangenknochen und die schmale, markante Nase, die Georg sein aristokratisch anmutendes Äußeres verlieh.

Dann fiel Annas Blick wieder auf das Chaos aus überdimensionierten Plastikteilen und den riesigen Karton auf dem Fußboden.

»Woher hast du dieses Monstrum? Und was zum Teufel soll ich damit?«, rief sie aus.

»Wieso du?«, gab Georg ungerührt zurück. »Diese Küche ist nicht für dich, sondern für Emily. Das gehört zur unverzichtbaren Grundausstattung.«

»Zur Grundausstattung? Falls es dir entgangen sein sollte, Emily ist erst ein Jahr alt, und die Kinder auf dem Karton dort sind mindestens vier.« Anna deutete auf die Verpackung und begann, die Plastikhüllen aufzusammeln und in den leeren Karton zu werfen. Georg zuckte mit den Schultern.

»Ich weiß nicht mehr, wo ich mit dem ganzen Krempel hinsoll, den du uns dauernd anschleppst. Wir brauchen wirklich noch keine Küche für Emily. Ich hatte überhaupt keine Küche als Kind und bin auch zurechtgekommen.«

Anna setzte eine betont strenge Miene auf, konnte sich jedoch ein Schmunzeln nicht verkneifen. Georg blickte sie herausfordernd an.

»Das bestätigt mir, dass ich mit diesem Einkauf goldrichtig liege. Dann wird Emily mit etwas Glück vielleicht eine bessere Köchin als du. Man kann gar nicht früh genug damit anfangen, ein Mädchen in die richtige Richtung zu lenken«, sagte er mit einem Zwinkern.

»Sehr witzig. Ganz ehrlich, Georg, ich habe überhaupt keinen Platz für dieses Ding.« Anna konnte anhand der Größe der Bauteile erahnen, welche Dimensionen das Spielzeug haben würde, wenn es erst einmal aufgebaut war. Und ganz abgesehen von der Größe fand sie auch den lila Farbton des Monsters einfach grauenvoll.

»Emily und ich finden schon einen Platz dafür. Wir könnten ja den riesigen Kleiderschrank in Emilys Zimmer gegen einen kleineren austauschen. Ach, entschuldige – dann hättet ihr ja nicht mehr genug Platz für die unzähligen Kleider, die du für Emily und dich kaufst, denn die braucht ihr natürlich dringend.« Georg lächelte verschmitzt. »Auf wie viele Kleider kommt ihr wohl gemeinsam? Hundert? Zweihundert?«

Emily ersparte Anna einen Rechtfertigungsversuch.

»Nicht, Emily!«, schrien Anna und Georg gleichzeitig, als ihre kleine Tochter eine Menükarte mit lautem Krachen durchbrach.

»Nein«, stöhnte Georg.

»Ab!«, entgegnete Emily stolz und streckte die kaputten Teile triumphierend in die Höhe.

»Emily findet offenbar auch, dass sie noch keine Küche braucht«, sagte Anna trocken, bevor sie das Thema wechselte.

»Wo ist überhaupt Sophie?«

»In ihrem Zimmer. Sie wollte telefonieren.« Georg verzog das Gesicht.

»Na und? Teenager telefonieren immer.«

»Nicht alle Teenager. Weibliche Teenager telefonieren immer den ganzen Tag. Und warum tun sie das?« Georg ließ ihr keine Gelegenheit zu antworten. »Weil sie noch nicht genug Geld haben zum Schuhekaufen. Wenn sich das irgendwann ändert, telefonieren sie nur noch den halben Tag.«

»Ich schau mal nach ihr«, sagte Anna lachend und wandte sich ab. Das Zusammenleben mit Sophie gestaltete sich um einiges komplizierter, als Anna es sich anfangs vorgestellt hatte. Und das lag nicht nur daran, dass Sophie von Geburt an behindert und auf einen Rollstuhl angewiesen war. Daran hatte sie sich mittlerweile gewöhnt. Aber Sophie war gerade erst achtzehn geworden und hatte die Pubertät offenbar noch längst nicht hinter sich gelassen. Zudem war es schwer für sie, ohne ihren Vater zurechtzukommen, der vor nunmehr knapp zwei Jahren tragisch verunglückt war. So lautete jedenfalls die offizielle Version zu den schrecklichen Geschehnissen jener regnerischen Nacht. Nur Anna wusste, was damals wirklich geschehen war. In einem Anfall von Eifersucht und Wahnsinn hatte Sophies Vater einen Mordanschlag auf Anna verübt und war dabei selbst zu Tode gekommen. Aber sie brachte es einfach nicht übers Herz, Sophie diese grausame Wahrheit zuzumuten. Und was spielte es schließlich auch noch für eine Rolle?

Anna lief zurück in den Eingangsbereich, von dem links die Tür zu Sophies kleiner Wohnung abging. Die dröhnende Musik, die in den Flur drang, war ein untrügliches Zeichen dafür, dass Sophie zu Hause war. Anna klopfte mehrfach, es rührte sich aber nichts. Sie rief Sophies Namen und hämmerte mit beiden Fäusten gegen die Tür, bevor sie sich entschloss, unaufgefordert einzutreten. Die Tür war nicht verriegelt. Sophie lag ausgestreckt auf ihrem Bett. Sie sah sich die Aufzeichnung einer Folge von »Popstars« an. Mehrere Teenager rockten in zuckenden Bewegungen über die Bühne. »Hallo!« Anna ging zum Apparat und drehte ihn leiser.

»Kannst du nicht anklopfen?«, maulte Sophie.

»Anklopfen? Ich bin gerade mit einem Bulldozer gegen deine Tür gefahren, ohne dir eine Reaktion zu entlocken.«

Sophie war anzusehen, dass sie eigentlich keine Lust hatte, sich mit Anna zu unterhalten. Sie war noch im Schlafanzug. Rund um ihr Bett und auf ihrem Rollstuhl türmten sich ihre Klamotten, und die Türen ihres unaufgeräumten Kleiderschranks standen offen. Anna verkniff sich einen Kommentar. Stattdessen ging sie zum Fenster hinüber und öffnete es.

»Hier ist ja eine Luft wie im Affenhaus. Willst du nicht mal aufstehen? Du könntest rüberkommen, und wir essen ein paar Erdbeeren mit Milch.«

Sophie stützte sich auf ihre Hände und schob sich mühsam gegen die Rückwand ihres Bettes, um sich aufzusetzen. Sie strich sich ihre störrischen Locken aus dem Gesicht und blickte Anna mürrisch an. Anna musste grinsen.

»Du siehst aus wie ein Hippie«, frotzelte sie.

»Es ist Samstag, ich will das sehen.« Sie deutete auf den Bildschirm, auf dem sich die Kandidaten beim Tanzen krümmten, als litten sie an schmerzhaften Magenkrämpfen. Anna war selbst ein wenig erstaunt darüber, dass sie sich mit Mitte dreißig schon Lichtjahre von dieser Generation entfernt fühlte.

»Natürlich ist Samstag. Aber es ist auch nach zwölf. Eine durchaus akzeptable Zeit, um aufzustehen – finde ich jedenfalls.«

Sophie verdrehte die Augen und gähnte.

Anna spürte, dass Sophie sich bevormundet fühlte, und bekam ein schlechtes Gewissen. Ich sollte mir wirklich abgewöhnen, mich wie ihre Mutter aufzuführen, dachte sie. Immerhin hatte sie selbst als Teenager gern am Wochenende den ganzen Tag im Bett herumgelungert und ebenso wie Sophie keinerlei Mühe gehabt, vierzehn Stunden am Stück zu schlafen.

»Ich wollte nur sagen, dass wir uns freuen würden, wenn du uns Gesellschaft leistest.«

Sophie schien über Annas Angebot nachzudenken, und beide verfolgten für einen Moment das Treiben auf dem Bildschirm.

»Weißt du, was ich nicht verstehe?«, fragte Anna. »Warum die Jungs Hosen tragen, die aussehen, als hätten sie eine dicke Windel drunter an.«

Über Sophies Gesicht huschte ein Grinsen.

»Also, wenn du mich fragst«, fuhr Anna fort, »es sieht total beknackt aus.«

»Ich find es cool.«

»Georg hat übrigens eine Küche für Emily gekauft. Emily hat gleich eine Menükarte kaputtgemacht.«

Sophie grinste. Sie liebte Emily, und Emily liebte Sophie. Anna war froh, dass sich das Mädchen bei Emily die Streicheleinheiten abholte, die es so dringend brauchte.

»Was, zum Teufel, soll Emily jetzt schon mit einer Küche?«

»Eine hervorragende Frage«, lobte Anna. »Ich wäre dir sehr dankbar, wenn du mich darin unterstützen würdest, Georg dazu zu überreden, das – übrigens lilafarbene – Monstrum für die sagen wir mal nächsten eineinhalb Jahre mit nach Hause zu nehmen.«

Sophie lächelte. Anna wusste, dass sie es genoss, wenn Anna sie in ihren Neckereien mit Georg zu einer Verbündeten machte.

»Was krieg ich dafür, wenn ich Georg überrede?«

Anna ließ ihren Blick über die mit Andy-Warhol-Drucken gepflasterten Wände schweifen, während sie nachdachte.

»Zunächst mal Erdbeeren mit Milch!«

2. KAPITEL

Im Keller war nichts zu finden gewesen. Er musste sich beeilen. Die ausziehbare Treppe, die auf den Dachboden führte, krachte mit einer Wucht herunter, dass er zusammenzuckte. Mit zittrigen Fingern legte er den Zugstab zur Seite und hielt einen Moment lang inne. Er lauschte angespannt, vernahm jedoch nichts außer dem heftigen Pochen seines Herzens. Er atmete auf. Die Hitze schlug ihm entgegen, als er den oberen Treppenabsatz passierte, und der Staub kroch ihm in Mund und Nase, was die Trockenheit in seiner Kehle noch unerträglicher machte. Er verspürte eine unbändige Lust auf eine kalte Cola. Seine Hände tasteten eine gefühlte Ewigkeit nach dem Lichtschalter. Die Glühbirne, die schmucklos am Ende eines Deckenkabels herunterbaumelte, spendete ihm endlich surrend ein wenig Licht und gab den Blick auf das verstaubte Sammelsurium hier oben frei: Kartons, Holzkisten, Leuchten und Haushaltsgeräte vergangener Jahrzehnte fanden sich hier und schienen längst in Vergessenheit geraten zu sein. Zu beiden Seiten des Giebels musste er besonders achtgeben, um sich nicht an den schrägen Dachbalken zu stoßen. Er hob die verstaubten Laken an, die in der Mitte des Raums über wuchtigen Gegenständen hingen und im diffusen Licht geradezu gespenstisch aussahen. Was sich darunter verbarg, waren eine alte Leuchte mit einem übergroßen beigefarbenen Lampenschirm aus Samt, ein bemaltes hölzernes Schaukelpferd, unzählige Ölbilder und eine hohe Wanduhr, hinter deren geborstener Glasscheibe die verbogenen gusseisernen Zeiger auf kurz vor neun stehen geblieben waren. Eine nahezu mannsgroße afrikanische Figur aus Ebenholz, die hinter einer Reihe aufgestapelter Kartons in der Ecke stand, schien ihn mit ihrem Blick zu durchbohren und erhöhte sein Unbehagen. Er näherte sich einer Reihe aufgestapelter Kartons, um nachzusehen, was sich darin befinden könnte. Es kostete ihn Mühe, die mit dünnem Filzstift aufgebrachte Beschriftung zu entziffern: »Tischwäsche«, »Firmenunterlagen Peter seit 1967«, »Fotos Österreich« und andere Anmerkungen, die wenig Hoffnung auf einen lohnenswerten Fund machten. Die alte Frau hatte sechzig Jahre lang in diesem Haus gelebt, und der Dachboden barg ganz offenbar die Reliquien eines jeden Jahrzehnts. Es würde Tage dauern, sich da durchzuarbeiten, und zudem war ungewiss, ob hier überhaupt noch etwas Brauchbares zu finden war. Er entschied sich, den Rückzug anzutreten, knipste das Licht aus, stieg vorsichtig rückwärts die Treppe hinab und schloss die Luke zum Dachboden wieder. Den Zugstab stellte er zurück an seinen Platz neben dem Einbauschrank im Flur des Obergeschosses. Hastig lief er über die mit dunkelgrünem Webteppich bezogene Treppe zurück ins Erdgeschoss, wo er beinahe über einen der unzähligen Orientläufer stolperte, die auf dem rustikalen Eichenparkett verteilt waren. Es war inzwischen fast zehn, und er musste pünktlich bei dem nächsten Patienten sein. Er raffte die

Tüten zusammen und warf einen letzten Blick zurück ins Wohnzimmer. Sie saß ganz friedlich in dem großen Ohrensessel, fast so, als würde sie schlafen. Ihre Augen waren geschlossen, und ihr Kopf ruhte zur Seite geneigt auf einem der schweren Kissen aus Brokatseide. Die großen roten Pantoffeln standen geduldig wartend neben dem kleinen Hocker, nicht ahnend, dass sie bereits ihren letzten Gang getan hatten. Ihr Anblick ließ ihn einen Moment innehalten. Sie war daheim. Hinter ihr lag ein langes, erfülltes Leben, dessen stille Zeugen in Form von Bildern, Nippes und Vasen überall auf der Anrichte und in den Borden des wuchtigen Mahagonischranks aufgereiht waren. Es schien ihm, als würden die barocken Engel aus Meissener Porzellan sie in stiller Andacht betrachten, entschlossen, neben ihr auszuharren, bis man sie fand. Er setzte seine Schirmmütze auf, ging zur Haustür und spähte durch die Glasscheibe seitlich davon. Im gegenüberliegenden Garten spielten Kinder, und am Ende der Straße konnte er den Postboten auf seinem Fahrrad ausmachen. Er änderte seinen Entschluss und lief zurück ins Wohnzimmer, wo er durch die Verandatür verschwand.

3. KAPITEL

Anna kannte das Auto des Hausarztes von Frau Möbius. Er besuchte sie mehrmals in der Woche und verabreichte ihr die notwendigen Spritzen, die ihr Rückenleiden lindern sollten. Es beunruhigte sie daher auch nicht, dass er seinen Wagen am Morgen in der Auffahrt des Nachbargrundstücks parkte. Umso heftiger fuhr Anna der Schreck in die Glieder, als nur wenig später ein Leichenwagen vor Frau Möbius' Haus hielt. Sie bat Sophie, für eine Weile auf Emily aufzupassen, streifte ihre Sandalen über und lief zum Nachbarhaus hinüber. Die Haustür war nur angelehnt. Zögernd trat Anna in den kühlen Hausflur. »Hallo?« Niemand antwortete.

Sie hielt einen Augenblick inne, bevor sie durch die kleine Diele in das gegenüberliegende Wohnzimmer ging.

»Mein Gott«, entfuhr es Anna, als ihr Blick auf den Ohrensessel fiel. Frau Möbius saß zusammengesunken darin, und die bläuliche Blässe in ihrem Gesicht dokumentierte untrüglich, dass sie nicht mehr am Leben war.

Dr. Jung ließ den Stift sinken, mit dem er gerade den Totenschein ausfüllte, und stand von seinem Sessel auf. Der sympathische Hausarzt, den gerade die älteren Damen in der Gegend sehr schätzten, reichte Anna die Hand.

»Guten Morgen. Sie sind Frau Lorenz, richtig?«

Anna nickte nur und versuchte den dicken Kloß hinunterzuwürgen, der sich in ihrer Kehle gebildet hatte. Auch wenn zu erwarten gewesen war, dass Frau Möbius aufgrund ihrer langjährigen Erkrankung nicht mehr allzu viel Zeit vergönnt gewesen war, traf Anna ihr Tod unvermittelt heftig. Zugleich tröstete es sie, dass ihre Nachbarin ganz offenbar genau so gestorben war, wie sie es sich immer gewünscht hatte. Der wuchtige Sessel im Wohnzimmer war stets ihr Lieblingsplatz gewesen. Trotz der Blässe sah sie beinahe noch genauso aus wie am Tag zuvor, als sie Anna von ihrem Briefkasten aus zugewinkt hatte. Nun bedauerte Anna, die an dem Morgen mit Emily im Buggy auf dem Weg zum Einkaufen an Frau Möbius' Haus vorbeigeeilt war, nicht wenigstens ein paar Worte mit ihr am Zaun gewechselt zu haben. Sie hatte die alte Dame gemocht, die immer Bonbons für die Kinder aus der Nachbarschaft in der Tasche gehabt und sich nie über deren Lärm beschwert hatte.

»Mein Gott, das kommt jetzt so plötzlich. Gestern habe ich sie noch vor dem Haus gesehen und gedacht, dass sie richtig gut aussieht.«

Anna musste zur Seite treten, als zwei schwarz gekleidete Herren eine Bahre in den Raum trugen und sie für den Abtransport der alten Dame vorbereiteten.

»Tja, seien wir froh, dass man derartige Dinge nicht vorhersehen kann, Frau Lorenz. So einen Tod kann man wirklich jedem alten Menschen nur wünschen. Sie ist offenbar ganz friedlich eingeschlafen. Trotz ihrer Krankheit ging es ihr letztendlich in Anbetracht ihres stolzen Alters einigermaßen gut, und das Letzte, was sie im Leben gesehen hat, war nicht irgendein Altenheim oder ein Krankenhaus.«

Anna nickte. »Das denke ich auch. Vermutlich hat ihr diese fürchterliche Hitze ordentlich zu schaffen gemacht, oder?«

»Ich gehe davon aus, dass die drückenden Temperaturen sicher ihr Übriges getan haben. Die Hitze ist für ältere Menschen, die zudem noch wie Frau Möbius kein allzu starkes Herz haben, selbstverständlich eine große Belastung.«

Anna nickte und blickte ein letztes Mal auf den leblosen Körper. Außer dem Ticken der schweren Wanduhr im Wohnzimmer war nichts zu hören, während die Männer Frau Möbius auf der Bahre festschnallten. Dr. Jung hatte die weißen Untergardinen zugezogen, damit sich der Raum nicht so stark aufheizen konnte. Die schweren bordeauxfarbenen Samtüberhänge verliehen dem Wohnzimmer eine feierliche Würde. »Standen Sie ihr denn sehr nahe?« Dr. Jung sah Anna offenbar an, dass der Tod der alten Frau sie stärker mitnahm, als sie es selbst vermutet hatte, und nahm eine Packung Taschentücher aus seinem Arztkoffer. Anna griff danach, weil ihr jetzt wirklich die Tränen in die Augen stiegen.

»Nein, das kann man so nicht sagen. Aber ich habe sie als Nachbarin sehr geschätzt. Ab und zu haben wir uns am Gartenzaun unterhalten, und ich habe ihr manchmal mit den Einkäufen geholfen. Es ist einfach furchtbar traurig, wenn jemand stirbt, den man gekannt hat.«

Dr. Jung lächelte freundlich und legte Anna für einen kurzen Moment tröstend die Hand auf die Schulter. Für ihn als Hausarzt gehörte es selbstverständlich zur Routine, Totenscheine auszufüllen und Angehörigen und Freunden von Verstorbenen Mut zuzusprechen. Er wirkte nicht unbeteiligt, aber dennoch abgeklärt genug, um nicht allzu stark emotional berührt zu werden.

»Mir ist irgendwie ganz schwindelig«, sagte Anna leise. »Ich kann sie gar nicht mehr anschauen.«

Der Arzt, der gerade begonnen hatte, seine Tasche wieder einzuräumen, sah auf. »Sind Sie nicht Staatsanwältin?«

»Doch, doch, das bin ich. Ich muss aber gestehen, dass ich mir die Bilder in den Obduktionsberichten nur wenn es zwingend nötig ist näher anschaue und mich ansonsten lieber auf die Schriftlage konzentriere.«

Sie blickten den Männern nach, die Frau Möbius auf ihrem letzten Weg aus ihrem Haus begleiteten.

»Wer hat sie denn überhaupt gefunden?« Erst jetzt fiel Anna ein, dass der junge Mann vom Pflegedienst eigentlich hätte dort sein müssen.

»Das war ich.«

»War denn der Pflegedienst heute nicht hier?«

»Offenbar nicht. Es ist ja noch recht früh, vielleicht kommt noch jemand.«

»Ich wusste gar nicht, dass Sie einen Schlüssel haben.«

»Ich habe keinen Schlüssel, ich bin über die Terrasse ins Haus gekommen.«

»Über die Terrasse?«, fragte Anna verwundert.

Der Arzt nickte, legte seine Lesebrille zurück in das Etui und blickte auf die Uhr. Er schien unter Zeitdruck zu sein.

»Ganz offenbar hat Frau Möbius die Hitze im Obergeschoss meiden und die Nacht bei offenen Türen in ihrem Sessel verbringen wollen. Wissen Sie, wie wir die Angehörigen von Frau Möbius erreichen können – oder besser, können Sie das gegebenenfalls erledigen?«

Anna dachte einen Moment lang nach. »Ich weiß, dass sie eine Tochter hat. Ich glaube, sie lebt irgendwo bei Berlin.«

»Ja, richtig. Sie heißt Petra. Petra Kessler, wenn ich mich recht erinnere. Frau Möbius hat manchmal von ihr erzählt. Wir sollten mal in ihrem Telefonbuch nachschauen. Sie wird die Nummer sicherlich notiert haben.« Dr. Jung deutete auf den Beistelltisch neben dem Fernsehsessel, auf dem das Telefon auf einem Häkeldeckchen abgestellt war. Anna nahm vorsichtig das in dunkelrotes Leder eingebundene Büchlein zur Hand und begann darin zu blättern.

»Petra – hier steht sie.« Anna zögerte, selbst zum Apparat zu greifen. Sie wollte nur ungern die Überbringerin der traurigen Nachricht sein, zumal sie überhaupt nicht einschätzen konnte, wie die Frau am anderen Ende reagieren würde. Dr. Jung erkannte anscheinend ihr Unbehagen und stellte seine Tasche wieder auf dem Boden ab.

»Ich mache das, Frau Lorenz. Sie müssen mir nur die Nummer ansagen.« Der Arzt griff nach dem Apparat und begann zu wählen.

4. KAPITEL

Petra Kesslers Hände zitterten, als sie den Telefonhörer sinken ließ. Sie legte den Apparat zurück in die Aufladestation, zog ihre weiße Bluse zurecht und strich über die makellos weiße Tagesdecke ihres Bettes. Dann begann sie, ihrer täglichen Routine folgend, die Kissen auf dem Bett zu dekorieren. Jedes Kissen hatte seinen Platz, jede Falte und jeder Kniff musste sitzen. Nicht einmal der Anruf des Arztes vermochte sie daran zu hindern, alles perfekt herzurichten. Sie warf einen letzten kritischen Blick auf ihr Werk und ging ins Bad. Dort öffnete sie den Spiegelschrank und rückte eine der nach links ausgerichteten Parfümfläschchen im obersten Regal zurecht. Dann nahm sie einen der Lippenstifte zur Hand, die nach Farben geordnet neben den unzähligen Tiegeln und Tuben ihres Make-ups aufgereiht waren. Die verlässliche Ordnung in ihrem Schrank erfüllte sie mit tiefer Zufriedenheit. Sie schürzte die Lippen und trug das dunkle Rot auf, das die vornehme Blässe ihres schmalen Gesichts unterstrich. Dann griff sie nach ihrem Handspiegel und zog ihren Lidstrich nach. Ihren wachsamen Augen entging das winzige Härchen nicht, das sie am Vorabend bei der Korrektur ihrer Augenbrauen offensichtlich übersehen hatte. Sie zupfte es mit der Pinzette heraus und war endlich zufrieden.

Ihr Make-up und Puder verbargen die Spuren des Alters, gegen die sie verzweifelt, aber nicht zuletzt dank der Hilfe ihres plastischen Chirurgen erfolgreich ankämpfte. Endlich legte sie den kleinen Spiegel, mit dem sie eine der schmerzvollsten Erinnerungen ihres Lebens verband, wieder an seinen Platz zurück. Obwohl sie viele Jahre zurücklagen, sah sie die Ereignisse an jenem Schultag im Dezember in diesem Moment wieder vor sich, als wäre sie immer noch das stille, dickliche Mädchen von damals.

Sie war aufgeregt. Liebevoll strich sie über den Geschenkeinband des kleinen Päckchens, an dessen Unterseite sie eine Herzoblate mit dem Namen »Juliane« aufgeklebt hatte. Vorsichtig schlug sie ein weiches Handtuch darum, bevor sie es in ihrem Schulranzen verstaute. Petra wollte mit ihrem Julklapp-Geschenk Eindruck machen. Sie hatte gespart, um das kleine weiße Porzellanpferd kaufen zu können, das sie selbst für ihr Leben gern besessen und in ihrem Setzkasten untergebracht hätte. Eigentlich sprengte der Preis den vorgesehenen Rahmen erheblich, aber das war Petra gleichgültig gewesen. Sie hatte ein Ziel: Juliane war neu in der Klasse, und vielleicht hatte Petra eine Chance, in ihr endlich eine Freundin zu finden. Denn nichts wünschte sie sich sehnlicher. Eine Freundin, der sie ihre Geheimnisse und Träume anvertrauen könnte. Vor allem einen Traum, den Traum von Christoph. Petras Herz begann heftig zu klopfen, wenn sie an ihn dachte. Er war mit fünfzehn einer der Ältesten in der Klasse. Petra fand ihn – wie die meisten anderen Mädchen auch – einfach umwerfend. Und obwohl er für sie unerreichbar schien, konnte sie nicht aufhören, an ihn zu denken. In ihr lebte ein winziger Funke Hoffnung, dass er anders war als die anderen. Dass er – wenn auch nur vielleicht – imstande war, mehr in ihr zu sehen als das blonde pummelige Mädchen mit den viel zu dicken Brillengläsern.

Es versprach ein herrlicher Tag zu werden. Nach der Schule wollte ihre Tante sie abholen und mit ihr auf den Weihnachtsmarkt in der Altstadt gehen, den sie so sehr liebte. Ihre Mutter war weggefahren, aber sie würde die Nacht nicht allein mit ihrem Vater verbringen müssen. Tante Gerda würde sie mit zu sich nach Hause nehmen, das Gästezimmer sei schon für sie hergerichtet, hatte sie am Vorabend am Telefon gesagt. Petra träumte davon, gemeinsam mit Juliane über den Weihnachtsmarkt zu schlendern, der jährlich rund um das Rathaus, in der Fußgängerzone und auf dem Koberg stattfand. Sie liebte das Rathaus, das mit seiner Schaufassade an der Südwand und seinen Türmen und Windlöchern besonders im Winter wie ein Märchenschloss aussah. Wie schön wäre es, Juliane, die nicht aus Lübeck kam, die Stadt zu zeigen und mit ihr durch die verwinkelten Gassen um St. Petri zu streifen. Eine Freundin, die mit ihr kichern würde, wenn sie sich vorstellten, mit Christoph auf dem Weihnachtsmarkt unter einem Mistelzweig zu stehen. Beschwingt ging sie die Treppe der Oberschule am Dom hinauf.

Sie betrat als eine der Ersten an diesem Morgen den Klassenraum und ging direkt zu ihrem Platz. Vorsichtig nahm sie das Paket aus ihrem Ranzen und befreite es behutsam von dem Handtuch. Ihre Augen glitzerten angesichts ihrer Vorfreude, die sie bei dem Gedanken empfand, das filigrane weiße Pferdchen, das sie mit so viel Liebe ausgewählt hatte, zu verschenken. Juliane liebte Pferde genau wie sie. Bestimmt würde sie vor Freude und Entzücken aufspringen und sich überschwänglich für das großzügige

Geschenk bedanken, sobald Petra sie wissen ließ, wem sie das Pferd zu verdanken hatte. Der Klassenraum füllte sich rasch. Unter der Anleitung der Lehrerin verwandelte er sich binnen Minuten in einen weihnachtlichen Festsaal. Petras Augen wanderten über die zu einer Tafel zusammengerückten Tische. Die Anordnung der sternförmigen Lebkuchenteller, Tannenzweige und Teelichter schien ihr in diesem Jahr besonders schön. Der Raum wurde von einem betörenden Duft aus Lebkuchen, Tanne und Kerzenwachs erfüllt. Endlich war es so weit, und sie nahmen an der Tafel Platz, bereit, sich von dem weihnachtlichen Zauber einfangen zu lassen. Petras Wangen glühten. Christoph und Juliane saßen ganz nah beieinander auf der gegenüberliegenden Seite ihres Tisches. Ihre Klassenlehrerin, Frau Dr. Hagentreu, legte den Zeigefinger auf die Lippen, und das fröhliche Stimmengewirr wich dem vereinzelten Tuscheln und Flüstern der Jugendlichen.

»Da wären wir also«, sagte die Lehrerin feierlich und schlug das dicke Buch auf, das vor ihr auf dem Tisch lag. »Ich habe wie in jedem Jahr eine Weihnachtsgeschichte mitgebracht, die ich euch vorlesen möchte, bevor wir die Geschenke verteilen.«

Petra ignorierte das unwillige Grunzen einiger der Jungen, die dieses Ritual inzwischen furchtbar langweilig fanden. Sie selbst liebte Märchen und Geschichten nach wie vor und ließ sich von ihnen nur allzu gern davontragen. Nur heute fiel es ihr schwer, dem Märchen von dem Mädchen mit den Schwefelhölzern zu lauschen. Sie nippte an ihrem heißen Tee, der ihre Hände wärmte, und ihre Gedanken kreisten um Christoph und Juliane. Endlich bat Frau Dr. Hagentreu den Klassensprecher, das erste Geschenk auszuwählen und weiterzugeben. Jeder von ihnen hatte die Aufgabe gehabt, entweder selbst ein Gedicht für den Beschenkten zu schreiben oder ein Gedicht aus einem Gedichtband auszu-

wählen, und selbstverständlich sollte niemand das Geschenk übergeben, das er selbst gekauft hatte. Theo wählte eines der größeren Pakete, zog ein Briefchen aus dem Einband und las:

»Arne hat 'ne Banane, lang wie 'ne Platane.«

Die Jungs in der Klasse brüllten vor Lachen und schlugen sich auf die Schenkel. Frau Dr. Hagentreu schwante spätestens jetzt, dass ihr Aufruf, Gedichte zu verfassen, sein Ziel kräftig verfehlt hatte. Die Weihnachtsstimmung wich dem Gejohle pubertierender Halbstarker. Arne wickelte wiehernd vor Lachen eine Packung Prince Denmark aus, die von Frau Dr. Hagentreu prompt konfisziert wurde. Jetzt war es an ihm, das nächste Geschenk auszuwählen. Er tauschte einen verschwörerischen Blick mit seinen Kumpels und griff nach einem weiteren Paket. Dann las er:

»Er steht auf Brüste vom Kopf bis zur Hüfte, er lebt im Wittauer Forst und heißt: ...«

»Horst«, brüllten die Jungs begeistert und krümmten sich wieder albern, während sie sich gegenseitig auf die Schultern klopften. Horst nahm sein Paket fröhlich johlend entgegen und wickelte es aus. Es war ein Buch darin, auf dem ein Wellensittich abgebildet war. Der Titel lautete: »Viel Spaß mit Vögeln«, was die Jungen wieder ausrasten ließ. Frau Dr. Hagentreu war inzwischen ziemlich sauer, wenngleich sie gegen das Geschenk in der Sache natürlich schwerlich etwas einwenden konnte. Horst griff auf der Tischmitte nach dem nächsten Geschenk. Ihm standen vor Lachen die Tränen in den Augen, und was er vorlas, war kaum zu verstehen.

»Er ist klein, sein Herz ist fein, denn ein Mädchen müsst' er sein, drum fehlt seinem Namen nur ein ›a‹, dann wär' er endlich Johann-a!«

Der etwas schmächtig geratene Johann fand das Gedicht weit weniger witzig als die anderen und lief vor Scham knallrot an. Für Petra war jetzt nicht nur die Weihnachtsstimmung dahin, sondern in ihr wuchs auch die Angst vor dem Gedicht, das an sie gerichtet sein würde. Sie betete zu Gott, dass eines der Mädchen ihren Namen bei der Verlosung gezogen hatte. Mit zittrigen Fingern wickelte Johann sein Geschenk aus und fand ein Barbie-Kleid darin. Frau Dr. Hagentreu wurde langsam richtig wütend und kündigte an, den Julklapp abzubrechen, wenn sich nicht umgehend alle beruhigten. In der Tat wurde es schließlich ein wenig ruhiger, und Johann und danach noch drei Mitschülerinnen lasen harmlose Gedichte vor und überreichten ihre harmlosen kleinen Geschenke. Marianne war mit dem nächsten Päckchen an der Reihe:

»Dies ist ein Geschenk für Petra.« Petras Magen krampfte sich vor Angst zusammen. Zu ihrer Erleichterung blieb die Katastrophe aus.

»… das Geschenk wird einschlagen wie eine Granate!« Marianne überreichte Petra das Paket, die sich wieder setzte und den Knoten des Paketbandes zu lösen begann. Es war totenstill in der Klasse – zu still. Petra brauchte einen Moment, bevor sie begriff, was sie in Händen hielt. Es war ein kleiner Handspiegel, und darunter lag eine Spielzeugpistole. Es klebte ein Zettel darauf, auf dem geschrieben stand: »Schau in den Spiegel, und du weißt, was du zu tun hast.«

Für einen kurzen Moment war es so still, dass man die sprichwörtliche Stecknadel auf den Boden hätte fallen hören können, dann grölten die Jungen wieder los. In Petras Kopf drehte sich alles, und ihr wurde übel.

»Wer, zum Teufel, war das?«, brüllte Frau Dr. Hagentreu fassungslos. »Ich will augenblicklich wissen, wer das getan hat,

ansonsten bleiben alle, ich wiederhole – alle – mit Ausnahme von Petra heute Nachmittag hier und können sich auf ein Gespräch mit dem Schulleiter einstellen.«

Es dauerte eine Weile, bis sich das Tohuwabohu legte.

»Ich frage das jetzt zum letzten Mal«, wiederholte die Lehrerin drohend. »Wer war das?«

Die Jungs starrten auf ihre Hände und den Boden und sagten keinen Ton.

»Also gut.« Frau Dr. Hagentreu holte eine Plastiktüte aus ihrer Ledertasche und sammelte die Geschenke ein. Petra war einfach zu schwach, um darauf hinzuweisen, dass ihr Geschenk für Juliane zerbrechlich war. Sie starrte einfach nur auf die Lehrerin, die wütend die Geschenke zusammenraffte und achtlos in ihre Tasche warf. Petra hörte es weniger, aber sie spürte, dass das kleine Porzellanpferd genau wie ihre Träume in tausend Stücke zerbrach.

Niemand würde von dem von ihr ausgewählten Gedicht Notiz nehmen:

> *Die Jugend lernt im Fallen geh'n.*
> *Sie muss sich halb verbrennen, halb versehnen*
> *und zwischen Sturm und wilden Klippen steh'n.*
>
> (Christian Hoffmann von Hoffmannswaldau)

5. KAPITEL

Ich komm ja schon«, rief Anna und lief zur Haustür, an der nun schon zum zweiten Mal jemand klingelte. Sie warf gewohnheitsmäßig einen kurzen prüfenden Blick in den Flurspiegel und öffnete dann.

»Entschuldigen Sie bitte die Störung. Ich suche Frau Möbius – ist sie vielleicht bei Ihnen?«

Anna brauchte einen Moment, bis sie wusste, wer der junge Mann war, der mit einer tief in die Stirn gezogenen Basecap in Turnschuhen und ausgeblichenen Jeans vor ihr stand.

»Ach, Herr Asmus, kommen Sie doch einen Moment herein.« Anna kannte den Mitarbeiter des Pflegedienstes, der Frau Möbius inzwischen wohl schon über ein Jahr lang täglich betreut hatte, nur flüchtig. Ihre Nachbarin hatte ihn allerdings, nach allem, was Anna wusste, sehr gemocht. Sie war trotz ihres hohen Alters eine moderne Frau ohne Vorurteile gewesen, die sich nicht mit Äußerlichkeiten aufhielt und folglich auch keinen Anstoß an dem jugendlichen Schlabberlook des Pflegers genommen hatte. Der junge Mann blieb in der Tür stehen. Ihm war anzusehen, dass ihn Annas Aufforderung hereinzukommen irritierte.

»Ich versuche seit heute Morgen, Frau Möbius zu erreichen. Ich dachte, sie wäre vielleicht bei Ihnen.« Er lugte an Anna vorbei in den Flur, als erwarte er, die alte Frau dort jeden Moment zu entdecken.

»Nein, das ist sie nicht, aber jetzt kommen Sie doch erst mal rein«, beharrte Anna, die ihm die traurige Nachricht nicht zwischen Tür und Angel überbringen wollte.

Asmus blickte auf seine ausgetretenen Turnschuhe und trottete dann zögerlich hinter Anna her. In der Küchentür blieb er erneut stehen.

»Nehmen Sie doch einen Moment Platz«, bot Anna an und deutete auf den eckigen Küchentisch aus Glas, an dem neben Emilys Kinderstuhl zwei gelbe und zwei orangefarbene Schalenstühle standen. Der junge Mann schien sich nicht sehr wohl in seiner Haut zu fühlen. Offenbar wusste er nicht recht, welchem Umstand er diese Einladung zu verdanken hatte. Anna entschied sich, ihn nicht länger im Ungewissen zu lassen:

»Ich habe eine traurige Nachricht, Herr Asmus. Frau Möbius ist verstorben. Herr Dr. Jung hat sie heute Morgen gefunden. Ich war auch kurz drüben. Es tut mir leid.« Sie deutete auf einen der Küchenstühle. »Jetzt setzen Sie sich doch wenigstens einen Moment. Ich brühe Ihnen auf den Schreck auch gern einen Espresso auf.« Anna drückte den blassen jungen Mann sanft auf einen Stuhl und ging zur Espressomaschine hinüber.

»Ich habe mich schon gewundert, dass sie nicht erreichbar war«, sagte Asmus nach einer kleinen Pause. »Ich habe heute Morgen versucht, sie anzurufen, um ihr zu sagen, dass ich mich verspäten würde. Ich fühlte mich nicht gut und habe verschlafen.«

»Und dann auch noch das«, sagte Anna mitfühlend. Tatsächlich sah Asmus müde und nicht sehr wohl aus.

Anna musterte ihr Gegenüber aus dem Augenwinkel, während sie den Espresso vorbereitete. Sie fragte sich, wie sich ein Pflegedienstmitarbeiter wohl fühlte, zu dessen Routine neben der Pflege eines alten Menschen auch dessen Tod gehörte. Was auch immer Asmus empfand, so schien er sein Gefühlsleben jedenfalls nicht mit Anna teilen zu wollen. Er saß auf der Kante seines Stuhls und sah aus, als wolle er jeden Moment aufspringen. Seine Beine wippten leicht nervös unter dem Tisch, während er mit den Händen an einem Blütenblatt herumnestelte, das von dem in der Mitte ihres Tisches stehenden, kurz gebundenen Strauß Sonnenblumen heruntergefallen war. Anna reichte ihm seinen Espresso, setzte sich mit ihrer Tasse ebenfalls an den Tisch und schob die Zuckerdose in seine Richtung.

»Ich stelle mir Ihren Beruf sehr schwer vor«, sagte sie. »Ich glaube, ich könnte das nicht. Mich nimmt der Tod von Frau Möbius schon mit, obwohl sie nur meine Nachbarin war. Wenn ich mir vorstelle, dass Sie sie täglich gepflegt haben und jetzt mit ihrem Tod konfrontiert werden, wo Sie ja ganz zwangsläufig mit der Zeit eine Beziehung zu ihr aufgebaut haben müssen ...« Anna versuchte vergebens, Blickkontakt mit dem jungen Mann herzustellen. »Es ist sicher nicht leicht für Sie.«

»Nein, das ist es auch nicht«, sagte Asmus, schien aber mit seinen Gedanken ganz woanders zu sein.

Anna forschte in seinen Zügen erfolglos nach einer deutbaren Gefühlsregung. Sie wollte gerade von den Umständen des Todes berichten, als Sophie in der Küchentür auftauchte. Sie stoppte ihren Rollstuhl abrupt auf der Schwelle.

»Komm ruhig rein. Herr Asmus war auf der Suche nach Frau Möbius. Er ist ...«

»Hallo, Jens.« Sophie blickte Asmus, der trotz seiner von Aknenarben übersäten Haut nicht unattraktiv war, kaum an. Dennoch konnte Anna an ihrer Körpersprache sofort erkennen, dass sie sich in seiner Gegenwart gehemmt fühlte. Offenbar hätte sie am liebsten kehrtgemacht und wäre verschwunden. Wie pubertär sie doch noch wirkt, dachte Anna. Sophie strich sich eine nasse Haarsträhne aus dem Gesicht. Offenbar hatte sie gerade geduscht und war noch unfrisiert. Zudem hatte sie sich noch nicht geschminkt, ein Zustand, in dem sie nach eigenen Bekundungen nicht einmal Georg gern gegenübertrat, obwohl er in Sophies Augen »uralt« war. Anna konnte sich noch gut daran erinnern, dass sie als Teenager ebenso eitel gewesen war und es als unerträglich empfunden hatte, Jungen zu begegnen, ohne zurechtgemacht zu sein, wenngleich sie das ebenso wenig nötig gehabt hatte, wie es jetzt bei Sophie der Fall war.

»Ihr kennt euch?«

»Von einer Abi-Party«, erklärte Sophie knapp und errötete, was Anna ausgesprochen neugierig machte. Anna hätte gern die Gelegenheit genutzt, Näheres zu erfahren, aber Sophie hatte augenscheinlich absolut nicht vor, eine längere Unterhaltung zu führen. Auch Jens Asmus schien neben seinem eigenen Unbehagen auch Sophies zu spüren und trank hastig seinen Espresso aus.

»Ja, also dann ... Danke, dass Sie mich eingeladen haben. Jetzt muss ich aber weiter.« Er stand auf.

»Ich bring ihn raus«, sagte Sophie hastig, als Anna aufstand, um sich zu verabschieden. Sie war mit ihrem Rollstuhl schon wieder aus der Tür, bevor Anna noch etwas sagen konnte. Asmus verabschiedete sich und folgte Sophie. Nur zu gern hätte Anna Mäuschen gespielt und in den Flur gehorcht. Nicht nur die leichte Röte in Sophies Gesicht war ihr aufgefallen, sie meinte auch ein Glitzern in ihren Augen gesehen zu haben, das ihr bisher unbekannt war. Sie nahm sich vor, herauszufinden, ob Sophie mehr in dem Jungen sah als eine Partybekanntschaft. Sophie erzählte Anna nur wenig über ihre Freunde, dabei wünschte Anna sich so sehr, stärker an Sophies Welt teilnehmen zu dürfen. Es war nicht leicht, eine Beziehung zu dem Mädchen aufzubauen, das, wie Anna wusste, in seiner Kindheit nur wenig liebevolle Wärme erfahren hatte. Ihr Vater war ein sehr zugeknöpfter, allzu sachlicher Mensch gewesen, der nicht in der Lage gewesen war, mit einem Kind oder gar einem Teenager offen über Gefühle zu sprechen. Und so war Sophie nicht daran gewöhnt, viel von sich preiszugeben.

Es dauerte eine ganze Weile, bevor Anna die Haustür ins Schloss fallen hörte.

»Ein netter Junge«, eröffnete sie das Gespräch, als Sophie in die Küche zurückkehrte.

»Mmmm«, brummte Sophie nur und nahm eine Packung Cornflakes aus dem unteren Küchenschrank. Anna hatte die Küche mit Rücksicht auf Sophies Behinderung so eingerichtet, dass sie sich die Dinge, die sie brauchte und gerne aß, ohne Probleme selbst nehmen konnte.

»Kennt ihr euch schon länger?«

Sophie stieß einen unwilligen Seufzer aus. »Nö!«

»Ach, Sophie«, Anna seufzte, »nun erzähl doch mal was.«

In diesem Moment erschien Georg in der Küchentür. »Hallo«, begrüßte er Sophie.

»Hi, Georg. Wo ist Emily?«

»Sie ist eingeschlafen. Ich habe sie im Buggy in den Garten gestellt.«

»Hoffentlich hast du sie nicht noch zugedeckt«, warf Anna besorgt ein. »Es ist so wahnsinnig heiß. Die Karre steht doch im Schatten, oder?«

»Nein«, antwortete Georg, und seine Stimme klang leicht gereizt. »Ich habe ihr einen Schneeanzug angezogen und ihr eine Wollmütze aufgesetzt, und jetzt steht sie in der prallen Sonne.«

»Ich frag ja nur. Hast du sie übrigens eingecremt?« Sie fühlte sich sofort schuldig, als Georgs tadelnder Blick sie traf.

»Ja, mit dem Knuspersonnenöl ohne Sonnenschutzfaktor – war doch richtig, oder? Du erinnerst dich vielleicht nicht, aber Emily ist bereits mein drittes Kind.«

Sophie grinste. »Sie muss immer alles überprüfen, was du tust. Tröste dich, Georg, ich stehe auch ständig unter Beobachtung.«

»Das liegt wahrscheinlich an ihrem berufsbedingten Kontrollzwang«, erwiderte Georg seufzend. »Es wird Zeit, dass sie wieder ins Büro geht und Straftäter dingfest macht.«

»Ich mach mir doch nur Sorgen«, verteidigte sich Anna.

An Georg gewandt fügte sie hinzu: »Sophie kennt übrigens Jens Asmus.«

»Toll, und wer bitte ist Jens Asmus?« Georg griff wie selbstverständlich in den Obstkorb auf der Anrichte und biss mit lautem Krachen in einen Apfel. Einerseits wollte Anna natürlich, dass er sich in ihrem Zuhause wohlfühlte. Auf der anderen Seite ärgerte sie sich manchmal darüber, dass er sich mit einer Selbstverständlichkeit in ihrer Küche bediente, als wohne er bei ihr. Genau das hatte sie befürchtet, als sie eingewilligt hatte, in eine Immobilie zu ziehen, die Georg gehörte. Und dabei hatte er stets betont, dass er es als seinen Beitrag zum Kindesunterhalt ansehe, wenn er sie dort mietfrei wohnen lasse. Sie hatte schließlich nachgegeben, zumal sie sich ein Haus in St. Gertrud nie alleine hätte leisten können. Von hier aus war es nur ein Katzensprung zur Staatsanwaltschaft in der Travemünder Allee.

»Der Mensch vom Pflegedienst, der Frau Möbius betreut hat.« Anna suchte in der Hoffnung, sie würde vielleicht mehr erzählen, Blickkontakt zu Sophie, wurde aber enttäuscht. Die löffelte scheinbar desinteressiert eine Schüssel Cornflakes leer.

»Er hat nicht einmal gefragt, woran sie gestorben ist«, fiel Anna plötzlich ein. Sophie blickte mit verschwörerischer Miene zu Georg hinüber, der den Ball sofort aufnahm.

»Oje, und das, wo bei Frau Möbius doch so unendlich viele Todesursachen in Betracht kommen. Sie könnte beim Bungeejumping verunglückt oder beim Tiefseefischen über Bord gegangen sein. Das hört man von betagten Rentnerinnen immer wieder.«

»Sie hätte ja auch Opfer eines Lustmörders oder eines Eifersuchtsdramas geworden sein können«, sagte Sophie schmatzend und schob sich einen weiteren Löffel Cornflakes in den Mund.

»Ihr seid wirklich ekelhaft. Wie könnt ihr solche Witze machen, wo die arme Frau doch gerade erst gestorben ist? Mal ehrlich: Er hat sie immerhin betreut. Da hätte er sich doch mal dafür interessieren können, wie sie gestorben ist, oder etwa nicht?«

Georg zuckte mit den Schultern. »Wahrscheinlich hat er sie ermordet und wusste es deshalb schon.«

»Natürlich«, bestätigte Sophie, »das ist die Erklärung.«

Anna verdrehte die Augen. »Georg, du denkst doch daran, dass du Emily am Samstagabend hast, oder? Ich gehe nämlich aus.«

»Tut mir leid, aber ich kann Samstag nicht.« Georg war anzusehen, dass er Annas Verabredung längst vergessen hatte. »Ich habe einen Termin mit einem Investor.«

Anna wusste natürlich, dass Georg ein viel beschäftigter Mann und in seinem Job als Immobilienkaufmann überaus erfolgreich war. Er kaufte rund um Lübeck und in Hamburg alte Häuser und Villen in attraktiven Lagen auf, ließ sie restaurieren und verkaufte die Objekte anschließend gewinnbringend wieder.

»Es nervt mich, dass du mich schon wieder hängen lässt.« Es war nicht das erste Mal, dass Georg sich nicht an ihre Vereinbarungen bezüglich Emilys Betreuung hielt. »Du gehst in diesem Haus ein und aus, wann immer es dir genehm ist, Emily zu sehen, und ich habe keinerlei Freiräume«, sagte sie wütend.

»Aber das stimmt doch gar nicht. Was ist beispielsweise mit heute Morgen? Ich kann mich erinnern, dass du dich sofort zum Shoppen auf den Weg gemacht hast, als ich dieses Haus noch kaum betreten hatte.«

»Zum Shoppen?« Anna verschlug es fast die Sprache. »Ich war keine zwei Stunden weg, und meine sogenannte Shoppingtour beschränkte sich auf einen Einkauf im Supermarkt. Du kennst vielleicht den Unterschied zwischen Shoppen und Einkaufen? Shoppen heißt: Schuhe, Kleider, Make-up. Einkaufen heißt: Windeln, Milch und Aufschnitt.« Anna stellte den Teller, den sie gerade in der Hand hatte, mit einer derartigen Wucht auf der Spüle ab, dass er fast zersprang.

»Ich kann doch am Samstag auf Emily aufpassen«, versuchte Sophie den Streit zu schlichten. »Das ist wirklich kein Problem, Anna, ich bin sowieso hier.«

»Das ist doch eine blendende Idee.« Georg zwinkerte Sophie dankbar zu.

»Das ist überhaupt keine blendende Idee. Jedenfalls löst es unser Grundproblem nicht.« Anna funkelte Georg an, der prompt auf die Uhr schaute.

»Ich muss jetzt leider weg«, sagte er und zuckte entschuldigend mit den Achseln.

»Das ist mal wieder typisch. Ich beginne eine Diskussion, und du musst weg. Welch passendes Timing.«

Georg machte einen Schritt auf Anna zu und sah sie mit festem Blick an. Seine Augen blitzten angriffslustig, doch gleichzeitig lag so viel Zuneigung darin, dass Anna ihre Wut beinahe vergaß. Ihre Wangen glühten plötzlich, und sie strich sich verlegen einige Strähnen aus dem Gesicht, die sich aus dem lose aufgesteckten Knoten an ihrem Hinterkopf gelöst hatten.

»Wie gesagt, ich muss jetzt los«, wiederholte er leise, bevor er den Blick abwandte.

Annas Wut kehrte mit einem Schlag wieder zurück. »Wie gesagt, du kannst nicht einfach Abmachungen ignorieren, als ginge dich das alles nichts an. Emily ist auch dein Kind, und ich bin nicht deine brave Ehefrau.«

Anna sah, dass Georg zusammenzuckte.

»Ich verzieh mich mal lieber wieder in mein Zimmer«, sagte Sophie eilig, stellte ihre Schüssel ab und verschwand. Anna hätte sich für ihren letzten Satz ohrfeigen können. Warum hatte sie sich das nicht verkniffen? Sie wusste, dass sie ihn verletzt hatte, denn wenn es nach Georg gegangen wäre, hätte ihr Familienleben völlig anders ausgesehen.

»Nein, du bist tatsächlich nicht meine Frau«, sagte Georg sehr leise und wich einen Schritt zurück. Anna wollte etwas erwidern, fand aber einfach nicht die richtigen Worte. Sie sahen einander einen Moment lang schweigend an.

»Emily weint«, stellte Georg schließlich fest und marschierte hinaus.

6. KAPITEL

Endlich, endlich schien ihm das Glück hold zu sein. Heute, das spürte er, war sein Traum zum Greifen nah. Bereits beim Blackjack hatte er 3000 Euro gewonnen. Seine neue Freundin war offenbar eine Glücksfee. Mit glühenden Wangen hatte sie das faszinierende Spiel verfolgt, und das Glitzern in ihren Augen verriet ihm, dass auch sie von dem Strom mitgerissen wurde. Es war ihr erster Abend in einem Casino, was er ebenfalls als untrügliches Zeichen dafür wertete, dass Fortuna an seiner Seite war. Wie immer, wenn er spielte, stand sein ganzer Körper unter Hochspannung. Das Spiel war gleichermaßen seine Liebe wie sein Fluch. Es war wie das Meer, das er so sehr liebte und das er irgendwann bezwingen würde. Er würde die Welt umsegeln, und der Schlüssel zu seinem Boot – zu seinem neuen Leben – war die rollende Kugel.

Jedes Spiel übte auf ihn die gleiche Faszination aus. Er wurde einfach nicht müde, dem zuerst hektischen und dann immer langsamer werdenden Kreisen der Kugel in dem Roulettekessel zuzusehen. Er hypnotisierte die Kugel, versuchte sie zu lenken und ihr die richtige Richtung zu geben, bis er ihr schließlich den stillen Befehl erteilte, stehen zu bleiben. Die Zwei, so war er sicher, sollte die Zahl dieses Abends werden. Er hatte seine Jetons in den ersten

Rouletterunden zunächst lediglich auf Rot oder Schwarz gesetzt und meistens gewonnen. Er hatte so gespielt, weil es ihr Wunsch gewesen war. Die meisten Leute, die das Casino das erste Mal besuchten, machten ihre Einsätze so. Sie verstanden es nicht besser, weil ihnen das Risiko fremd war. Sie kannten die Ungeduld nicht, die sein ständiger Begleiter war. Es ging ihnen im Grunde nicht darum zu gewinnen, sondern möglichst lange am Tisch zu bleiben. Ihn ermüdete diese Art von Spiel, mit dem man den Einsatz gerade mal verdoppeln konnte. Er wollte sein Glück nicht länger verschwenden. Es ging zu langsam voran. Er musste die Gunst der Stunde nutzen. Er wollte nicht seine Chance versäumen. Schließlich würde er auch nicht bei Windstärke acht das Segel einholen und auf die Flaute warten, wenn es galt voranzupeitschen. Das Verlangen, das ihn antrieb, war so stark, dass er es kaum mehr aushielt. Jetzt war der Moment gekommen, alles zu riskieren, den Rückenwind zu nutzen und dem Ziel entgegenzusteuern. Die letzte Gewinnzahl war die Fünf gewesen. Mehr als eine Ahnung hatte ihm die Fünf vorausgesagt. Ein wenig mehr Mut, und er hätte die 10 000 Euro, die sich in säuberlich aufgereihten Jetons vor ihm stapelten, bereits in 370 000 Euro verwandeln können. Aber egal – sie hatte ihm ihre Glückszahl, die Zwei, zugeflüstert, und er hatte gewusst, dass es seine Zahl werden würde. Er raffte mit beiden Händen seine Jetons zusammen, fing den geschulten Blick des Croupiers auf und schob den Stapel auf die Zwei. Sie hielt den Atem an. Nur für einen winzigen Moment wünschte er sich, doch eine Dreierkombination gewählt zu haben. Aber die Signale seiner inneren Stimme schienen ihm zu stark, ja, zu eindeutig zu sein. Er spürte ihren gleichermaßen erschrockenen wie faszinierten Blick von der Seite, wandte sich ihr aber nicht zu. »Rien ne va plus«, sagte die Stimme des Croupiers bestimmt und brachte gleichzeitig die Kugel auf ihre Bahn. Sie kreiste, tanzte fast, begann schließlich zu schlingern und in unendlicher Trägheit ihrem Ziel zuzusteuern. Die Kugel fiel auf die Zweiundzwanzig.

7. KAPITEL

Der Himmel war in ein trostloses Dunkelgrau getaucht, und der Regen fiel in stetigem Rhythmus auf die überschaubare Zahl der dunklen Schirme, unter denen sich ihre Besitzer in stiller Andacht rund um das Grab von Frau Möbius versammelt hatten. Nach dem strahlenden Sonnenschein der vorangegangenen Tage war in der Nacht zuvor ein heftiges Gewitter aufgezogen. Dicke Tropfen prasselten leise auf den Deckel des hölzernen Sarges. Frau Möbius' Ruhestätte lag ganz in der Nähe des Mausoleums der Eschenburgs, das fast wie eine kleine Kapelle aussah und so typisch war für den Burgtorfriedhof, dessen zahlreiche Familiengrüfte namhafter Lübecker Familien ihn so einzigartig machten.

Den Inhalt der Predigt hatte Anna kaum wahrgenommen, viel zu sehr war sie mit ihren eigenen Gedanken beschäftigt gewesen, die vor allem um Sophie kreisten. Sie hatte die meiste Zeit mit nahezu regungsloser Miene neben ihr auf der kunstvoll geschnitzten Holzbank gesessen und nur ab und an zu der Organistin hinaufgeblickt, die in einem der zwei Balkone gesessen und routiniert einige getragene Kirchenlieder gespielt hatte. Anna ließ ihren Blick über die weißen, bleiverglasten Fenster des Backsteingebäudes schweifen. Sie war noch immer erstaunt, dass Sophie sie hatte begleiten wollen, obwohl sie Frau Möbius kaum gekannt hatte. Anna fragte sich, ob die Teilnahme an der Beerdigung eine Art Vergangenheitsbewältigung für sie darstellte. Den Gedanken, dass Sophie sie vielleicht in der Hoffnung begleitet hatte, Jens Asmus zu begegnen, verwarf sie sofort wieder. Sophie nahm den Tod viel zu ernst, als dass Anna ihr zugetraut hätte, allein wegen eines jungen Mannes auf eine Beerdigung zu gehen. Vielleicht suchte sie einen Weg, mit der unverarbeiteten Trauer um den eigenen Vater fertigzuwerden. In letzter Zeit hatte sich Anna immer wieder die Frage gestellt, ob es richtig gewesen war, Sophie in ihrem Haus aufzunehmen. Letztlich hatte sie das Mädchen, dessen Schicksal sie anrührte, kaum gekannt. Sophies Mutter hatte Mann und Kind verlassen, als Sophie noch ein kleines Mädchen war. Soweit Anna wusste, hatte sich Sophies Mutter damals verliebt und war mit dem Mann nach Südfrankreich durchgebrannt. Anna konnte nur erahnen, was der Verlust der eigenen Mutter für ein vierjähriges Kind – so alt war Sophie damals gewesen – bedeutet haben musste. Hinzu kam, dass Sophies Vater, so wie Anna ihn kennengelernt hatte, nicht im Geringsten geeignet gewesen war, das Loch, das man in Sophies Herz gerissen hatte, auch nur ansatzweise zu füllen. Auf dem mehrere Hundert Meter langen Weg, den der kleine Trauerzug den Sargträgern über das Friedhofsgelände gefolgt war, hatte kaum jemand ein Wort gesprochen. Nun saß Sophie dort in ihrem Rollstuhl, schaute auf den Sarg und sah schwach und hilflos aus. Ein junges Mädchen, dessen Vater vor noch nicht allzu langer Zeit gestorben war und das, obwohl die Mutter noch lebte, dennoch im Grunde eine Vollwaise war.

Anna versuchte, ihre Gedanken in eine andere Richtung zu lenken.

Es waren nur wenige Trauergäste erschienen, denn Frau Möbius hatte nahezu alle ihre Freundinnen und vor allem ihre Geschwister überlebt. Einige Nachbarn und Leute aus dem Dorf wie der Metzger, bei dem die Frau über Jahrzehnte eingekauft hatte, waren gekommen, um ihr die letzte Ehre zu erweisen. Auch Dr. Jung zählte zu den Trauergästen, was Anna rührend fand. Anders als Jens Asmus, bei dem Anna es eigentlich erwartet hätte, schien Dr. Jung es als Selbstverständlichkeit anzusehen, seine langjährige Patientin auf ihrem letzten Weg zu begleiten. Abgesehen von dem gleichförmigen Niederprasseln des Regens war es totenstill. Es regte sich kaum ein Lüftchen, und es schien Anna, als würde der Himmel seiner Trauer damit auf eigene Art Ausdruck verleihen. Anna kroch es kalt den Rücken hinauf, als der glänzende Holzsarg mit dem schlichten Blumengesteck hinabgelassen und knarrend dem Erdreich übergeben wurde. Sie war froh, dass Emily inzwischen friedlich unter der Regenplane in ihrem Buggy eingeschlafen war. Das Geschehen in der Kapelle hatte sie mit unbefangener Neugier verfolgt, und ihr gelegentliches fröhliches Quietschen hatte die angespannte Atmosphäre für einige Augenblicke zu durchbrechen vermocht. Anna griff erneut nach ihrem Taschentuch und weinte – weniger um Frau Möbius persönlich als um die, die sie selbst in ihrem Leben zu betrauern hatte.

Auch Petra Kessler, die Tochter von Frau Möbius, betupfte mit einem Taschentuch ihre Augen, die sie trotz des

Regens unter einer dunklen Sonnenbrille verborgen hatte, bevor sie mit dem ihr überreichten Spaten die erste Schippe Sand auf den Sarg schaufelte. Anna hatte sie während der Predigt beobachtet. Ähnlich wie Sophie hatte Petra Kessler kaum eine Gefühlsregung erkennen lassen. Bereits ihr äußeres Erscheinungsbild wich deutlich vom Rest der Trauergemeinde ab. Sie passte nicht in das kleine, beschauliche Lübeck, sondern wirkte in ihrem zweifelsohne sehr teuren schwarzen Kostüm und der dunklen Sonnenbrille eher wie eine gealterte Filmdiva. Auf den ersten Blick hatte sie rein gar nichts mit ihrer fröhlichen und etwas pummeligen Mutter gemein. Anna empfand Mitgefühl mit dieser Frau, hinter deren verputzter Fassade sie eine sehr einsame Seele vermutete.

Anna und Sophie warfen einige mitgebrachte Rosen auf den Sarg, bevor sie sich in die Schlange der Kondolierenden einreihten, die Frau Kessler die Hand reichen wollten.

Es waren die üblichen Beileidsbekundungen, die ausgesprochen wurden, um die Anteilnahme an dem von Petra Kessler zu betrauernden Verlust zu dokumentieren.

Direkt vor Anna in der Reihe stand Heide Martin, eine ältere Dame aus der Nachbarschaft, die lange Jahre mit Frau Möbius befreundet gewesen war. Sie schien erschöpft von der Zeremonie, packte aber gleichwohl Petra Kesslers Hände und drückte sie fest.

»Es tut mir unendlich leid, aber es ist trotzdem schön, dass Luise ein so erfülltes Leben geführt hat und das Privileg hatte, im eigenen Heim sterben zu dürfen.«

»Danke«, erwiderte Petra Kessler gefasst, »ich weiß Ihre Anteilnahme zu schätzen. Ich hoffe, Sie begleiten mich noch in das Café. Es wird uns allen guttun, uns ein wenig zu stärken.«

»Gern. Ich muss zugeben, ich bin wirklich ganz erschöpft.« Die alte Frau stützte sich auf ihren Stock, während sie sprach, und ihre graugrünen Augen wirkten trübe und matt. »Ich wundere mich, dass dein Mann dir in dieser Stunde nicht zur Seite stehen kann. Ich darf doch noch du sagen – oder?«, fügte sie hinzu. »Schließlich kannte ich dich schon, als du noch kaum laufen konntest.« Heide Martin lächelte ihr Gegenüber freundlich an und sprach weiter, ohne eine Antwort abzuwarten. »Deine Mutter hat ihn so sehr geschätzt. Ich hoffe, er ist nicht ernsthaft krank?«

Petra Kessler schien einen Moment nachzudenken. Die vertraute Art, mit der die Freundin ihrer Mutter sie ansprach, war ihr offenbar alles andere als angenehm.

»Nein, er ...« Bevor sie ihren Satz beenden konnte, sackte Frau Martin plötzlich kreidebleich in sich zusammen. Zum Glück gelang es Anna, die alte Frau durch einen beherzten Griff unter die Arme abzufangen und vorsichtig auf den Boden gleiten zu lassen. Dr. Jung war sofort an ihrer Seite und fühlte ihren Puls. Für einige Augenblicke wich die stille Atmosphäre einem kleinen Tumult, und Heide Martin wurde von den Umstehenden umringt. Annas Befürchtung, dass die alte Dame einen Schlaganfall oder Herzinfarkt erlitten haben könnte, bewahrheitete sich zum Glück nicht.

Zur Erleichterung aller saß sie schon wenig später neben Anna und Sophie im Café Steinhusen und löffelte bereitwillig eine Brühe mit Eierstich. Anna und Sophie hatten ursprünglich nicht vorgehabt, sich den Trauergästen nach der Kirche noch anzuschließen. Frau Martin war jedoch erkennbar auf ihre Hilfe angewiesen, und so hatten sie an einem von zwei Sechsertischen in dem gediegenen, leicht altmodisch angehauchten Lübecker Kaffeehäuschen Platz genommen, das von jeher Frau Möbius' Lieblingscafé gewesen war.

»Sie haben uns einen ganz schönen Schrecken eingejagt«, sagte Anna, erleichtert darüber, dass die Wangen der alten Dame langsam wieder etwas Farbe bekamen und sie sich offenbar besser fühlte.

»Es ist mir unendlich peinlich, aber die Beerdigung war wohl einfach zu viel für meine Nerven.« Anna konnte gut verstehen, wie furchtbar es sein musste, all seine Freundinnen zu Grabe tragen zu müssen.

Zu Petra Kessler gewandt sagte Frau Martin: »Ich freue mich, dass ich dich – wenn auch unter diesen schrecklichen Umständen – mal wiedersehe, Petra. Du siehst gut aus. Kaum zu glauben, dass aus dem kleinen Mädchen von damals eine so schöne Frau geworden ist.«

Petra Kesslers Gesichtsausdruck ließ zweifelsfrei erkennen, dass ihr nicht daran gelegen war, in Kindheitserinnerungen zu schwelgen.

»Deine Mutter hat sich damals oft um dich gesorgt. Sie wusste, dass du es nicht leicht hattest.« Frau Martin tätschelte Petra Kesslers Hand, die diese ihr aber sofort entzog.

»Ich bin gleich wieder da«, sagte Petra Kessler mit ausdrucksloser Miene und stand auf. »Ich will mich nur kurz von Dr. Jung verabschieden.« Mit diesen Worten ging sie zu dem Arzt hinüber, der gerade seinen Regenmantel von der Garderobe nahm.

»Ich muss Petra später doch noch mal fragen, wo ihr Mann heute steckt«, sagte die alte Dame zu Anna.

»Vielleicht ist er beruflich verhindert«, vermutete diese.

Heide Martin nickte, man konnte ihr ihre Zweifel jedoch deutlich ansehen. »Auf jeden Fall muss er einen guten Grund haben. Er hat nämlich immer einen sehr engen Kontakt zu seiner Schwiegermutter gehabt.«

»Engen Kontakt?« Anna runzelte die Stirn. »Ich dachte, Frau Möbius hätte selbst ihre Tochter kaum gesehen. Warum dann ausgerechnet den Schwiegersohn?«

»Das ist eine lange Geschichte. Damit will ich Sie nicht langweilen.«

»Sie langweilen mich überhaupt nicht. Wie ist denn der Mann von Frau Kessler so?«

»Er ist ganz wunderbar, wenngleich Luise ihn zunächst überhaupt nicht mochte. Da gab es eine ganz furchtbare Geschichte damals.«

Zu Annas Verblüffung wurde die alte Frau wieder ganz blass. Sie schien das Gesagte plötzlich zu bereuen.

»Was denn für eine Geschichte?«, bohrte Sophie nach. Wie jedes junge Mädchen interessierte sie sich brennend für Liebesgeschichten, und die Andeutungen von Frau Martin hatten es offenbar geschafft, sie aus ihrer eigenen Gedankenwelt zu lösen.

»Ach, was soll's? Er war eben ein dummer Junge.« Frau Martin war anzusehen, dass sie nicht gern weitererzählen wollte. »Er hat allerhand Unsinn getrieben und Petra als Teenager schlimme Streiche gespielt«, sagte sie vage.

»Richtig grausam war er zu ihr, nur weil sie ein wenig pummelig war.« Frau Martin schüttelte bei der Erinnerung den Kopf.

»Wie gemein«, empörte sich Sophie. »Und den hat sie auch noch geheiratet?«

»Ja. Aber natürlich erst viel später. Sie sind sich nach Jahren auf einem Klassentreffen nähergekommen.«

Anna musste über Sophies entgeisterten Gesichtsausdruck fast ein wenig schmunzeln. Gleichzeitig fragte sie sich, wie oft Sophie wohl selbst schon aufgrund ihrer Behinderung gehänselt worden war.

»Menschen ändern sich, Sophie. Jungs sind in einem gewissen Alter fast durchweg grässlich«, sagte sie mit einem ratlosen Schulterzucken. Dann wandte sie sich noch einmal an Frau Martin: »Aber warum hatten denn Frau Möbius und ihr Schwiegersohn später einen so engen Kontakt?«

»Das erzähle ich Ihnen ein anderes Mal«, wich die alte Dame aus. »Ich möchte jetzt langsam aufbrechen, es war ein langer Tag.«

Anna war ganz entsetzt, wie mitgenommen Frau Martin plötzlich wieder wirkte. Deshalb verdrängte sie ihre Neugier und stand eilig auf, um der alten Frau Schirm und Mantel zu holen.

8. KAPITEL

Das aufrichtige Mitgefühl, das Anna empfand, weil Petra Kessler ihre Mutter verloren hatte, verflog sofort, als sie sah, mit welch kühler Abgeklärtheit diese nur einen Tag nach der Beerdigung deren Hausstand überprüfte.

Sie stand in der Wohnstube, betrachtete die volle Anrichte und schüttelte den Kopf.

»Das Beste wird sein, eine Entrümpelungsfirma mit dem Abtransport des ganzen Plunders zu beauftragen.«

Petra Kessler sprach über die Hinterlassenschaft ihrer Mutter, als handele es sich um das Vermächtnis einer Fremden. Und tatsächlich wirkte sie in dem gemütlichen Haus mit seinen unzähligen Porzellanfiguren, den Brokatdeckchen und Samtbezügen wie ein Fremdkörper. Mit ihrer Gucci-Sonnenbrille im Haar und dem weißen, zweifelsohne sehr teuren Hosenanzug sah sie auch an diesem Morgen aus wie eine Besucherin der Pariser Modewoche. Sie hatte die Nacht in einem kleinen Hotel verbracht und wollte offenbar keinen weiteren Tag verstreichen lassen, um den Nachlass ihrer Mutter zu ordnen.

»Ich fand die Vorliebe Ihrer Mutter für Kitsch und Porzellan immer sehr sympathisch.«

»Tatsächlich«, sagte Petra Kessler bissig. »Immerhin

sind einige der Stücke sehr wertvoll. Ich werde also erst einmal aussortieren müssen, was sich gut verkaufen lässt.«

Der Tonfall, in dem Petra Kessler sprach, machte sie Anna immer unsympathischer. Wehmütig dachte sie an ihre eigene Großmutter zurück, für die allein der Gedanke, dass man ihren Hausstand nach ihrem Tod verkaufen würde, immer schier unerträglich gewesen war. Anna war froh, viele Gegenstände aus dem Haushalt ihrer Oma und Teile ihres Schmucks zu besitzen, die sie an sie erinnerten.

»Also, ich hätte durchaus Interesse, das eine oder andere Stück zu erwerben, sofern Sie nichts dagegen haben.« Anna ließ ihren Blick durch den Raum schweifen. Sie fand viele der Dinge, die ihre Nachbarin gesammelt hatte, wunderschön. Die alten Römergläser in der rustikalen Vitrine gefielen ihr ebenso wie die bemalten Teller, die Frau Möbius neben einigen Porzellanfiguren auf ihrer Fensterbank aus Jade dekoriert hatte.

Petra Kessler maß Anna mit einem Blick, der aus deren Sicht an Arroganz kaum zu überbieten war.

»Woran hatten Sie denn zum Beispiel gedacht?«

»Die Bodenvase mit dem Löwenkopf im Flur.« Die außergewöhnliche kobaltblaue Schlangenhenkelvase hatte Anna immer beeindruckt. Das Stück war mit seinen naturalistisch modellierten und goldradierten Löwenköpfen, aus deren Mäulern zwei Schlangenköpfe emporragten, einzigartig.

Petra Kessler lachte verächtlich auf.

»Die Vase, in deren vorderem Ovalmedaillon die heilige Gertrud abgebildet ist?«

»Ja, die meine ich.«

»Das Stück werden Sie sich wohl kaum leisten können.« Anna folgte Petras Blick, der sie abschätzig taxierte und sich dann direkt auf einen Marmeladenfleck heftete, der sich im Schulterbereich ihres verwaschenen T-Shirts befand, wie Anna leider erst jetzt feststellte. Sie verschränkte die Arme vor der Brust und bekämpfte den Impuls, sich für ihren Aufzug zu rechtfertigen. Wenn man ein Kleinkind zu Hause hatte, konnte man eben nicht immer wie aus dem Ei gepellt aussehen.

Petra Kessler hob nur die Brauen und schlenderte dann zum Kamin hinüber. Auf dem Sims stand eine kleine Porzellanschale, die sie anhob, um offenbar auf der Unterseite nach dem Herstellerzeichen zu forschen.

»Ich fürchte, Sie haben überhaupt keine Ahnung, was die Vase im Flur wert ist«, sagte sie zu Anna.

»Nein«, antwortete diese ehrlich und bemühte sich, ihren aufkeimenden Ärger über die geradezu gehässige Arroganz ihres Gegenübers hinunterzuschlucken.

»Nun, es handelt sich um ein wertvolles und zugleich sehr ungewöhnliches Unikat aus Meissen.« Petra Kessler hielt das Schälchen noch immer in der Hand und tippte jetzt Anna zugewandt mit ihren rot lackierten langen Fingernägeln auf dessen Unterseite.

»Meissener Porzellan«, sagte sie, bevor sie das Schälchen wieder auf dem Sims abstellte. Dann stolzierte sie durch den Raum zur Anrichte hinüber, wo sie betont langsam mit den Fingerkuppen an deren Kante entlangstrich. »Sie haben doch den Namen Meissen schon einmal gehört, oder? Die Vase hat schätzungsweise einen Wert von 20 000 Euro.«

Anna schnappte nach Luft. »Sie haben recht, das kann ich mir tatsächlich nicht leisten.«

Petra Kessler lächelte überlegen. Anna fragte sich, wie emotional verarmt diese Frau doch sein musste, dass sie es nötig hatte, sich derart in Szene zu setzen.

»Die Vase ist ein wertvolles Erbstück aus dem Familienbesitz meines Vaters. Sie ist im Übrigen eines der wenigen Stücke, die ich behalten werde. Falls Sie allerdings Interesse an dem Porzellangedöns auf der Anrichte haben, wird sich sicherlich einiges finden lassen, das für Sie durchaus erschwinglich ist.« Petra Kessler hob demonstrativ einen kleinen Hund aus Swarovski-Kristall in die Höhe und stellte ihn dann wieder ab.

»Vielen Dank«, sagte Anna und bemühte sich, Petra Kessler ihr selbstbewusstestes Lächeln zu schenken.

In diesem Moment wunderte es Anna kaum mehr, dass die nette Frau Möbius so gut wie nie ein Wort über ihre Tochter verloren hatte. »Ich lasse Sie dann wohl lieber mal allein. Wenn Sie etwas brauchen, können Sie gerne zu uns hinüberkommen.« Anna überreichte Frau Kessler den Schlüssel, den sie von Frau Möbius für Notfälle erhalten hatte, und verließ das Haus.

»So eine blöde Kuh!« Annas Empörung hatte sich noch nicht wieder gelegt, als sie Sophie später in der Küche von ihrem Erlebnis berichtete.

»Die Vase werden Sie sich wohl kaum leisten können«, imitierte sie affektiert die Stimme von Petra Kessler und stolzierte dabei barfuß auf Zehenspitzen in ihren kurzen Shorts durch den Raum wie ein Model beim Fotoshooting. Dabei schwenkte sie ihre Sonnenbrille erst in der Hand und biss dann auf einen der Bügel, während sie ihre Hüfte kokett nach rechts und links schwang. »Du kannst dir nicht vorstellen, wie die mich angesehen hat! Als wäre ich die allerletzte Schlampe. Und ich habe mir Gedanken darüber gemacht, wie ich den heutigen Tag überstehen soll, und mich auf eine trauernde Tochter eingestellt. Die braucht garantiert keine Hilfe. Die pinkelt Eiswürfel, sag ich dir.«

»Wir haben es eben mit einer Frau von Welt zu tun«, sagte Sophie lachend. »Lass uns der Wahrheit ins Auge blicken. Wir sind Mädels aus der Provinz.«

Anna hätte ihrem Ärger gern weiter Luft gemacht, wurde aber durch das Klingeln an der Haustür unterbrochen. Sophie öffnete, und kurz darauf stob Frau Kessler wie eine Furie in Annas Küche.

Anna wich unweigerlich einen Schritt zurück, als Petra Kessler sich unmittelbar vor ihr aufbaute. Obwohl die Frau klein und dünn war, besaß sie eine unglaubliche Präsenz. Und sie schien äußerst verärgert zu sein.

»Vielleicht könnten Sie mir freundlicherweise sagen, wer alles einen Schlüssel zum Haus meiner Mutter hatte?«, herrschte sie Anna mit vor Wut bebender Stimme an.

»Soweit ich weiß, nur ich«, gab diese verblüfft zurück.

Petra Kessler schien Anna mit ihrem Blick durchbohren zu wollen.

»Die Münzsammlung und eine überaus wertvolle Meissener Porzellandose sind verschwunden«, zischte Petra Kessler mit zusammengekniffenen Augen.

Anna traf der unausgesprochene Vorwurf derart unvermittelt, dass sie für einen kurzen Augenblick sprachlos war. »Also, entschuldigen Sie mal!«, empörte sie sich schließlich. »Ich habe Ihre Mutter mit Sicherheit nicht bestohlen.« Ihr wurde klar, dass sie mit ihrer Vermutung richtig gelegen hatte und Petra Kesslers arrogantes und gelassenes Auftreten nur Fassade gewesen war. Sie schien ein Mensch zu sein, der sehr schnell aus der Fassung geriet.

»Ich habe auch gar nicht behauptet, dass Sie sie bestohlen haben, aber irgendjemand hat es getan.«

»Meinen Sie die Dose, die Ihre Mutter von ihrem Vater bekommen hat?«

»Genau die meine ich«, sagte Petra Kessler immer noch sichtlich erregt und blickte misstrauisch zu Sophie hinüber.

»Das wird sich sicher aufklären lassen«, schaltete die sich jetzt ein. »Vielleicht hat Ihre Mutter ja die Sachen verkauft oder verschenkt.«

Anna fragte sich angesichts der Heftigkeit von Petra Kesslers Reaktion, ob ihr nur der materielle Wert der Gegenstände am Herzen lag, oder ob ihr die Stücke tatsächlich etwas bedeutet hatten.

»Sie hat die Dose mit Sicherheit nicht verkauft oder verschenkt«, widersprach Anna, bevor Frau Kessler selbst den entsprechenden Einwand erheben konnte. »Sie hat mir einmal gesagt, dass es sich bei der Dose um ihr allerliebstes Stück handelte, das sie von ihrem eigenen Vater geerbt habe und in Ehren halte.«

»Was denn für eine Dose?« Sophie verstand offenbar nur Bahnhof.

»Eine Dose aus Meissener Porzellan«, wiederholte Petra Kessler. »Ein sehr kostbares Unikat so etwa aus dem

Jahre 1860. Sie ist mit unzähligen bunten Rosenblüten verziert, und auf der Mitte des Deckels sind zwei kleine Putten dargestellt.«

»Putten sind Engel«, belehrte Anna Sophie.

»Selbst ich kenne den Unterschied zwischen Putte und Pute«, antwortete Sophie schnippisch.

»Jedenfalls hätte meine Mutter die Dose nie im Leben verkauft.«

»Vielleicht ist sie zerbrochen?«, mutmaßte Sophie.

»Das wäre für den Dieb sicher eine willkommene Erklärung.« Petra Kessler wurde plötzlich so rot, dass Anna fürchtete, ihr Kopf könnte jeden Moment platzen.

Zugleich empfand sie die Äußerung erneut als einen gegen sie erhobenen Verdacht. »Sie sollten eine Diebstahlsanzeige erstatten«, sagte sie sachlich. »Außerdem sollten Sie nachschauen, ob im Haus Ihrer Mutter weitere Wertgegenstände fehlen.«

Anna fiel plötzlich etwas ein. »Ihre Verandatür war offen, als man sie fand«, sagte sie.

»Denkst du, ein Fremder ist in Frau Möbius' Haus gewesen?«, hakte Sophie nach.

Anna schüttelte den Kopf, setzte sich an den Küchentisch und bot Frau Kessler ebenfalls einen Platz an. Die lehnte jedoch ab und blieb mit verschränkten Armen vor dem Kühlschrank stehen.

»Ihre Terrasse ist von der Straße aus nicht einsehbar. Es gab auch überhaupt keinen Hinweis auf einen Diebstahl, als man sie fand.«

»Wo hat Frau Möbius die Dose denn aufbewahrt?«, mischte sich Sophie erneut ein.

»In ihrem Schlafzimmer, soweit ich weiß. Sie hat gesagt, es wäre ihr zu gefährlich, sie im Wohnzimmer stehen zu haben. Sie hätte es sich nie verzeihen können, wenn sie hinuntergefallen wäre.«

»Sie wissen ja wirklich gut Bescheid über die Besitztümer meiner Mutter«, sagte Petra Kessler. Immerhin schien sie durch die Unterhaltung ein wenig ruhiger zu werden. Anna hoffte, dass sie den absurden Verdacht gegen sie fallen lassen und anerkennen würde, dass sie sich ernsthaft um Aufklärung bemühte. Gleichzeitig fragte sie sich, ob die Kessler wohl das Gleiche dachte wie sie. »Wenn die Dose wirklich gestohlen worden ist, muss der Dieb ihren Wert gekannt haben.«

»Ich weiß nicht mehr, wann wir über die Dose gesprochen haben. Ich habe gelegentlich Besorgungen für Ihre Mutter erledigt, und da hat sie mich eben manchmal auf einen Kaffee eingeladen. Einmal sind wir zufällig auf die Dinge zu sprechen gekommen, die uns besonders viel bedeuten.«

»Ganz zufällig …«, sagte Petra Kessler gedehnt.

»Jetzt reicht es aber wirklich! Ich empfinde tiefes Mitgefühl für das, was Sie durchmachen, aber ich lasse mich von Ihnen wahrlich nicht beschuldigen, Ihre Mutter beklaut zu haben. Sie gehen eindeutig zu weit. Ich habe schon lange einen Schlüssel zum Haus Ihrer Mutter, um für den Fall, dass morgens die Rollläden mal nicht hochgehen, nachzuschauen, ob es ihr gut geht. Das war der ausdrückliche Wunsch Ihrer Mutter, die ich übrigens sehr gemocht habe, nur deshalb habe ich den Schlüssel überhaupt angenommen.« Anna sah Petra Kessler mit einem Blick an, der keinen weiteren Kommentar zuließ.

»Vielleicht gibt es eine ganz einfache Erklärung«, setzte Sophie erneut an. »Ihre Mutter könnte das Stück doch weggegeben haben, um eine Expertise anfertigen zu lassen, oder die Dose ist tatsächlich runtergefallen und wird gerade irgendwo restauriert.«

Anna musste anerkennend feststellen, welch schnelle Auffassungsgabe Sophie besaß und mit welcher Reife sie den Sachverhalt reflektierte. Sie besaß fraglos das gleiche analytische Verständnis und offenbar auch eine kriminalistische Begabung, wie ihr Vater sie besessen hatte.

»Selbst wenn sie die Dose irgendwohin gegeben hat – die Münzen bleiben immer noch verschwunden«, sagte Frau Kessler.

»Ich schlage vor, dass Sie zunächst noch einmal alles gründlich durchsehen«, sagte Anna. »Vielleicht finden sich die Sachen tatsächlich wieder, oder – was natürlich unerfreulich wäre – Sie stellen fest, dass noch andere Dinge abhandengekommen sind. Wenn Sie Hilfe brauchen bei der Anzeigenerstattung oder noch irgendwelche Fragen haben, helfe ich Ihnen gern.«

Petra Kessler ließ sich nun immerhin zu einem Dankeschön herab. Die Kopfwäsche hatte ihr offenbar ganz gutgetan.

»Wer könnte meine Mutter denn bestohlen haben?«

Anna zuckte mit den Schultern. »Theoretische Möglichkeiten gibt es viele. Eine Nachbarin, ihr Arzt, ein Handwerker, der Fensterputzer, ein Mitarbeiter des Pflegedienstes ...«

»Der auf keinen Fall!«, widersprach Sophie mit einer Heftigkeit, die Anna aufhorchen ließ. Ganz offenbar hatte ihr Instinkt sie nicht getäuscht, und Sophie war tatsächlich an dem Jungen interessiert. Sie nahm sich vor, bei Gelegenheit mehr darüber herauszufinden.

Anna manövrierte Petra Kessler in Richtung Haustür. »Versuchen Sie jetzt erst einmal zur Ruhe zu kommen. Alles andere überdenken wir im nächsten Schritt.«

»Was für ein Auftritt!«, sagte sie kopfschüttelnd zu Sophie, als sie in die Küche zurückgekehrt war.

»Eine absolut unmögliche Frau«, pflichtete Sophie bei. »Ich finde es gut, dass du ihr die Meinung gesagt hast. Ich habe richtig Respekt vor dir bekommen, als du sie in die Mangel genommen hast. Ausgerechnet dich zu verdächtigen, wo du doch Staatsanwältin bist.«

»Es ist in der Tat eine Unverschämtheit, dass sie mich verdächtigt, wenngleich der Beruf noch keine Garantie für Redlichkeit ist.«

»Könnte es peinlich für dich werden, wenn sie eine Anzeige erstattet?«

»Keine Ahnung, aber mach dir deswegen bitte keine Sorgen. Wenn Frau Möbius wirklich bestohlen wurde und die Kessler Anzeige erstattet, wird sich deshalb wohl nicht meine ganze Behörde das Maul darüber zerreißen, dass ich möglicherweise meine Nachbarin beklaut haben könnte. Und wenn doch, kann ich es eben auch nicht ändern.«

»Kein Mensch wird so etwas von dir denken!«

»Das ist nett, dass du das sagst.« Anna war gerührt, dass Sophie sich so für sie einsetzte. Vielleicht war der ganze Ärger doch zu etwas nütze und brachte Sophie ihr ein wenig näher.

»Ich finde, wir reden einfach kein Wort mehr mit der Kuh«, sagte Sophie trotzig.

»Einverstanden. Ich muss allerdings herausfinden, ob Frau Möbius wirklich bestohlen wurde, und wenn das so ist, kann ich nur hoffen, dass wir den Dieb finden werden.«

9. KAPITEL

Anna ließ die Arme über die Lehnen ihres antiken Schreibtischstuhls fallen und blickte ungläubig auf die Zeitanzeige ihres Laptops. Es war fast drei Uhr morgens. Bald würde es wieder hell werden. Plötzlich fühlte sie sich unendlich müde. Sie schob das Gerät von sich weg, stützte die Ellenbogen auf dem kleinen Sekretär ab, der im Wohnzimmer stand, und ließ ihren Kopf auf ihre Hände sinken.

Ich muss ins Bett, dachte sie und rieb sich die Augen. Sie hatte Stunden damit verbracht, mithilfe des Internets Händler ausfindig zu machen, die mit dem An- und Verkauf von Antiquitäten, speziell Porzellan, befasst waren. Bereits im Inland gab es unzählige Antiquitätengeschäfte und Auktionshäuser, bei denen Frau Möbius' Porzellandose theoretisch gelandet sein konnte. Vorausgesetzt, es gab einen Dieb und die Dose war überhaupt veräußert worden.

Anna hatte bereits mit dem zuständigen Kollegen bei der Kripo gesprochen, nachdem Petra Kessler tatsächlich Anzeige gegen unbekannt erstattet und ihr dies am Telefon kurz mitgeteilt hatte.

Obwohl es wenig Hoffnung gab, das Diebesgut über das Internet aufzuspüren, suchte sie nach der sprichwörtlichen Nadel im Heuhaufen. Die Suche nach der Münzsammlung hatte die geringste Aussicht auf Erfolg. Die Sammlung war zwar sehr wertvoll, enthielt jedoch keine besonders seltenen Sammlerstücke. Vielmehr hatte Frau Möbius nach Aussage ihrer Tochter überwiegend Krügerrand-Goldmünzen aus Südafrika sowie Deutsche-Mark-Münzen aus dem zwanzigsten Jahrhundert besessen, die keine Seriennummern trugen und somit auch nicht identifizierbar waren. Dagegen handelte es sich bei der Dose um ein sehr wertvolles Unikat. Insoweit bestand immerhin eine – wenn auch geringe – Chance, sie wiederzufinden, zumal auch die dazugehörige Expertise verschwunden war. Deshalb sprach zumindest einiges dafür, dass der Dieb versuchen würde, die Dose samt Expertise auf den Markt zu bringen.

Der Dieb …, dachte Anna und zweifelte inzwischen fast selbst daran, dass es ihn überhaupt gab. Denn mit letzter Gewissheit ließ sich nicht einmal ausschließen, dass Frau Möbius die Dose und die Sammlung vor ihrem Tod verschenkt oder gar verkauft hatte, wenngleich Anna das für unwahrscheinlich hielt. Letztlich musste sie sich jedoch eingestehen, dass sie nicht viel über Frau Möbius wusste und ihr Verhältnis nie über ein gutnachbarliches Miteinander hinausgegangen war. Weshalb also wollte sie sich überhaupt anmaßen zu behaupten, die Dose könne nur durch Diebstahl abhandengekommen sein? Petra Kessler war auch keine zuverlässige Quelle. Denn selbst wenn sie felsenfest davon überzeugt war, dass ihre Mutter die Dose um keinen Preis der Welt hätte hergeben mögen, war doch nicht zu leugnen, dass sie in den vergangenen Jahren kaum Kontakt zu ihrer Mutter gehabt hatte. Wie also sollte sie mit Gewissheit sagen können, was und vor allem an wen Frau Möbius Dinge, die ihr lieb und teuer waren, möglicherweise weitergegeben hatte?

Anna schrak zusammen, als sie draußen einen Hund anschlagen hörte. Mit Wehmut dachte sie an ihren eigenen Vierbeiner zurück, der ihr früher unter ihrem Schreibtisch die Füße gewärmt hatte. Er war kurz nach Emilys Geburt an Krebs gestorben, obwohl er mit seinen sieben Jahren eigentlich noch gar nicht alt gewesen war.

Anna schüttelte den Gedanken an ihren Hund ab, stand auf und trat zur offenen Terrassentür hinüber, um zu sehen, was das Tier draußen so in Rage versetzt haben könnte. Im hinteren Garten, der durch die Außenbeleuchtung in ein friedvolles Licht getaucht war, war nichts zu sehen. Verblüfft stellte Anna fest, dass auf dem Dachboden von Frau Möbius' Haus mitten in der Nacht Licht brannte, und sie fragte sich, ob deren Tochter tatsächlich dort oben herumkroch. Es hatte sie gewundert, als Petra Kessler anders als vorgesehen nicht wieder abgereist war, sondern sich offenbar entschlossen hatte, von ihrem Hotelzimmer in das Haus der Mutter umzusiedeln. Anna wusste nicht, wie lange sie dort bleiben wollte. Nachdem sie zunächst vermutet hatte, die Kessler würde den Nachlass ihrer Mutter einer Entrümpelungsfirma übergeben, schien sie nun doch – vielleicht auch wegen des Diebstahls – ihre Meinung geändert zu haben. Kein Tag verging, an dem Petra Kessler nicht auf der Terrasse saß und den Inhalt irgendeines Kartons ordnete. Es gelang Anna einfach nicht, aus der Frau schlau zu werden. Allerdings hatte sie letztlich auch kein Interesse an dieser Person, sondern lediglich daran, sich selbst von dem unterschwellig geäußerten Verdacht reinzuwaschen. Anna streckte die Glieder und sog den feuchtwarmen Sommerduft ein, bevor sie die Tür wieder schloss und sich entschied, ins Bett zu gehen. Sie ließ ihre Außenrollläden runter, knipste die kleine Schreibtischlampe aus und fuhr ihren Laptop herunter.

Als sie sich zum Flur wandte und Sophies Silhouette plötzlich im Türrahmen wahrnahm, schrak sie erneut zusammen. Sie war derart in ihre Gedanken versunken gewesen, dass sie Sophie, deren Gesicht im spärlichen Flurlicht beinahe gespenstisch aussah, in ihrem Rollstuhl nicht hatte kommen hören.

»Gott, hast du mich erschreckt«, zischte sie sie an. »Musst du hier so rumschleichen?«

»Ich schleiche nicht«, gab Sophie zurück und ließ den Blick über ihre reglosen Beine streifen. »Außerdem kann ich ja nicht ahnen, dass du hier mitten in der Nacht im Stockdunkeln durchs Wohnzimmer geisterst.«

»Ich habe bis eben gearbeitet«, entschuldigte Anna sich gähnend. »Aber was machst du um diese Uhrzeit überhaupt noch hier?«

»Ich kann bei der Hitze nicht schlafen«, antwortete Sophie, »und mein Kühlschrank ist leer.«

»Diebin!« rief Anna scherzhaft und klappte ihren Laptop zu.

»Du hast wieder nach der Dose gesucht, oder? Hat sich denn deine Nachtschicht wenigstens gelohnt?«

»Leider nicht.« Anna gähnte erneut. »Ich glaube, es hat keinen Sinn.«

»Mit Sicherheit nicht. Du solltest aufhören, einem Phantom hinterherzujagen. Das ist doch totale Zeitverschwendung. Lass uns lieber gucken, was mir dein Kühlschrank so zu bieten hat.«

Obwohl Anna eigentlich dringend ins Bett musste, entschloss sie sich, Sophie bei ihrem nächtlichen Imbiss Gesellschaft zu leisten. Sie hatten sich ein Tablett zurechtgemacht und waren auf die Terrasse hinausgegangen, wo sie jetzt beim Schein eines Windlichts beisammensaßen, während es um sie herum schon langsam hell wurde. In den Sträuchern zirpten leise die Grillen. Obwohl Anna sich in dem Haus mit dem kleinen, gepflegten Garten wohlfühlte, dachte sie oft wehmütig an ihr Haus am Priwall in unmittelbarer Nähe des Jachthafens zurück. Sie hatte es so sehr geliebt, vom Garten aus auf das Wasser der Trave und die dahinter liegende Travemünder Altstadt zu schauen, dem Schreien der Möwen und Hupen der Schiffssirenen zuzuhören und bei Tag die Boote zu beobachten, die vorbeischipperten.

Während sie Sophie beim Essen zusah, stellte Anna fest, dass auch sie hungrig war, und griff nach einer Scheibe Schinken und einem Stück Ciabatta, das Sophie auf dem Terrassentisch bereitgelegt hatte. Anna schenkte ihnen ein Glas Weißwein ein und nahm einen kräftigen Schluck.

»Georg liebt dich, glaube ich«, stellte Sophie derart unvermittelt fest, dass Anna, die gerade wieder in ihr Brot gebissen hatte, sich verschluckte und husten musste. Sophie schob sich scheinbar ungerührt ein Stück Parmesan in den Mund.

»Mal ehrlich!«, sagte sie kauend. »Gerade neulich, als ihr euch über Samstag gestritten habt, hast du da überhaupt gemerkt, wie er dich angesehen hat, während du ihm einen Vortrag über Zuverlässigkeit gehalten hast? Echt wie in einer Seifenoper. Ich meine, Georg ist reich, sieht super aus und ist der Vater deiner Tochter. Ich verstehe absolut nicht, dass ihr es euch so schwer macht und nicht zusammenlebt.«

Anna dachte nach. Sophie war nicht unbedingt die Person, mit der sie ihr Gefühlsleben ausdiskutieren wollte. Auf der anderen Seite zeigte sich Sophie ihr gegenüber meist sehr verschlossen, und Anna hoffte, vielleicht mehr über Sophie erfahren zu können, wenn sie etwas von sich selbst preisgab.

»Diese Sache mit Georg und mir kann nicht funktionieren. Wir sind Freunde, das ist alles.«

»Klar«, antwortete Sophie gedehnt. »Das sieht man an Emily.«

Anna lehnte sich in ihrem Gartenstuhl zurück, zog die Beine an den Körper und sah Sophie tadelnd an.

»Du bist ziemlich frech. Ich hab dir das mit mir und Georg doch schon mal erklärt. Emily war ein Unfall – ich meine, der schönste Unfall meines Lebens, aber ein Unfall.«

»Warst du denn kein bisschen in Georg verliebt?«

»Das war alles kompliziert damals. Ich hatte mich gerade von Tom getrennt. Wir waren noch nicht geschieden, und ich hatte seine neue Freundin kennengelernt, die dann zu allem Überfluss auch noch schwanger war.« Bei dem Gedanken an Tom geriet Anna unweigerlich für einen Moment lang ins Stocken. Sie hatte lange gebraucht, um zu erkennen, dass es ein Fehler gewesen war, sich von ihm zu trennen. Sie hatten einander geliebt, und die Tatsache, dass sie ihr gemeinsames Kind verloren hatten, hatte sie eine Zeit lang taub und blind für das gemacht, was sie auf Dauer hätte verbinden können. Jetzt war es zu spät! Marie war nur wenige Stunden am Leben gewesen, und doch verging kein Tag, an dem Anna nicht an sie dachte. Sophie sprach sie nie auf dieses Kapitel in ihrem Leben an, denn offenbar spürte auch sie, wie schmerzlich es für Anna war. Dafür war Anna ihr sehr dankbar.

»Georg und seine Frau Sabine hatten damals ihre erste große Krise«, erzählte Anna weiter, »der Anfang vom Ende sozusagen. Und da ist es einfach so passiert.«

»Was meinst du mit *so passiert*?«, fragte Sophie und legte ihr Brot zurück auf den Teller. »So was kann doch nicht einfach so passieren. Ich meine, ihr müsst doch irgendwas füreinander empfunden haben, oder nicht?«

»Wie gesagt: Das war alles damals nicht so einfach. Mir ging es ehrlich furchtbar und ...« Anna brach ab.

»Was und? Erzähl doch mal ein bisschen. Ich sag es auch bestimmt nicht weiter.«

Anna nahm einen tiefen Schluck aus ihrem Glas, bevor sie sich entschloss weiterzuerzählen.

»Du weißt doch, dass Georg und ich schon zu Studienzeiten zusammengewohnt haben?« Sophie nickte. »Wir waren immer die besten Freunde, und ehrlich gesagt hätte ich mich damals auch gehütet, ausgerechnet was mit Georg anzufangen. Er war ziemlich beliebt und nicht unbedingt das, was man ein Kind von Traurigkeit nennt.«

»Das glaube ich gern«, sagte Sophie, die Anna gegenüber zwar immer wieder betonte, wie steinalt sie Georg fand, aber dennoch durchaus imstande war zu erkennen, dass er ein sehr attraktiver Mann war.

»Ich habe Georg damals besucht. Er hatte versprochen, wie in Studentenzeiten für mich zu kochen. Sabine, seine Frau, war mit den Kindern verreist. Sie suchten wohl gerade Abstand zueinander oder so was in der Art. Ich bin jedenfalls total durchnässt in seinem Haus angekommen und brauchte dringend trockene Sachen. Georg hat mir dann eins von seinen Hemden rausgesucht und mir ein Bad eingelassen, damit ich mich aufwärmen konnte.«

»Na, na, na!« Sophie grinste. »Ein Bad eingelassen? Ich muss schon sagen.«

Anna wurde gegen ihren Willen rot. »Warum erzähle ich dir das alles überhaupt? Wir sollten uns jetzt noch mal ein paar Stunden aufs Ohr legen, oder besser gesagt, ich sollte das tun, bis Emily aufwacht. Du kannst ja bis in die Puppen schlafen.«

»Seid ihr denn dann gar nicht zusammen gewesen?«, ließ Sophie nicht locker. »Eine Nacht und aus?«

»Wir wussten, glaube ich, beide damals nicht, was wir wollten. Georg hatte ja immerhin auch eine Familie, die er nicht ohne Weiteres aufgeben wollte. Ich wusste natürlich auch erst gar nicht, dass ich schwanger bin. Woher auch! Die Ärzte haben mir damals gesagt, dass ich wohl nie wieder schwanger werden würde. Ansonsten wären wir sicher auch nicht so unvernünftig gewesen.«

»Wahrscheinlich sollte es so sein«, sagte Sophie, und in ihrem Ausdruck lag eine jugendliche Verzücktheit, die Anna irgendwie rührend fand. »Dein Leben ist wie in *Verbotene Liebe*. Ich beneide dich!«

Anna musste über den Vergleich ihres Lebens mit einer Daily Soap herzlich lachen und verschluckte sich an dem Wein.

»Du machst mir Spaß«, prustete sie. »Ich wünschte mir für mein Leben ein bisschen weniger Drama.« Es entstand eine kleine Pause, in der Anna Sophie forschend ansah.

»Wie steht es mit dir? Gibt es jemanden?«

Während Sophie gerade noch offen und mitteilsam gewirkt hatte, musste Anna nun enttäuscht feststellen, dass sie sich wie gewohnt wieder in ihr Schneckenhaus zurückzog, sobald Anna sie auf etwas Persönliches ansprach.

»Nee, Quatsch«, sagte sie und schlug die Augen nieder.

»Dieser Junge, ich meine, dieser Jens – interessierst du dich für den?«

Sophie verschränkte die Arme vor der Brust und schien geradezu erschreckt über diese Frage zu sein.

»Nee.«

»Du bist echt lustig, Sophie. Ich liefere dir hier einen erstklassigen Seelenstriptease, und wenn ich einmal etwas von dir wissen will, verrätst du mir kein einziges Wort. Ich möchte wirklich gern eine Freundin für dich sein oder vielleicht so etwas wie eine Schwester, weißt du.« Es dauerte eine Weile, bevor Sophie antwortete.

»Manchmal führst du dich auf wie eine neugierige Mutter.«

Anna entschloss sich, die Gelegenheit beim Schopfe zu packen. »Denkst du eigentlich oft an deine Mutter? Ich meine, interessiert es dich nicht zu erfahren, wer sie ist? Vielleicht solltest du sie doch kennenlernen?« Sophie sah

Anna nicht einmal an, sondern blickte stur in den Garten hinaus, als hätte sie sie nicht gehört.

»Weißt du, als ich Marie damals verloren habe«, wagte Anna einen erneuten Vorstoß, »habe ich gehofft, auf der Stelle tot zu sein. Und heute bin ich dankbar für jeden Tag, den ich lebe und an sie denken kann. Manchmal stelle ich mir vor, wie sie mit Emily spielt, und wenn ich Emily Sachen kaufe, schaue ich manchmal nach, ob es das Kleid auch in Maries Größe gibt. Ich weiß, dass es verrückt ist, aber ich glaube, dass man mit seiner Vergangenheit Frieden schließen muss, wenn man zurechtkommen will. Denk darüber nach. Vielleicht wäre es doch richtig, wenn du Kontakt zu ihr aufnehmen würdest, um herauszufinden, wer sie ist, und dann vielleicht auch dich selbst besser zu verstehen.«

Sosehr Anna es sich wünschte, es gelang ihr dennoch nicht, Sophie zu entlocken, was sie empfand. Anna wusste, dass Sophies Mutter Briefe an ihre Tochter schrieb, die Sophie offenbar nicht las, denn Anna hatte einige ungeöffnet aus dem Papierkorb gefischt.

»Ich weiß, dass du in dieser Sache deine eigenen Entscheidungen treffen musst, aber vielleicht wäre es gut, wenn du deinen Mut zusammennehmen und dich mit deiner Mutter auseinandersetzen würdest.«

Sophie schwieg noch immer. Sie wich Annas Blick aus, und Anna wusste, dass das Mädchen in diesem Moment sehr traurig war.

»Ich bin immer für dich da«, sagte Anna schließlich und stand auf. Sie drückte Sophie einen Kuss auf die Wange, bevor sie hineinging. »Schlaf gut und träum was Schönes.«

10. KAPITEL

Dicht an die Wand gepresst schlich er über den kalten Linoleumfußboden der im Herzen der Lübecker Altstadt beim Dom gelegenen Klinik und schrak zusammen, als er Geräusche am anderen Ende des Flures vernahm. Er hastete drei Schritte zurück und verschwand erneut in dem dunklen kleinen Putzraum. Mit klopfendem Herzen und geschlossenen Augen stand er von innen gegen die Tür gelehnt und lauschte angespannt in die Dunkelheit. Mit gleichmäßigen Schritten näherte sich die Nachtschwester seinem Versteck. Der kleine Raum, der rundherum mit Borden für Putzutensilien und Eimer bestückt war, bot keinerlei Möglichkeit, sich zu verkriechen. Plötzlich, als die Nachtschwester auf Höhe seiner Tür angekommen schien, wurde es still, und er vernahm nichts außer dem leisen Summen der Neonröhren. Er meinte bereits, ihre Hand am gegenüberliegenden Türknauf zu spüren, als ihn ein lautes Klappern zusammenzucken ließ. Es dauerte einen Moment, bevor er begriff, dass die Nachtschwester mit dem Geschirr auf dem einige Meter entfernt stehenden Getränkewagen hantierte. Sein Herz schlug ihm bis zum Hals, und er spürte seine Knie weich werden. Für einen Moment schloss er die Augen, und ihm kam das Bildnis der heiligen Jungfrau Maria in den Sinn, die, ihr Kind im Arm, in Stein gehauen das Portal des roten Backsteingebäudes schmückte. Obwohl er nicht sonderlich gläubig war, schien sie sein Stoßgebet gehört zu haben: Endlich wurde er erlöst, die Schritte entfernten sich wieder, wurden immer leiser und verstummten schließlich ganz. Vorsichtig öffnete er die Tür einen Spaltbreit und spähte auf den Flur hinaus. Es war wieder ruhig. Bis zum Krankenzimmer von Carla Brunsen waren es höchstens zwanzig Schritte. Er nahm seinen Mut zusammen, trat erneut hinaus und hastete lautlos voran. Ungestört erreichte er schließlich das Zimmer mit der Nummer 12, drehte behutsam den Türknauf und trat ein. Auf leisen Sohlen näherte er sich ihrem Krankenbett und lauschte dem Rhythmus ihres Atems. Der Mond schien friedlich und still durch das weiße Sprossenfenster und ließ ihr Gesicht grau erscheinen. Mit Ausnahme der kleinen Nachtleuchte, die am Eingang des Raums oberhalb der Fußleisten angebracht war, brannte im Zimmer kein Licht. Er trat zum Schrank und öffnete ihn leise. Es gelang ihm, die Kleiderbügel nahezu lautlos auseinanderzuschieben. Mit flinken Fingern durchwühlte er die Manteltaschen, in denen er zu seiner Enttäuschung nichts außer einem zerknüllten Papiertaschentuch fand. Während er auch ihr Jackett erfolglos durchsuchte, blieb sein Blick stets wachsam auf das Bett gerichtet. Sie lag auf dem Rücken, und ihr pfeifendes gleichförmiges Schnarchen ließ ihn sicher sein, dass sie fest schlief. Er tastete das Regal oberhalb der Kleiderstange ab, fand jedoch auch hier nichts. Leise schloss er den Schrank wieder und trat an ihr Bett. Er hielt einen Moment inne. Sein Atem hatte sich inzwischen wieder beruhigt. Sie sah ganz friedlich aus. Er vergewisserte sich, dass der Notknopf in sicherer Entfernung abgelegt war, und öffnete die Nachttischschublade. Erleichterung überkam ihn, als er ihr Portemonnaie darin ertastete. Er würde also nicht mehr weiter danach suchen müssen. Den Zwanzigeuroschein und die wenigen Münzen, die er fand, ließ er in seine Tasche gleiten. Sie würde den Verlust verschmerzen können. Sie besaß schließlich genug Geld, und die, die sie einmal beerben würden, hatten sich ohnehin nie um sie gekümmert. Sie warteten nur darauf, dass sie starb. Ihn hatte sie gemocht. Vielleicht würde sie es ihm am Ende nicht einmal übel nehmen. Er zögerte keinen Augenblick, als er auf dem Nachttisch ihre abgelegte Armbanduhr entdeckte. Die alte Frau stieß einen grunzenden Schnarchlaut aus, der ihn zusammenzucken ließ, als er seine Hand nach der Uhr ausstreckte. Fast schien es, als wolle sie nun doch gegen sein Handeln protestieren. Sein Blick fiel auf ein Kissen, das am Fußende ihres Bettes lag und dessen pralle Glätte irgendwie im bizarren Kontrast zu ihrem faltigen Gesicht stand. Ihm schoss der Gedanke durch den Kopf, wie leicht es wäre, zum Herrn über Leben und Tod zu werden. Er müsste das Kissen nur auf ihr Gesicht pressen. Womöglich würde sie es als Erlösung empfinden. Welchen Sinn machte es denn, in einem Krankenhaus oder Pflegeheim auf den Tod zu warten?

Er sah auf die Uhr. Es war zwei Uhr morgens. Er musste sich beeilen.

11. KAPITEL

Annas Fahrstil war Zeugnis ihrer Ungeduld und Anspannung. Sie wollte so schnell wie möglich in Hamburg ankommen. Petra Kessler ging es offenbar genauso. Sie hatte sich sofort entschieden, Anna zu begleiten, nachdem diese ihr die Abbildung der Porzellandose im Internet gezeigt hatte. Für sie gab es keinen Zweifel, dass es sich bei dem Stück um das Eigentum ihrer Mutter handelte.

Sophie saß mit Emily auf dem Rücksitz. Anna war dankbar, dass Sophie bereit gewesen war, sie zu begleiten. So könnte sie sich in Ruhe mit dem Inhaber des Auktionshauses unterhalten, ohne sich dabei um Emily kümmern zu müssen.

»Mir ist immer noch unerklärlich, wie Sie die Dose im Internet entdeckt haben«, sagte Petra Kessler.

»Ich konnte es selbst kaum glauben. Es war im Grunde auch reiner Zufall, dass ich die Dose auf der Internetseite dieses Hamburger Auktionshauses gefunden habe, nachdem ich vorher eine Ewigkeit damit zugebracht hatte, eBay-Auktionen zu beobachten.«

»EBay. Sie haben doch nicht ernsthaft geglaubt, dort meine Dose finden zu können. Da verscherbelt man doch wohl eher gebrauchte Elektronik und Flohmarktware.«

Der Tonfall, in dem Petra Kessler sprach, klang für Anna auch heute wieder unerträglich schnippisch. Sie fragte sich, weshalb sie sich überhaupt veranlasst fühlte, dieser Frau zu helfen, die offenbar nicht einmal in der Lage war, sich zu bedanken. Immerhin hoffte Anna, dass Petra Kessler nun endlich den absurden Verdacht gegen sie fallen lassen würde.

»Es werden über eBay inzwischen aber auch sehr wertvolle Dinge wie Schmuck und Antiquitäten angeboten.« Anna versuchte sich ihren Ärger nicht anmerken zu lassen. »Ich habe einige Artikel beobachtet und gesehen, dass ganze Service von Meissen dort für bis zu 20 000 Euro den Besitzer gewechselt haben.«

»Unglaublich«, sagte Petra Kessler und klang jetzt etwas kleinlauter. »Ich kann mir einfach nicht vorstellen, dass es Leute gibt, die über eBay Gegenstände für 10 000 Euro und mehr ersteigern, ohne sich die Sachen vorher persönlich angesehen zu haben.«

»Es ist natürlich auch möglich, dass manche Händler über eBay nur auf ihr Angebot aufmerksam machen wollen und das als eine Art Werbeplattform nutzen«, räumte Anna ein.

»Ist doch auch egal«, meldete sich Sophie von der Rückbank. »Wie hast du denn jetzt diese Dose überhaupt gefunden?«

»Ich habe über das Internet einige Auktionshäuser in Lübeck und Umgebung ausfindig gemacht und teils sogar abtelefoniert. Gestern war Hamburg an der Reihe, und da habe ich durch Zufall auf der Seite des Auktionshauses Hembill eine Auktionsankündigung für kommende Woche entdeckt, in der neben einigen weiteren Exponaten auch die Dose von Frau Möbius abgebildet war.«

»Wenn es tatsächlich die Dose ist!«, gab Sophie zu bedenken.

Anna verließ die Autobahn und lenkte den Wagen in Richtung Hauptbahnhof.

»Kennen Sie Hamburg gut?«

»Selbstverständlich«, sagte Petra Kessler in ihrem gewohnt affektierten Tonfall, »schließlich ist Hamburg eine Messestadt.«

»Wie kann man nur so blöd sein und etwas, das man gerade geklaut hat, ins Internet stellen lassen?«, fragte Sophie und wedelte gleichzeitig mit einem Stoffhasen vor Emilys Gesicht herum, die freudig quietschend danach griff.

»Das ist eine gute Frage«, bestätigte Anna. »Allerdings profitiere ich in meinem Job davon, dass die meisten Straftäter Fehler machen. Das gehört sozusagen ein Stück weit zum Berufsbild.«

»Aber im Ernst«, sagte Petra Kessler, »ich kann das auch kaum glauben. Er muss doch damit rechnen aufzufliegen.«

Anna schüttelte den Kopf.

»Na ja, in unserem Fall hat er die Dose ja nicht selbst ins Netz gestellt. Das Auktionshaus Hembill ist schließlich ein renommiertes Haus. Vielleicht hat der Dieb nicht damit gerechnet, dass man die Dose gleich im Internet präsentiert. Woher sollte er denn außerdem wissen, dass Sie die Dose vermissen würden?«

Petra Kessler kommentierte Annas Einwand lediglich mit einem Achselzucken, und Anna war froh, dass sie ausnahmsweise einmal nicht versuchte, das letzte Wort zu haben.

Sie hatten Glück und fanden einen Parkplatz unweit des Eingangs. Dort lud Anna zunächst Sophies Rollstuhl aus, stellte ihn neben der hinteren Autotür ab und half dem Mädchen dann aus dem Wagen. Danach holte sie die Kinderkarre aus dem Heckraum und hob endlich Emily aus ihrem Sitz, die ihr Köpfchen sofort an Annas Schulter schmiegte. Petra Kessler betrachtete die Szene und wirkte ungeduldig, während sie kapriziös die Falten ihres eisblauen Sommerjacketts glatt strich. Auf die Idee, Anna zu helfen, kam sie offenbar nicht. Sie wartete einfach nur, bis sich die Formation endlich in Richtung Eingang des kleinen Auktionshauses in Bewegung setzen konnte.

Die Tür mündete unmittelbar in den kleinen, von Glasvitrinen umsäumten Verkaufsraum, an dessen Decke ein prunkvoller Murano-Leuchter prangte. Anna liebte Auktionshäuser, hatte jedoch an diesem Tag für die ausgestellten Silberkannen und -bestecke, Porzellantiegel und Services keinen Blick übrig. Sie schritt sofort auf den Verkaufstresen zu, hinter dem ein Herr mittleren Alters stand. Er musterte die vier ungleichen Besucherinnen über den Rand seiner auf der Nasenspitze sitzenden Brille hinweg.

Wie zwischen den Frauen vereinbart, ergriff zunächst Anna das Wort. »Guten Tag, ich bin Anna Lorenz«, stellte sie sich vor. »Ich möchte zu Herrn Dieckmann ...«

»Den haben Sie vor sich«, begrüßte er sie höflich und reichte erst Anna, dann Petra Kessler und danach Sophie die Hand.

»Frau Kessler«, sagte Anna mit Blick auf ihre Begleiterin, »interessiert sich für die von Ihnen ausgestellte Porzellandose.«

»Das sagten Sie am Telefon.« Dieckmann nahm einen Schlüssel aus einer der Tresenschubladen und deutete auf eine Vitrine am Ende des Raumes. »Dort hinten steht sie.« Er richtete einen Seitenblick auf Emily, die gerade aus ihrer Karre gekrabbelt war und auf eine in der Ecke abgestellte Bronzefigur zusteuerte. Anna fing sie wieder ein und setzte ihre wild protestierende Tochter auf Sophies Schoß.

»Ich kann die Auktion für das Stück natürlich kaum noch absagen«, erklärte Dieckmann, als er auf die Vitrine zutrat.

Petra wollte gerade protestieren, als Anna sie mit einem mahnenden Seitenblick daran erinnerte, dass sie sich darauf verständigt hatten, sich zunächst als Kaufinteressenten auszugeben.

»Wenn Sie ernsthaftes Interesse an dem Stück haben, können Sie sich natürlich an der Auktion beteiligen.«

Anna brauchte Petra Kessler gar nicht erst zu fragen, ob es sich um die Dose ihrer Mutter handelte. Ihr Blick sprach Bände.

»Sie ist wirklich wunderschön«, flüsterte Petra Kessler. Sie musste sich augenscheinlich zusammenreißen, dem Mann das teure Stück nicht aus den Händen zu reißen. Dieser schien die Anspannung seines Gegenübers allerdings nicht zu bemerken.

»In der Tat«, bestätigte er stolz. Offenbar hatte er in Petra Kessler, die auch heute wieder nicht nur elegante Designerkleidung, sondern dazu noch exklusiven Piaget-Schmuck trug, eine potenzielle Kundin erkannt.

»Ein sehr ungewöhnliches und seltenes Stück.«

»Besitzen Sie eine Expertise?«, fragte Petra Kessler.

»Selbstverständlich.«

»Wo liegt das Mindestgebot?«, schaltete sich Anna wieder ein.

»Bei 11 000 Euro. Ein Preis, den ich nicht aufrufen würde, ohne mir sicher zu sein, es mit einem Original zu tun zu haben. Ich habe in meinem Geschäft schließlich einen Ruf zu verlieren.«

»Sicher«, sagte Anna. »Von wem haben Sie dieses Stück denn erworben?«

»Sie werden Verständnis dafür haben, dass ich meinen Kunden gegenüber zu Diskretion verpflichtet bin. Ich will allerdings so viel verraten, dass die Dose aus dem Nachlass einer Dame stammt und mir vor wenigen Tagen von ihrem Enkel angeboten worden ist.«

»Ist es für Ihr Haus nicht ungewöhnlich, so ein Stück im Internet auszustellen?«, fragte Anna weiter.

»Was heißt ausstellen?« Dieckmann war anzusehen, dass er Annas Frage nicht einzuordnen wusste. »Auch wir kommen heutzutage am Internet nicht mehr vorbei. Es hat sich in der Vergangenheit noch nie als Nachteil erwiesen, einige Stücke aus der Auktionsankündigung auch im Internet zu zeigen. Wenn ich mir die Bemerkung erlauben darf, verdanke ich doch wohl auch Ihren Besuch heute unserer Internetpräsenz, oder?« Dieckmann setzte ein geschäftsmäßiges Lächeln auf.

»War dem jungen Mann denn daran gelegen, das Stück schnell zu verkaufen?«, forschte Anna weiter.

Irritiert blickte Dieckmann von seiner potenziellen

Kundin Petra Kessler zu Anna. Ihm dämmerte wohl, dass er es gerade nicht mit einem klassischen Verkaufsgespräch zu tun hatte.

»Dem jungen Mann war daran gelegen, möglichst kurzfristig an Geld zu kommen«, bestätigte er dann in einem Tonfall, in dem Misstrauen anklang. »Wenn ich es richtig verstanden habe, plante er, im Ausland sein Glück zu versuchen, und wollte sich durch den Verkauf verschiedener Gegenstände sein Startkapital sichern.«

»Hat er Ihnen vielleicht noch weitere Dinge – zum Beispiel Münzen – angeboten?« Anna hatte keinen Zweifel daran, dass es sich bei dem Auktionator um einen seriösen Geschäftsmann handelte, der mit Sicherheit nicht wissentlich Hehlerware angekauft hatte.

Dieckmann schüttelte den Kopf. »Nein«, sagte er und schien nachzudenken. »Er hat sich allerdings bei mir nach Goldankäufern erkundigt.«

Anna und Petra Kessler wechselten einen Blick, der es Letzterer erlaubte, nunmehr die Karten auf den Tisch zu legen.

»Darf ich die Expertise bitte einmal sehen?«, fragte sie.

»Aber natürlich dürfen Sie das.« Dieckmann wollte sich gerade abwenden, um diese zu holen, als Petra Kessler fortfuhr:

»Die Expertise stammt von Dr. Heinecken und wurde im Jahre 1964 erstellt, nehme ich an.«

Der Auktionator hielt abrupt in seiner Bewegung inne und wandte sich ihr mit einer Mischung aus Misstrauen und Neugier im Blick zu.

»Woher wissen Sie das?«

»Ich weiß es, weil ich diese Dose nicht ersteigern muss, da sie mir bereits gehört.«

Dieckmann schien das Gesagte auf sich wirken zu lassen, während er das teure Stück vorerst wieder in die Vitrine zurücklegte und diese verschloss.

»Ich denke, Sie werden mir das etwas näher erläutern müssen.« Er ließ den Schlüssel in seine Tasche zurückgleiten.

»Selbstverständlich«, sagte Anna und klärte ihn knapp über die Hintergründe ihres Besuchs auf.

»Ich werde jetzt die Kripo in Lübeck informieren und muss Sie bitten, das Stück vorerst unter Verschluss zu halten. Sie werden wohl einige Fragen beantworten müssen.«

Dieckmann nickte. Er schien ehrlich betroffen zu sein.

»Können Sie den Mann beschreiben, der Ihnen die Dose angeboten hat? Sicher haben Sie auch seine Personalien, oder?«, fragte Anna weiter.

»Ich nehme selbstverständlich die Personalien meiner Kunden auf und habe mir natürlich auch in diesem Fall eine Kopie vom Ausweis gemacht. Das mache ich grundsätzlich, wenn mir Kunden nicht persönlich bekannt sind, um mich gegen mögliche Regressansprüche zu schützen.«

Er ging zu seinem Tresen zurück und forderte seine Besucherinnen mit einem Nicken auf, ihm zu folgen.

»Jens Asmus«, sagte Anna leise, als sie den Mitarbeiter des Pflegedienstes auf der gefertigten Ausweiskopie erkannte. Die Schimpftiraden, die Petra Kessler über die deutsche Jugend von heute von sich gab, nahm sie kaum wahr. Sie blickte auf Sophie, die sich scheinbar unbeteiligt der kleinen Emily zugewandt hatte, und doch konnte Anna im Spiegel einer der Vitrinen ihr Gesicht sehen. Sophie kämpfte ganz offenbar mit den Tränen, und das erfüllte Anna mit tiefer Besorgnis.

12. KAPITEL

Anna hatte einige Mühe gehabt, Petra Kessler auf der Rückfahrt zu vermitteln, weshalb sie die Dose, die zweifellos ihr Eigentum war, nicht gleich hatte mitnehmen können. Schließlich war sie aber doch einsichtig gewesen. Ein wenig konnte Anna den Ärger und das Misstrauen dieser Frau gegenüber der Polizei verstehen, jedenfalls als sie erfuhr, dass die Beamten des zuständigen Polizeikommissariats deren Diebstahlsanzeige bisher noch nicht bearbeitet hatten.

Allein Annas Initiative war es zu verdanken, dass die Staatsanwaltschaft Lübeck jetzt einen Durchsuchungsbeschluss für die Wohnung von Jens Asmus erwirkt hatte. Auch die förmliche Vernehmung des Antiquitätenhändlers Dieckmann und die Beschlagnahme der Dose waren inzwischen veranlasst worden.

»Wenn ich nicht nach der Dose gesucht hätte«, schimpfte Anna mit Kommissar Bendt, »hätten deine Kollegen wahrscheinlich überhaupt nichts unternommen.«

Der attraktive Kommissar saß Anna gegenüber am Küchentisch und hörte ihr geduldig zu. Er hatte Anna zu Hause aufgesucht, um sie vom Fortgang der Ermittlungen zu unterrichten. Anna war richtig erschrocken, als er plötzlich vor ihr gestanden hatte. Nie im Leben hätte sie gedacht, dass sie die Erinnerungen mit solcher Macht überrollen würden. Sie hatte sich einen Schutzpanzer zugelegt, und es war ihr in den vergangenen zwei Jahren recht gut gelungen, die schrecklichen Erlebnisse, die sie durch die gemeinsamen Ermittlungen in dem spektakulären Frauenmordfall miteinander verbanden, zu verdrängen. Anna war nicht darauf vorbereitet gewesen, dass allein Bendts Anwesenheit ihre Erinnerungen mit einer derartigen Heftigkeit wieder hochspülen würde. Sie wollte nicht an damals zurückdenken, nicht an die Todesangst erinnert werden, die sie empfunden hatte, als sie um ein Haar selbst in einem Waldstück bei Lübeck zum Mordopfer geworden wäre. Bendt war untrennbar mit diesem Erlebnis verknüpft. Er sollte so schnell wie möglich wieder aus ihrem Alltag verschwinden.

»Ich kann nicht glauben, dass deine Kollegen es nach Eingang der Anzeige nicht einmal für nötig gehalten haben, eine Befragung der Nachbarn durchzuführen, um herauszufinden, ob irgendjemand am Morgen, an dem Frau Möbius aufgefunden wurde, oder an dem Abend zuvor etwas Verdächtiges gesehen hat.«

»Also entschuldige mal«, sagte Bendt. Der sportliche Kommissar mit den stahlblauen Augen lächelte sie an. »Seit wann haben wir genug Beamte, um nach einer einfachen Diebstahlsanzeige Nachbarschaftsbefragungen durchzuführen? Dein Einsatz in der Sache war toll und überraschend erfolgreich, du musst aber wohl zugeben, dass so etwas kaum zu erwarten war. Außerdem haben die Kollegen Petra Kesslers Anzeige wahrscheinlich nicht ernst genommen. Du weißt doch genau, dass Erben ständig Dinge aus dem Nachlass vermissen und Anzeigen erstatten, obwohl die Sachen schon Monate vorher verschenkt, weggeworfen oder verkauft worden sind.«

»Es ging hier aber nicht um irgendetwas, sondern um eine sehr wertvolle alte Dose«, protestierte Anna und fuhr sich durch ihre störrischen Locken.

Sie spürte selbst, dass sie übereifrig auf Bendt wirken musste. Wahrscheinlich fand er es befremdlich, dass sie bisher kaum ein persönliches Wort mit ihm gewechselt hatte. Vielleicht hielt er sie sogar für gefühllos oder undankbar. Immerhin war er es gewesen, der sie im Wald gefunden und ihr vielleicht sogar das Leben gerettet hatte.

»Theoretisch hätte Jens Asmus oder jemand anders die Münzen und die Dose auch schon Wochen vor ihrem Tod entwendet haben können«, sagte Bendt.

»Das ist doch vollkommen unwahrscheinlich.« Anna hatte Schwierigkeiten, sich zu konzentrieren und all die Fragen, die ihr durch den Kopf schossen, zu verdrängen. Was wollte er wirklich hier? Ging es ihm um den Fall Möbius, oder wollte er sie einfach nur wiedersehen? Damals hätte sich vielleicht etwas zwischen ihnen entwickeln können, wenn sie nicht mit Emily schwanger geworden wäre. Aber dieses Kapitel war nun endgültig abgeschlossen.

»Frau Möbius hat mir erzählt, dass sie die Dose in ihrem Schlafzimmer stehen hatte. Ältere Damen achten auf ihre Dinge. Außerdem war ihr das Stück unglaublich wichtig und wertvoll. Natürlich hätte sie bemerkt, wenn die Dose plötzlich nicht mehr an ihrem Platz gewesen wäre.«

»Mag sein, vielleicht aber auch nicht. Weißt du genug von dieser Frau, um das so sicher behaupten zu können?«

Anna holte kaum Luft, während sie auf ihn einredete. Sie betete, dass er nicht von damals anfangen würde. Die Tatsache, dass sie sich nie jemandem anvertraut hatte und die wahren Umstände um Oberstaatsanwalt Tiedemanns Tod bis zum heutigen Tag geheim hielt, lastete plötzlich wieder schwer auf ihrem Gewissen. Dennoch glaubte sie nach wie vor, das Richtige getan zu haben. Sie wollte nur die Fragen klären, die heute zu klären waren, und hoffte, Bendt würde so schnell wie möglich wieder aus ihrer Küche und ihrem neuen Leben verschwinden.

Er öffnete den Mund und schien etwas sagen zu wollen, aber Anna kam ihm zuvor.

»Ich habe heute mit einer Nachbarin gesprochen«, sagte sie. »Von ihrem Haus aus kann man den Garten und die Terrasse von Frau Möbius einsehen. Sie hat mir erzählt, dass Frau Möbius elektrische Fensterheber für ihre Außenjalousien hatte.«

»Ja und?«, fragte Bendt irritiert.

»Die Jalousien gingen jeden Tag um Punkt 08.30 Uhr hoch.«

»Ich verstehe nicht, worauf du hinauswillst.«

»Jens Asmus hat Frau Möbius jeden Morgen um 07.30 Uhr aufgesucht. Wenn sie an diesem Morgen bereits tot war und folglich auf sein Klingeln hin die Haustür nicht öffnete, dann konnte er doch gar nicht über die Terrasse ins Haus gelangen, die Tote finden und sich entschließen, sie zu bestehlen.«

»Verstehe. Selbst wenn die Terrassentür offen stand, so waren doch in jedem Fall die Rollläden noch geschlossen. Wenn deine Vermutung richtig ist, dann hat Frau Möbius ihn an dem Morgen wahrscheinlich selbst ins Haus gelassen ...«

»Es sei denn, er ist an diesem Morgen erst nach 08.30 Uhr bei ihr gewesen.«

»Das wäre natürlich auch möglich. Wie kannst du aber sicher sein, dass die Jalousien abends tatsächlich runtergelassen wurden? Vielleicht hat sie die Rollläden ja genauso offen gelassen wie die Terrassentür.«

»Wie viele ältere Damen kennst du, die nachts ihre Türen sperrangelweit offen lassen? Ich halte das für sehr unwahrscheinlich. Ich frage mich eher, ob Jens Asmus sie nicht vielleicht nur bestohlen, sondern auch umgebracht hat.«

Ein Geräusch aus Richtung der Küchentür ließ Anna aufhorchen. Erst jetzt bemerkte sie Sophie, die dort blass und regungslos in ihrem Rollstuhl saß und sie mit aufgerissenen Augen anstarrte.

13. KAPITEL

Es kostete Petra Kessler einige Überwindung, den Keller und den Dachboden zu durchstöbern. Der Keller war immerhin etwas kühler und bewahrte sie davor, ständig den Geruch ihres eigenen Schweißes ertragen zu müssen. Petra empfand jedoch tiefen Ekel vor all dem Staub und Dreck, der sich hier im Laufe der Jahre hinter altem Zeug angesammelt hatte. Immer wieder gab sie dem Drang nach, in das WC im Erdgeschoss zurückzukehren, um ihre Hände und Unterarme gründlich einzuseifen. Sie schrubbte mit dem Bimsstein über die bereits rot angeschwollene Haut und beobachtete das schaumige Wasser, das träge im Ausguss des rosafarbenen Beckens abfloss. Sie ließ sich Zeit für ihr Säuberungsritual, wenngleich es nutzlos schien. Denn was sie abzuwaschen imstande war, das war nur der oberflächliche Staub, nicht der wie Pech an ihr haftende Schmerz, den die Konfrontation mit ihrer Vergangenheit mit sich brachte. Kaum etwas schien in diesem Haus verändert zu sein. Wie sehr sie das in den Siebzigerjahren renovierte WC mit seinen grell türkisfarbenen Fliesen hasste. Es war hässlich und unvollkommen, wie sie selbst es einst gewesen war. Es war eine Qual, den Nachlass ihrer Mutter zu sichten, verbargen sich doch in jedem Raum die Dämonen ihrer Vergangenheit, die ihr auflauerten und ihre Ängste nährten. Aber sie zwang sich zu bleiben. Sie musste finden, wonach sie seit Tagen so verzweifelt gesucht hatte. Irgendwo musste ihre Mutter die Papiere aufbewahrt haben, die es unbedingt zu vernichten galt.

Der Inhalt mancher Kartons war harmlos: alte Küchengeräte, Radios und Tischwäsche, alles Dinge, mit denen sie nichts verband. Der Inhalt anderer Kisten hingegen traf sie wie ein Schlag in den Magen, trieb kalten Schweiß auf ihre Stirn und ließ sie würgen. Es waren insbesondere Fotos und andere persönliche Gegenstände, die in ihr Gefühle wachriefen, die sie bisher so erfolgreich verdrängt hatte. Auf den Bildern, die Petra im Alter von etwa zehn bis fünfzehn zeigten, schien rein äußerlich eine Fremde abgebildet zu sein. Nichts in ihrem Gesicht erinnerte heute mehr an das pummelige Mädchen von einst mit der pickeligen Knubbelnase, den Pausbacken und der dicken Brille. Petra wog mit ihren eins sechzig noch nicht einmal fünfzig Kilo. Ihre Nase war dank der schon vor Jahren vorgenommenen Korrektur klein, schmal und spitz, ihre Wangenknochen waren aufgespritzt und die Fältchen auf der Stirn und um die Augen mittels Botox geglättet. Petra hasste das Mädchen, das sie auf den Bildern sah. Sie hasste es dafür, dass es sie mit ihren eigenen Augen ansah, die aus diesem unvollkommenen Gesicht hervorstachen. Ihr altes Ich ekelte sie an, wie der stinkende tote Frosch, den sie unter dem Becken in der Waschküche gefunden hatte. Er hatte sich dort in der Schmutzwäsche ihrer Mutter verfangen und war qualvoll verendet. Der widerlichen Kreatur war eine der typischen spießigen Kittelschürzen zum Verhängnis geworden, die ihre Mutter über Jahrzehnte bei der Hausarbeit getragen hatte und die ihm nun die Kehle zugeschnürt hatte. Petra hatte hysterisch aufgeschrien, als das tote, kalte grünlich braune Ungetüm ihren Handrücken gestreift hatte. Sie war wie von Sinnen die Kellertreppe nach oben gestolpert, hatte dabei fast den Halt verloren und wäre in die Hölle zurückgestürzt, wenn sie nicht in letzter Sekunde das Treppengitter ergriffen und sich nach oben gerettet hätte. Zitternd und vor Ekel keuchend streifte sie nun im Badezimmer des Obergeschosses mit spitzen Fingern ihre Kleidung ab. Es gelang ihr, jeden Kontakt ihrer Bluse oder gar ihres Körpers mit der Stelle ihrer Hand zu vermeiden, wo das glitschige Tier ihre Haut berührt hatte. Sie fixierte den Punkt unterhalb ihrer Fingerkuppen, den sie als kalt und schmerzend empfand, während sie den Hahn der Dusche aufdrehte. Es dauerte eine Weile, bis das Wasser endlich heiß wurde und über die hellblauen, mit Blumen verzierten Fliesen in den Abfluss des Duschbeckens rann. Petras Schläfen pochten, und sie spürte, dass die Migräne wie ein bösartiges Reptil ihren Nacken hinaufkroch. Sie streckte zunächst nur den Arm aus, blieb nach vorne gebeugt vor der Dusche stehen und beobachtete, wie das heiße Wasser von ihrer Hand tropfte. Schon bereute sie, dass sie die Stelle nicht zunächst im Waschbecken gereinigt hatte. Denn jetzt konnte sie sich nicht überwinden, mit ihren nackten Füßen in das Duschbecken zu steigen. Zu groß war die Gefahr, dass dort noch etwas von dem ekligen zähen Schleim haften könnte, den sie berührt hatte. Petra drehte das Wasser wieder aus und fischte die Flasche mit Desinfektionsmittel hervor, die sie im Wischeimer hinter der Toilette verstaut hatte. Hektisch verteilte sie deren gesamten Inhalt in der Duschwanne und hoffte, dass das Mittel die giftigen Bakterien zu besiegen vermochte. Der beißende Geruch des Reinigungsmittels stieg ihr in die Nase und verschlimmerte den Schmerz in ihrem Kopf. Die schwarzen Schleier, die sich als regelmäßige Begleiter ihrer Migräne vor ihren Augen ausbreiteten, wurden dichter und verengten ihr Sichtfeld. Petra schwitzte, als sie den Heißwasserhahn abermals aufdrehte und die Duschwanne wieder und wieder ausspülte, bis der ganze Raum von heißem Wasserdampf erfüllt war. Dann drehte sie das Wasser erneut ab, horchte in sich hinein und spürte, dass ihre Haut ebenfalls noch immer verunreinigt war. Sie eilte zum Spiegelschrank, wo sie ein Desinfektionsspray für die Haut verstaut hatte, und besprühte ihren rechten Handrücken damit. Mit einem Waschlappen rieb sie die Stelle gründlich ab, bevor sie den verunreinigten Lappen in den Toiletteneimer warf, einen weiteren zur Hand nahm und das Ritual wiederholte. Sie war furchtbar erschöpft und wollte sich ausruhen, konnte es aber nicht, weil sich der Froschschleim nicht abreiben ließ, sondern auf ihrer Haut brannte und sich über ihren ganzen Körper auszubreiten schien. Sie wusch und schrubbte sich, bis sie völlig erschöpft und weinend auf der Badematte zusammensackte und der Schmerz in ihrem Kopf übermächtig wurde.

Auch an diesem Tag hatten die Schatten der Vergangenheit sie eingeholt.

14. KAPITEL

Hauptkommissar Theodor Braun war als Leiter des Morddezernats nicht schwer davon zu überzeugen gewesen, die Ermittlungen gegen Jens Asmus zu übernehmen. Er teilte Anna Lorenz' Auffassung, dass zumindest ein Anfangsverdacht gegen Jens Asmus wegen Mordes bestand.

Petra Kessler hatte sich vehement gegen eine Exhumierung und Obduktion der Leiche ihrer Mutter ausgesprochen, musste schließlich jedoch einlenken, weil diese Schritte unter den gegebenen Umständen unumgänglich waren.

Braun erhoffte sich bereits für den Nachmittag erste Ergebnisse aus der Pathologie. Jetzt war er mit Ben Bendt auf dem Weg zu Asmus' Wohnung, um den Durchsuchungsbeschluss zu vollstrecken, den sie sich soeben vom Amtsgericht geholt hatten und der sich vorläufig auf den Tatverdacht des Diebstahls beschränkte.

Asmus wohnte nach allem, was sie wussten, mit einem Kollegen zusammen in einer Wohngemeinschaft in einer wenig ansprechenden Straße nahe der Altstadt. Die Polizisten holperten mit ihrem Zivilstreifenwagen über das Kopfsteinpflaster der schmalen Gassen, in denen die Zeit seit Jahrhunderten stehen geblieben zu sein schien, und hielten schließlich vor einem etwas heruntergekommenen

Stadthaus. »Scheint eine typische Studentenbude zu sein«, bemerkte Ben mit Blick auf die schäbige Fassade, während er die Fahrertür schloss. Vor dem Eingang war eine Sammlung mehr oder weniger fahrtüchtiger Räder abgestellt.

»Das Haus könnte in der Tat einen neuen Anstrich vertragen«, bestätigte Braun und schaute ungeduldig die Straße hinunter, bis endlich der angeforderte Streifenwagen um die Ecke bog und mit sicherem Abstand außer Sichtweite der Hausbewohner zum Stehen kam.

»Dann wollen wir mal.« Braun schritt forsch auf die Eingangstür zu. Ben folgte seinem Kollegen in kurzem Abstand und sah, wie der sich beim Gehen fast auf den Hosensaum trat. Der Bund seiner weiten, verschlissenen Cordhose saß verdächtig tief, und in den Kniekehlen warf der Stoff tiefe Falten. Man brauchte kein Ermittler zu sein, um von Brauns Äußerem, zu dem auch sein Spitzname Teddy so trefflich passte, auf seine Leidenschaft für fettige Mahlzeiten wie Currywurst und Kartoffelsalat zu schließen. Oft genug erntete er für sein Äußeres spitze Bemerkungen von seinem jungen, sportlichen Kollegen. An der Tür angekommen, zog Braun seine rutschende Hose hoch und drückte den Klingelknopf. Es dauerte nicht lange, bis der Summer betätigt wurde und sie eintreten konnten. Sie stiegen die Steintreppe in den ersten Stock hinauf, wo die linker Hand gelegene Wohnungstür bereits einen Spaltbreit offen stand. Ben und Braun wechselten nur einen Blick, bevor Braun klopfte und in den leeren Flur lugte.

»Hallo«, rief er, »ist da jemand?«

Es blieb still.

»Hallo!«

Ben vergewisserte sich durch einen Blick ins Treppenhaus, dass die Beamten bereit waren, gegebenenfalls einzugreifen, wenn Asmus versuchen würde zu fliehen. Einer der Beamten gab ihm zu verstehen, dass die Rückseite des Hauses inzwischen abgesichert war, sofern Asmus den Weg aus dem Fenster wählen sollte.

»Ich bin im Bad«, hörten sie eine Frauenstimme rufen und entschlossen sich, in den schmalen Flur zu treten.

»Hallo?«, rief Braun erneut. »Wären Sie wohl so freundlich herauszukommen?«

Mit geräuschvollem Quietschen wurde die Dusche abgedreht, dann lugte endlich eine blonde Mittzwanzigerin verstört durch die angelehnte Badezimmertür. »Oh«, sagte sie nur und strich sich eine triefnasse Haarsträhne aus dem Gesicht. »Ich dachte, Tim hätte seinen Schlüssel vergessen.« Die junge Frau war sichtlich irritiert und zog das Handtuch, das sie sich um den Körper geschlungen hatte, etwas höher in Richtung Hals.

»Braun ist mein Name«, stellte der Kommissar sich vor. »Ich würde mich gern mit Ihnen unterhalten. Es wäre nett, wenn Sie da rauskommen könnten.«

»Ich bin gleich bei Ihnen«, rief die Frau, schloss aber zunächst die Tür wieder von innen. »Sie sind bestimmt wegen der Miete hier, richtig? Ich soll Ihnen sagen, dass Jens alles überwiesen hat. Das Geld ist raus, darauf können Sie sich verlassen.«

Während Braun zunächst im Flur stehen blieb, nutzte Bendt die Gelegenheit, sich schon einmal in der Wohnung umzusehen.

»Ich habe nicht gewusst, dass Sie so früh kommen würden. Ich soll Ihnen sagen, dass es Herrn Asmus echt leidtut und er sich noch mal wegen der Kündigung mit Ihnen in Verbindung setzen wird.«

»Ich bin nicht der Vermieter«, rief Braun zurück. Bendt hatte inzwischen die drei Zimmer der Wohnung oberflächlich inspiziert und signalisierte Braun, dass außer dem Mädchen niemand in der Wohnung war.

»Sie sind gar nicht von der Hausverwaltung?«, sagte die junge Frau, als sie endlich in einem verschlissenen graublauen Herrenbademantel barfuß auf den Flur trat. Ihre nassen Haare hatte sie zu einem losen Dutt hochgebunden. Verunsichert blickte sie von einem Besucher zum anderen.

»Das ist Hauptkommissar Braun«, sagte nun Bendt und deutete auf seinen Kollegen. »Mein Name ist Ben Bendt. Es tut mir leid, Ihnen Umstände zu machen, aber wir sind hier, um einen Durchsuchungsbeschluss zu vollstrecken.«

»Bitte was?« Die Frau wurde unter ihrer makellosen Sommerbräune blass. »Das kann doch wohl nur ein Irrtum sein.«

Bendt schüttelte den Kopf. »Ich fürchte, nein. Können wir uns vielleicht kurz in der Küche unterhalten?«

»Ja, klar, natürlich.« Sie folgte den Beamten in die kleine Küche, wo sie sich auf einen der vier Küchenstühle fallen ließ, die um einen kleinen Holztisch gruppiert waren. Ben ließ seinen Blick über die unzähligen Bierflaschen verschiedenster Marken gleiten, die die oberen Borde der hellgelben Küchenzeile zierten.

»Sie fragen sich zu Recht, was wir hier wollen«, sagte Braun und händigte ihr ein Exemplar des Durchsuchungsbeschlusses aus, den sie sofort überflog.

»Ein Glück, es geht um Jens. Ich dachte schon, Tim hätte etwas angestellt«, sagte sie erleichtert.

»Ich nehme also an, nicht Jens Asmus, sondern sein Mitbewohner Tim Hoffmann ist Ihr Freund?«, fragte Braun.

»Ja. Ich bin Jana Kaas.«

Sie studierte den Durchsuchungsbeschluss erneut, diesmal genauer. Dann sagte sie: »Ich kann nicht glauben, dass Jens jemanden bestohlen haben soll – und dazu noch jemanden, der tot ist.«

»Um das herauszufinden, sind wir hier«, sagte Braun sachlich.

»Kann ich Ihnen einen Kaffee anbieten oder so?« Ihr war anzusehen, dass ihr die Situation zu schaffen machte.

»Vielen Dank, nein«, antwortete Bendt. Unabhängig davon, dass die Beamten derartige Angebote während einer Durchsuchung generell ablehnten, fragte er sich angesichts des überfüllten Spülbeckens, ob sich in diesem Haushalt überhaupt eine saubere Tasse finden lassen würde.

»Welches der Zimmer bewohnt Jens Asmus?«

»Das Zimmer auf der rechten Seite des Flurs, von der Wohnungstür aus gesehen.«

Bendt ging wieder in den Flur, um seinen Kollegen das »Go« für die Durchsuchung zu geben.

Braun hatte die junge Frau inzwischen als Zeugin belehrt und begann sich einige Notizen zu machen.

»Seit wann kennen Sie Herrn Asmus?«, fragte er, als Bendt in den Raum zurückkehrte.

»Noch nicht sehr lange.« Trotz der Wärme draußen hielt sie den Kragen ihres Bademantels mit der rechten

Hand am Hals so eng zusammen, als würde sie frieren. »Tim und ich sind seit ein paar Monaten zusammen. Ich wohne aber nicht hier. Nur manchmal übernachte ich bei Tim.«

»Verstehe«, sagte Braun.

»Ist Ihr Freund Tim mit Jens Asmus befreundet?«

»Nicht eng. Ich meine, sie verstehen sich gut, das muss man auch, wenn man zusammenwohnt, aber sie sind keine dicken Freunde, würde ich sagen.«

»Sie haben vorhin davon gesprochen, dass die Miete gezahlt worden sein soll«, schaltete sich Bendt wieder ein. »Gab es da irgendwelche Probleme?«

»Allerdings. Jens ist Hauptmieter der Wohnung und kassiert einen Teil der Miete von Tim, der sein Untermieter ist. In letzter Zeit hatten beide mehrfach Streit, weil hier wegen der Mietrückstände Kündigungsandrohungen ins Haus flatterten. Tim war natürlich sauer, weil er seinen Teil bereits an Jens gezahlt hatte. Wir haben deshalb auch schon überlegt, ob er vorläufig zu mir ziehen soll.«

»Wissen Sie, warum Jens Asmus die Miete nicht zahlen kann?«, fragte Braun. »Ich meine, unabhängig davon, dass man als Pflegedienstkraft nicht viel Geld zur Verfügung hat?«

Jana zuckte gleichgültig mit den Schultern.

»Keine Ahnung.«

»Teure Freundin vielleicht?«, versuchte Bendt ihr auf die Sprünge zu helfen.

Sie schüttelte den Kopf. »Eher nicht. Ich glaube, er kann einfach nicht wirklich gut mit Geld umgehen. Tim hat auch mal gesagt, dass er es mit der Pokerei im Internet ein wenig übertreibt. Genaues weiß ich aber auch nicht.«

Die Kommissare wurden hellhörig. »Er hat also gespielt?«

»Keine Ahnung. Er hat mir mal gesagt, dass er mit dem Poker im Internet Geld verdient, indem er Typen abzockt, die mit zu hohem Risiko spielen. Tim hat mir aber erzählt, dass Jens selbst häufig zu den abgezockten Typen gehört, das aber nicht zugibt.«

»Wissen Sie, wann Asmus heute zurück sein wollte?«, fragte Bendt weiter.

»Meiner Meinung nach müsste er jeden Moment kommen. Er hat gesagt, um elf Uhr.«

»Das dritte Zimmer hier in der Wohnung – ist das ein Gemeinschaftszimmer?«, wollte Braun wissen.

»Im Moment jedenfalls, solange kein weiterer Untermieter gefunden ist. Allerdings ist der Raum noch derart zugemüllt, dass man hier kaum jemanden reinlassen kann, um sich das Zimmer anzusehen.«

»Uns interessiert allerdings trotzdem, was in dem Raum untergebracht ist«, sagte Bendt. In diesem Moment trat einer der Durchsuchungsbeamten in die Küche.

»Entschuldigen Sie, aber ich habe hier etwas, das Sie wahrscheinlich interessieren wird«, sagte er zu Braun gewandt und streckte diesem einen Zettel entgegen.

»Ein Ankaufbeleg für Gold. Er wurde vorgestern ausgestellt.«

»Interessant.« Braun studierte den Beleg. »Da hätten wir also wahrscheinlich schon mal die Münzen. Sonst noch was?«

»So einiges. Der Schreibtisch liegt voller Belege von Internetauktionen. Schmuck, Handys, Taschen und so weiter.«

Bendt blickte erneut zu der jungen Frau hinüber.

»Wir waren unterbrochen worden. Was finden wir in dem unvermieteten Zimmer?«

Jana Kaas war deutlich anzusehen, dass sie ihren Mitbewohner ungern belasten wollte, dennoch gab sie schließlich Auskunft.

»Jens handelt ziemlich viel über eBay«, sagte sie zögerlich. »Er nutzt den Raum zum Verpacken und so.«

»Gut«, sagte Braun mit Blick auf die Uhr. »Wir durchsuchen also auch das andere Zimmer und stellen den PC sicher.« Der Beamte verschwand wieder auf dem Flur.

»Ach ja«, rief Braun ihm nach. »Wenn Sie Porzellan oder Belege über den Verkauf von Porzellan finden, will ich die sofort sehen.«

»Ich werde mich nie an diesen Geruch gewöhnen.« Braun sah mit einer Mischung aus Faszination und Ekel seinem Freund Karl Fischer zu, der die Obduktion des Leichnams von Luise Möbius nahezu abgeschlossen hatte. Der saure Geruch, der bei der Öffnung eines menschlichen Torsos entstand, war von unbeschreiblicher Widerwärtigkeit. Braun fragte sich jedes Mal, wie es sein konnte, dass lebendige Menschen von außen so angenehm riechen konnten, während ihr Inneres schon kurze Zeit nach ihrem Tod nach einer Mischung aus verschimmeltem Käse, Erbrochenem und Essig stank. Für Braun war es ein Rätsel, wie sich ein so netter Mensch wie Fischer für diesen grässlichen Beruf erwärmen konnte. Allein der Gedanke, seinen

Berufsalltag in einem OP zwischen Leichen verbringen zu müssen, war Braun ein Gräuel.

»Die hohen Außentemperaturen haben mir die Arbeit nicht gerade erleichtert. Obwohl seit ihrem Tod erst wenige Tage vergangen sind, ist der Verwesungsprozess schon relativ weit fortgeschritten.«

Wie geht es übrigens Gisela?«

»Der geht es gut! Mir gefällt es aber nicht, dass dir gerade meine Frau in den Sinn kommt, während du an einer Leiche herumschnippelst.«

Fischer zuckte scheinbar ungerührt mit den Schultern, ging um den OP-Tisch herum und deutete auf Unterblutungen an den Oberarmen der Toten.

»Unwahrscheinlich, dass diese blauen Flecken erst nach ihrem Tod entstanden sind. Insbesondere an der Unterseite des Oberarms finden sich regelrechte Quetschungen, als wäre sie auf einen harten Gegenstand gestoßen oder gepresst worden.«

Braun versuchte, sich die Bilder in Erinnerung zu rufen, die sie nach Übernahme der Ermittlungen im Haus gefertigt hatten.

»Sie saß in ihrem Sessel, als man sie fand. Die Lehnen waren gepolstert. Meinst du, dass sie mit Gewalt in den Sessel gepresst wurde?«

»Es spricht vieles dafür. Sie ist jedenfalls definitiv nicht an Herzversagen gestorben, sondern wurde erstickt.«

Braun beugte sich über die Leiche und betrachtete mit einem prüfenden Blick den Hals der Toten.

»Keine Würgemale«, kommentierte Fischer. »Sie ist also nicht erwürgt worden.«

»Das erklärt auch, weshalb der Hausarzt keinen Verdacht geschöpft hat. Sie war mit einer langärmligen Bluse bekleidet, als man sie fand. Ihre Arme waren also bedeckt. Erstickt?«

Fischer nickte. »Ihr Herz war altersschwach, aber intakt. Sie hat sich vermutlich gewehrt. Neben den Unterblutungen an den Oberarmen hat sie sich den vierten Halswirbel ausgerenkt. Ihr solltet prüfen, was für Kissen, Decken oder ähnliche Dinge sich im Haus finden lassen, die ihr gegebenenfalls aufs Gesicht gepresst wurden.«

»Möglich, dass sich daran Speichelproben sichern lassen. Dann hätten wir zumindest die Tatwaffe.«

»Kamel.«

»Wie bitte?«

»Ich meine nicht dich.« Fischer schmunzelte. »Jedenfalls jetzt gerade nicht. Kamelhaarwolle. Ich habe Wollfasern auf ihrem Gesicht, auf den Lippen und auch in der Mundhöhle festgestellt.«

»Todeszeitpunkt?«

»Angesichts des Verwesungsgrades schwer zu sagen. Zwischen 00.00 Uhr und 09.00 Uhr, würde ich sagen. Wie ist es eigentlich dazu gekommen, dass man an einer natürlichen Todesursache gezweifelt und sie wieder ausgegraben hat?«

»Anna Lorenz war ihre Nachbarin.«

Fischer, der Staatsanwältin Lorenz kannte, war anzusehen, dass er nicht ganz verstand. »Aber die ist doch noch in Elternzeit, oder?«

»Ja, ja, das stimmt schon«, bestätigte Braun. »Allerdings wären wir ohne sie heute nicht hier, und Frau Möbius würde friedlich schlummern, ohne in die Kriminalstatistik einzugehen.«

Fischer hörte interessiert zu, während Braun ihn über die Hintergründe des Falles aufklärte.

»Ein fast perfekter Mord also«, beendete Braun seinen Exkurs. Er fragte sich nicht selten, wie viele alte Menschen aus den verschiedensten Motiven heraus von ihren Verwandten erstickt oder vergiftet worden waren, ohne dass ein Arzt dies je erkannt hatte. Eine Obduktion wurde natürlich nur dann angeordnet, wenn Zweifel an einer natürlichen Todesursache vorlagen. Wer zweifelte bei alten und zudem häufig gesundheitlich schwer angeschlagenen Menschen schon an einem Herzversagen? Auch im vorliegenden Fall hatten für den Hausarzt keinerlei Anzeichen für ein Verbrechen bestanden. Es gehörte für ihn einfach zur Berufsroutine, sich mit dem Tod älterer Menschen auseinanderzusetzen.

»Ich lass dich jetzt mal wieder mit deinen Leichen allein«, entschied Braun und verabschiedete sich. »Du warst mir wie immer eine große Hilfe.«

»Habt ihr ihn schon?«, wollte Fischer wissen.

»Nein«, antwortete Braun im Gehen und winkte seinem alten Freund über die Schulter zu, ohne sich noch einmal umzudrehen, »aber wir werden ihn kriegen.«

15. KAPITEL

Er konnte sich nicht erinnern, wann ein Sommer zuletzt so heiß gewesen war. Die Alten litten besonders unter den hohen Temperaturen, die ihren Kreislauf belasteten und sie bei jedem Schritt stöhnen und ächzen ließen. Er empfand Mitgefühl für all jene, die brav in einer Einrichtung wie dieser ausharrten, um dort geduldig das eigene Ende abzuwarten. Auf Anregung der Heimleitung waren auf den Fensterbänken Duftkissen ausgelegt worden, deren süßlicher Geruch sich auf penetrante Weise mit dem des Desinfektionsmittels und des Urins verband und ihm unangenehm in die Nase kroch.

Er atmete tief durch und streckte die Glieder, als er endlich auf den Flur hinaustreten konnte. In der kleinen Kammer, in der er sich während der letzten Stunden die Zeit mit ein paar alten herumliegenden Zeitschriften vertrieben hatte, war es heiß wie in einem Brutkasten gewesen. Endlich war es still geworden, und die überwiegende Zahl der Angestellten hatte das Haus inzwischen verlassen. Er öffnete den Schlüsselkasten im Personalraum und nahm vorsichtig den Notschlüssel heraus, bevor er den Kasten sorgfältig wieder verschloss und in das zweite Stockwerk hinaufhuschte. Der Flur war nur schwach beleuchtet. Am Zimmer angekommen, presste er sein Ohr an die Tür und lauschte angespannt, bevor er den Notschlüssel aus der Tasche zog, aufschloss, die Tür nahezu lautlos aufschob und in den Raum schlich. Er verharrte einen Moment, nachdem er die Tür von innen wieder geschlossen hatte. Seine Augen gewöhnten sich nur langsam an die Dunkelheit. Lediglich eine kleine Tiffanylampe, die auf einem altmodischen Sekretär in der Ecke stand, spendete ein wenig Licht.

Die Frau lag auf dem Rücken und gab in unregelmäßigen Abständen geräuschvolle Schnarchlaute von sich. Er näherte sich ihrem Krankenbett auf Zehenspitzen. Das weiße Bettgestell wirkte selbst im Dunkeln zwischen den dunklen Mahagonimöbeln und Perserteppichen wie ein Fremdkörper.

Er heftete seinen Blick auf das runzlige Gesicht und spürte, wie sein Herz pochte, während seine Finger sich auf der Suche nach dem Schlüssel für den Sekretär unter dem Kopfkissen entlangtasteten. Irgendwo musste das verdammte Ding zu finden sein! Er wünschte sich ein wenig mehr Licht, während seine suchenden Hände fast ihr schütteres Haar berührten. Ihr Atem roch unangenehm sauer, und ihre Wangen waren eingefallen. Ihre Zeit schien längst gekommen. Auch sie brauchte ihr Geld definitiv nicht mehr. Er redete sich sogar ein, dass sie am Ende froh sein konnte, wenn ihr Geld nicht ihren verhassten Kindern zukäme, von denen sie so oft enttäuscht worden war. Das hatte sie ihm selbst anvertraut. Als er auf einen kalten Gegenstand stieß, jubelte er innerlich. Bingo! Er würde einiges darauf verwetten, dass sich im Sekretär ein Batzen Bargeld befand. Denn sie hatte, auch als sie noch zu Hause lebte, immer eine Menge Bargeld im Schrank verwahrt. Mit etwas Glück würde er einige Hundert Euro finden, die sich mühelos vervielfachen ließen. Bereits jetzt kribbelten seine Finger in der Erwartung des nächsten Spiels. Diesmal würde er gewinnen, und zwar schon morgen, das spürte er. Der Sieg schien ihm sicher. Schon die Nachtluft roch danach. Ein scheppernde s Geräusch ließ ihn plötzlich erschrocken zusammenzucken. Er versuchte sich zu orientieren und stellte fest, dass ein Gegenstand von der Bettdecke herunter- und direkt vor seine Füße gefallen war. Für einen kurzen Moment blickte er bewegungslos auf das schwarze Etwas, das er an dessen Umrissen als Brillenetui erkannte. Er hob seinen Blick und fuhr zusammen, als der Oberkörper der Frau wie der einer von unsichtbaren Fäden gezogenen Marionette emporschnellte und ihr Gesicht maskenhaft vor ihm auftauchte. Sie starrte ihn aus schreckgeweiteten Augen an. Nur für den Bruchteil einer Sekunde war er von seinem Vorhaben abgelenkt und unachtsam gewesen, und dieser Moment hatte ausgereicht, um sie aus dem Schlaf zu reißen. Ihr dünnes Nachthemd war ihr über die knochige Schulter gerutscht und ließ ihren Hals geisterhaft lang erscheinen, während aus ihrem weit aufgerissenen Schlund ein gellender Schrei hervorbrach. Ihre gespenstisch wirkenden Augen blickten ihn gleichermaßen angstvoll wie anklagend an. Es schien ihm, als starrten sie einander eine Ewigkeit lang gegenseitig an, ohne zu der kleinsten Bewegung imstande zu sein. Dann jedoch erwachte sie als Erste aus der Erstarrung und schleuderte ihm mit solcher Wucht die Nachttischlampe gegen den Kopf, dass er zurücktaumelte. Er war auf diese Situation nicht vorbereitet, spürte nur den pochenden Schmerz in der Schläfe und fühlte sich unfähig zu reagieren. Wie in einem Film, in dem er sich selbst von außen betrachtete, sah er sich für einen kurzen Moment hilflos vor dem Bett stehen und auf die alte Frau hinabblicken, auf ihren faltigen Hals, das schüttere graue Haar und ihre sehnigen, in einer abwehrenden Geste emporgereckten Hände. Er drückte die sich nach Kräften zur Wehr setzende Frau zurück in ihr Kissen und presste ihr schließlich eine Hand auf den Mund. Sie sollte still sein, einfach nur still sein, um Gottes willen nicht mehr schreien. Sie stöhnte und warf ihren Kopf wild hin und her. Er spürte ihre Angst und begann zu schwitzen, während er sie weiter mit festem Griff niederdrückte. Sie hatte mehr Kraft als erwartet. Ihre Zähne schnitten in das Fleisch seiner Hand und ließen auch ihn aufstöhnen. Er stolperte zurück und prallte gegen den Nachttisch. Dann endlich rannte er los. Die Tür fiel hinter ihm ins Schloss, und er hastete die Treppe hinunter. Er spürte mehr, als dass er es hörte, wie das Haus, aus dem er flüchten wollte, zu erwachen begann. Sie hatte wahrscheinlich längst den Notknopf gedrückt und war ihrerseits auf den Flur hinausgetreten, wo sie laut um Hilfe schrie. Er rannte um sein Leben und stieß fast mit einer Nachtschwester zusammen, die gerade aus einem der Zimmer im Untergeschoss trat.

»Hey, stehen bleiben!«, rief sie, folgte ihm zu seiner Erleichterung aber nicht.

Endlich hatte er den Gemeinschaftsraum erreicht und steuerte auf das Fenster zu, das er Stunden zuvor für seine spätere Flucht geöffnet hatte. Er ließ das Licht aus, um nicht erkannt zu werden, sofern ihm jemand auf den Fersen war. Doch das Fenster war verschlossen, und sein Rütteln am Griff blieb erfolglos. Jemand musste den Raum noch lange nach dem Abendessen kontrolliert haben. Er verfluchte sich dafür, sich nicht kurz vor seinem Besuch im Obergeschoss noch einmal vergewissert zu haben, dass sein Fluchtweg gesichert war.

Wo waren diese verdammten Schlüssel? Panik stieg in ihm auf, denn er wusste, dass ihm keine Zeit blieb, danach zu suchen. Die Stimmen auf dem Flur kündigten Gesellschaft an. Ihm stand der Schweiß auf der Stirn, während er zum nächsten Fenster der breiten Front eilte und auch an dessen Griff vergebens rüttelte. Die Tür wurde aufgerissen und das blendend grelle Neonlicht eingeschaltet. Er fühlte sich nackt. Schon meinte er die Hand zu spüren, die ihn packen wollte, während er den Griff des letzten Fensters zu erreichen versuchte, das über Freiheit oder Gefangenschaft entscheiden würde.

16. KAPITEL

Anna klopfte mehrfach an, bevor sie endlich unaufgefordert in Sophies Wohnung eintrat und feststellte, dass sie nicht zu Hause war. Selbstverständlich war es Sophies Angelegenheit zu entscheiden, wann und wohin sie ging, dennoch wünschte sich Anna gerade jetzt, mehr über Sophie zu wissen. Da lief etwas zwischen Sophie und dem jungen Pfleger von nebenan, davon war Anna überzeugt. Nach ihrem Besuch bei dem Antiquitätenhändler hatte Anna versucht, mit Sophie zu reden. Sie hatte ihr auf den Kopf zugesagt, dass sie in dem Geschäft gesehen hatte, wie Sophie mit den Tränen kämpfte, als Anna Jens Asmus als den Verkäufer des Porzellans erkannt hatte. Sophie stritt jedoch ab, geweint zu haben.

Seither hatte Anna den Eindruck, dass sie überhaupt nichts mehr über sie erfuhr. Im Moment hatte sie allerdings weniger Zeit, sich über Sophies Gefühlswelt Gedanken zu machen, als darüber, dass Sophie ständig Annas Hausstand in ihre Wohnung verschleppte – eine Angewohnheit, die sie zunehmend störte.

»Wo ist bitte schon wieder mein Nageletui?«, fragte sie die kleine Emily, während sie ihre barfüßige Tochter behutsam auf dem Fußboden des Badezimmers abstellte, was diese sofort nutzte, um die Badewanne anzusteuern.

»Na, das könnte dir so passen«, bremste Anna ihre kleine Tochter lachend und nahm sie wieder hoch.

Anna hätte sich unter normalen Umständen niemals erlaubt, in Sophies persönlichen Dingen herumzukramen. Die Tatsache, dass sie sich beim Spielen mit Emily einen ihrer Nägel tief eingerissen hatte, rechtfertigte ihrer Meinung nach jedoch ihr Vorhaben. Sie öffnete den Schrank unterhalb des Waschbeckens und fühlte sich von der hier herrschenden Unordnung geradezu erschlagen. Das Etui suchte sie zwar vergebens, fand aber immerhin eine ihrer Küchenschüsseln, die Sophie sich vor geraumer Zeit bei ihr ausgeliehen und deren Rückgabe sie überzeugend beschworen hatte.

Anna schüttelte den Kopf und schloss den Schrank wieder.

»Guck dir das gar nicht erst ab«, mahnte sie Emily, wohl wissend, dass sie selbst als Teenager nicht einen Deut besser gewesen war. Sie ging mit Emily in Sophies kombiniertes Wohn-/Schlafzimmer hinüber und ließ ihren suchenden Blick über den Wohnzimmertisch, das kleine beige Sofa, das ungemachte Bett und den mit Büchern und Schachteln überhäuften Nachttisch gleiten.

Nicht zu fassen, dachte sie und hob einen Schal vom Fußboden auf, den sie ebenfalls als ihren erkannte. Sie hatte nichts dagegen, dass Sophie sich ihre Sachen auslieh, war aber der Meinung, dass sie damit durchaus sorgfältiger umgehen könnte.

Den Nachtschrank mochte Anna nicht durchsuchen, weshalb sie sich entschloss, in der behindertengerecht angebrachten Küchenzeile weiterzumachen. Wenn sie schon ihre Küchenschüsseln in Sophies Bad entdeckte, sprach eine gewisse Logik dafür, dass ihr Nageletui hier zu finden sein könnte.

Anna öffnete den linken Küchenunterschrank, aus dem ihr zu Emilys Freude mit lautem Krachen die Topfdeckel entgegenpurzelten. Emily stieß einen Juchzer aus, als ihre Mutter sie wieder auf dem Boden absetzte, und klatschte in die Hände, bevor sie sich selbst daranmachte, zwei der Deckel gegeneinanderzuschlagen.

»Dieses Chaos ist ja unglaublich.« Anna zog die weiter hinten deponierten Töpfe ebenfalls heraus, um wenigstens ein Minimum an Ordnung zu schaffen. »Was, zum Teufel, ist das?«, murmelte sie, als ihre Hand auf eine glatte Oberfläche stieß. Vorsichtig holte sie ein Teil nach dem anderen heraus und stellte es auf den Tresen. Sie blickte einen Moment lang sprachlos auf das, was sie zutage gefördert hatte, und versuchte ihre Gedanken zu ordnen. Es handelte sich um zwei filigrane Vogelfiguren aus Porzellan. Sie zögerte einen Moment, bevor sie eine der Figuren umdrehte, um die Unterseite zu betrachten. Ein dumpfes Hämmern breitete sich in Annas Kopf aus. Sie hielt Meissener Porzellan in ihren Händen.

Sophie hatte sich in ihrem Leben noch nie so glücklich gefühlt. Sie lag in der kleinen halbdunklen Schlafkoje, dicht an Jens' Brust geschmiegt, und hörte dem Plätschern der Wellen zu, die sanft gegen die Unterseite des Bootes schlugen. Es war bereits Nacht. Die Betriebsamkeit des frühen Abends, als viele Boote in den Hafen eingelaufen waren, hatte sich inzwischen gelegt. Die meisten Eigner hatten ihre Schiffe verlassen oder schliefen bereits. Auch Sophie fühlte sich schläfrig und ließ sich von dem leichten Schaukeln des Schiffes einlullen. Es war, als formten die Wellen eine friedliche Melodie, die eins wurde mit dem Klirren der Schiffsfahnen und dem Klang von Jens' rhythmischem Atem. Die Dehler 36, auf der sie sich befanden, lag am Priwallhafen nicht weit von der imposanten Passat entfernt, deren vier Meter hohe Masten ihr Schiff weit überragten und es beinahe wie ein Spielzeug aussehen ließen. Das Schiff gehörte einem Patienten, den Jens nach einem schweren Schlaganfall betreut hatte. Der Mann hatte Jens den Zweitschlüssel ursprünglich überlassen, damit ab und zu jemand auf dem Boot nach dem Rechten sah. Als Gegenleistung hatte Jens damit fahren dürfen. Sophie ging davon aus, dass es nur eine Frage der Zeit war, bevor die Kripo auf diesen Mann stoßen und das Boot unter die Lupe nehmen würde, nachdem Jens untergetaucht war. Für den Moment war es aber der einzige Zufluchtsort, der ihnen blieb. Sophie strich zärtlich über die weiche, salzig duftende Haut seiner Brust und versuchte, sich diesen perfekten Moment in ihr Gedächtnis einzubrennen. Sie wollte keine Sekunde dieser Nacht vergessen. Jens hatte sie über die Reling hinunter in das Boot getragen, und es war ihr völlig gleichgültig, wem das Schiff gehörte und ob es ihnen erlaubt war, hier zu sein. Die kleine Schlafkoje, die rundherum mit dunklem Holz getäfelt war, schien sie wie eine Höhle zu umschließen, aus der sie nie wieder hinauswollte.

Jens hatte ihr davon vorgeschwärmt, wie es sein könnte, mit einem eigenen Schiff durch die Meere zu segeln und die Welt zu erkunden. Seine begeisterten Erzählungen hatten sie davongetragen, und es schien ihr, als sei sie Teil seines Traums geworden, so wie er schon lange Teil ihres Traums gewesen war. Sie hatte förmlich das salzige Wasser schmecken und die Sonne auf ihrer Haut spüren können, während sie in ihrer Vorstellung mit dem Boot durch das türkisblaue Mittelmeer gesegelt waren. Wenn sie träumte, blendete sie die Probleme, die mit ihrer Behinderung verbunden waren, völlig aus. Sie verdrängte jeden Gedanken daran, nicht in der Lage zu sein, sich allein auf einem Boot zu bewegen, geschweige denn, in einem Hafen an Land zu gehen. Doch während er im Halbdunkel der Kajüte zärtlich ihr Gesicht, ihren Hals und ihre Schultern liebkost hatte, hatte dies alles keine Rolle gespielt. Sie war bereit, ihm in eine ungewisse Zukunft zu folgen und alles zurückzulassen. Die Einzige, die ihr den Abschied wirklich schwer machte, war Emily. An Anna wollte sie im Moment gar nicht denken. Ihre Worte hatten sie zu sehr verletzt und durcheinandergebracht. Wie konnte Anna nur einen so schrecklichen Verdacht gegen Jens hegen? Sie lag völlig falsch. Wie alle Erwachsenen, so hatte auch Anna sie enttäuscht. Merkte sie denn gar nicht, in welch furchtbare Lage sie Jens gebracht hatte? Und je mehr Sophie darüber nachdachte, desto sicherer war sie, froh darüber sein zu müssen, dass sie Anna bald los war. Ihre ewigen Fragen über Sophies Wohlbefinden und Pläne, ihre Gefühle und Wünsche gingen ihr gehörig auf die Nerven. Sie wollte endlich frei sein. Jens hatte es vehement abgelehnt, sich der Polizei zu stellen. Natürlich hatte er Frau Möbius nicht umgebracht, das stand für Sophie außer Zweifel. Dennoch war sie nicht sicher, ob seine Entscheidung, einfach abzuhauen, richtig war. Aber mit einer Sache hatte er recht: Vermutlich würde ihm niemand mehr glauben, dass Frau Möbius ihm die Münzen geschenkt hatte. Die Dose nicht, so viel hatte er zugegeben, aber die Münzen. Er hatte nicht richtig nachgedacht und sich hinreißen lassen. Sophie wusste, dass das nicht richtig war, teilte aber seine Meinung, dass es ohnehin niemanden gab, dem die Dose wirklich zustand. Zu ihrer Tochter hatte Frau Möbius nie ein gutes Verhältnis gehabt, und Jens hatte sich immerhin eine lange Zeit um die alte Frau gekümmert. Er war schließlich für sie da gewesen, als sie Hilfe gebraucht hatte. Und darauf kam es in Sophies Augen an. Es ging darum, für jemanden da zu sein.

Sophie versuchte, die Erinnerung an ihre Mutter beiseitezuschieben. Zu kostbar war dieser Moment, um ihn durch Gedanken an die Frau verderben zu lassen, die sie verlassen hatte. Sophie war noch sehr klein gewesen und kaum mehr imstande, sich ihr Bild ins Gedächtnis zu rufen. Sie wusste nur, welch schmerzliche Leere ihre Mutter in ihr hinterlassen und wie einsam sie sich gefühlt hatte, nachdem sie fort war. Manchmal wünschte Sophie, nach dem Tod ihres Vaters nicht erfahren zu haben, dass sie noch lebte. Sophie erinnerte sich an die Abende, in denen sie als Kind aus ihrem Bett auf den Fenstersims gekrabbelt war und von dort aus zu den Sternen hinaufgeschaut hatte. Sie war davon überzeugt gewesen, dass ihre Mutter der strahlendste Stern am Himmel war und über sie wachte. Mit ihrem Stern hatte sie mehr als ein Jahrzehnt lang ihre Ängste, Wünsche und Sorgen geteilt. Ihm hatte sie sich täglich anvertraut. Wie lächerlich erschien ihr das jetzt, wo sie wusste, dass die, die sie so lange für tot gehalten hatte, ein wunderbares Leben in Südfrankreich führte.

Wie groß war schon Jens' Vergehen gegen das, was man ihr angetan hatte? Die Justiz hatte es ihrer Mutter gestattet, sich ungestraft davonzustehlen und sie mit all den offenen Fragen zurückzulassen. Jens dagegen sollte in einem Gefängnis versauern, nur weil er eine Tote bestohlen hatte? Je länger Sophie darüber nachdachte, umso sicherer war sie, dass sie richtig handelte. Sie würde Jens nicht im Stich lassen, sondern war fest entschlossen, ihn um jeden Preis zu begleiten, egal wohin.

Sophie war tief in ihre Gedanken versunken und bemerkte erst gar nicht, dass Jens aufgewacht war. Er drehte sich zu ihr um, gab ihr einen leidenschaftlichen Kuss und sah sie lange an.

»Wir werden es wunderschön haben!«, sagte er dann leise.

»Ich weiß«, flüsterte Sophie zurück und ergriff seine Hand.

Jens' Blick wurde ernster. »Bist du sicher, dass Anna dich nicht bemerkt hat?«

»Natürlich. Mach dir keine Sorgen.«

Jens ließ sich zurückfallen und seufzte tief. Sie wussten beide, welch ein Glücksfall es war, dass Sophie Anna bei einem Telefonat mit der Polizei hatte belauschen können. Natürlich war das Gespräch für Sophie nur bruchstückhaft zu verfolgen gewesen. Sie hatte allerdings mitbekommen, dass man eine Obduktion der Leiche von Frau Möbius vorgenommen und offenbar Haftbefehl gegen Jens erlassen hatte.

»Wie kommen die nur darauf, dass die Möbius umgebracht worden ist?« Sophie konnte Jens ansehen, dass auch er sich über diese Frage den Kopf zerbrach.

»Sie ist mit Sicherheit nicht umgebracht worden. Wahrscheinlich liegt es daran, dass sie schon so lange unter der Erde lag und irgendein idiotischer Pathologe sein Handwerk nicht versteht.«

»Aber dann können wir vielleicht etwas tun, Jens. Vielleicht lässt sich das alles aufklären, und es kann ein weiteres Gutachten eingeholt werden. Glaub mir, mein Vater hat mir früher oft von Fällen erzählt, wo ergänzende Gutachten neue Erkenntnisse erbracht haben.«

»Und wenn nicht?« Jens' Stimme klang ungewohnt hart. »Dann verschimmle ich die nächsten, sagen wir, zwanzig Jahre in einem Gefängnis. Das überlebe ich nicht, Sophie. Ich hau auf jeden Fall ab.«

»Lass mich gleich mit dir gehen – bitte.«

»Ich habe dir doch schon mehrmals erklärt, dass das unmöglich ist.« Er strich Sophie durchs Haar, und seine Stimme klang nun wieder sanft. »Was meinst du, was wir allein wegen deines Rollstuhls für Aufsehen erregen würden? Ich hole dich ganz bald nach!«, versprach er. »Es ist besser, wenn du zunächst hierbleibst. Außerdem kannst du vielleicht herausfinden, ob man mir auf den Fersen ist, und mich rechtzeitig warnen.« Er strich ihr abermals liebevoll durchs Haar und küsste ihre Stirn.

Sophie musste sich zusammenreißen, um nicht zu weinen. Sie waren erst seit kurzer Zeit ein Paar, aber schon jetzt schien ihr der Gedanke, sich nur wenige Tage von ihm trennen zu müssen, unerträglich. Was hatte Anna einmal zu ihr gesagt?

Wenn du den Mann findest, mit dem du dein Leben verbringen willst, halt ihn um jeden Preis fest.

Ja, das war es, woran Sophie sich erinnern konnte, und sie hatte vor, diesem Ratschlag zu folgen.

»Denkst du, du kannst das Geld ohne Probleme beschaffen?«, fragte Jens sie nach kurzem Schweigen.

»Das habe ich dir doch vorhin schon erklärt.«

Es war Sophie nicht schwergefallen, Jens' Bitte nachzukommen, ihm ihre Ersparnisse zu überlassen, um ihre gemeinsame Zukunft vorzubereiten. Sophie hatte nach dem Tod ihres Vaters geerbt, und das kleine, nahezu unbelastete Reihenhaus, das er besessen hatte, war verkauft worden.

»An das Festgeld komme ich im Moment nicht heran, aber die 30 000 Euro von meinem Sparkonto kann ich ohne Probleme abheben. Ich habe in der Bank angerufen und angekündigt, dass ich das Geld brauche, damit sie es auch dahaben, wenn ich komme. Gleich Montag früh fahre ich als Erstes zur Bank und hole das Geld«, versprach sie leise.

17. KAPITEL

»Ich verstehe dein Misstrauen gegenüber Sophie nicht«, sagte Georg. Er saß mit Emily auf dem Spielteppich im Kinderzimmer und türmte geduldig bunte Plastikbecher aufeinander, die seine Tochter in regelmäßigen Abständen begeistert wieder umstieß. Anna packte inzwischen Emilys Sachen zusammen, die das Wochenende bei Georg verbringen sollte. »Du weißt doch gar nicht, ob sie diesen Asmus überhaupt näher kennt. Ich kann mir außerdem beim besten Willen nicht vorstellen, dass sie an einem Diebstahl beteiligt sein könnte oder gar einen Mörder deckt. Sie ist immerhin die Tochter eines Oberstaatsanwalts.«

Anna hielt abrupt inne, bevor sie zwei Stofftiere in einer der Taschen verschwinden ließ und sich zu Georg umdrehte.

»Glaub mir, die Tatsache, dass jemand das Kind eines Oberstaatsanwalts ist, sagt nicht das Geringste darüber aus, ob er beziehungsweise sie bereit wäre, einen Mörder zu decken.« Anna mied es, Georg länger anzusehen, denn sie wusste, dass er sich Sorgen um sie machte. Ihr selbst waren am Morgen beim Blick in den Spiegel die Ränder unter ihren Augen nicht entgangen.

»Du bist ja plötzlich ganz blass. Ich glaube, du solltest dir wirklich ein wenig Ruhe gönnen. Nimm ein Bad, oder geh einfach mal ins Kino und versuch, auf andere Gedanken zu kommen.«

»Ich weiß, dass Sophie mir etwas verheimlicht«, beharrte Anna, ging zurück zu Emilys weißer Wickelkommode und kramte darin herum.

»Was immer du suchst und noch einpacken willst – ich bin sicher, dass wir es nicht brauchen und die zwei Taschen, die du für ein harmloses Wochenende schon vollgestopft hast, vollends ausreichen. Schließlich plane ich mit Emily weder eine Expedition zum Nordpol noch eine Safari. Sie kommt nur mit zu mir nach Hause.«

»Ich könnte schwören, dass Sophie mehr weiß, als sie zugibt«, fuhr Anna fort, als habe sie seine Worte gar nicht gehört.

»Du hast doch gar keine stichhaltigen Anhaltspunkte.«

»Was heißt hier keine stichhaltigen Anhaltspunkte? Ich habe Meissener Porzellan in Sophies Küche gefunden, wenn ich dich erinnern darf.«

»Das hast du mir am Telefon erzählt – na und? Was sagt denn Sophie dazu?«

»Sie sagt, sie hätte es von ihrem Vater geerbt. Sie ist wütend und hat das Gefühl, dass ich ihr nachspioniere.«

»Dazu hat sie ja wohl auch allen Grund. Versetz dich doch bitte mal in ihre Lage. Erst schnüffelst du in ihrer Wohnung herum und behauptest dann noch, sie würde einen Verbrecher decken und sogar Diebesgut für ihn verstecken. Vielleicht hat sie diese Figuren ja tatsächlich von ihrem Vater.«

»Und dann bewahrt sie sie in der hintersten Ecke eines Schrankes auf?«

»Warum nicht? Vielleicht gefallen sie ihr einfach nicht, oder sie will nicht ständig an seinen Tod erinnert werden. Aber ich weiß nicht, weshalb wir das überhaupt diskutieren, denn du hast dir deine Meinung ja offenbar schon gebildet. Hast du denn vielleicht eure neue Nachbarin mal gefragt, ob sie die Figuren kennt? Vielleicht hat Frau Möbius solche Figuren gar nicht besessen.«

Anna musste kleinlaut eingestehen, dass sie es bisher nicht geschafft hatte, Petra Kessler mit ihrem Fund zu konfrontieren.

»Mensch, Anna, du hast wirklich Nerven. Du weißt doch selber, dass Sophie wahnsinnig unordentlich ist und du Sachen in Ecken findest, in denen du sie nie vermutet hättest. Ich habe inzwischen das Gefühl, du witterst überall Verbrechen. Lass bloß die arme Sophie in Ruhe.«

»Mein Gefühl sagt mir, dass sie verliebt in ihn ist und weiß, wo er sich aufhält.«

»Ein Gefühl …«, sagte Georg gedehnt. Gleichzeitig klatschte er seiner Tochter artig Beifall, die den Becherturm abermals begeistert umstieß. »Deine weibliche Intuition in allen Ehren, aber ich finde, du solltest Sophie vertrauen.«

»Vielleicht. Ich werde sie trotzdem im Auge behalten.«

»So, süße Emily, dann wollen wir mal«, sagte Georg, dem deutlich anzusehen war, dass er keine Lust hatte, die Diskussion um Sophie weiter fortzusetzen. Lächelnd hob er die Kleine von ihrem bunten Spielteppich hoch und streckte sie Anna entgegen. »Nimmst du Emily? Dann nehme ich die Expeditionsausrüstung.«

Diesmal musste Anna über die Stichelei lächeln.

An Georgs Wagen angekommen, drückte sie Emily noch einmal fest an sich und küsste sie, bevor sie sie auf dem Kindersitz festschnallte.

»Ich vermisse sie jetzt schon«, seufzte sie und blickte verzückt auf ihre Tochter, die – ihren Stoffhasen im Arm – ungeduldig mit den Füßen strampelte und darauf wartete, dass es endlich losging.

»Es ist deine Entscheidung, dass wir so leben«, sagte Georg leise. Erst jetzt bemerkte sie, dass sie mal wieder nur über sich gesprochen hatte und sich seit Langem nicht mehr gefragt hatte, wie es ihm überhaupt ging. Auch er sah abgespannt aus, und Anna wusste, dass nicht nur die Tatsache, Emily nicht immer um sich haben zu können, ihm zu schaffen machte, sondern er auch unter der Trennung von seinen anderen beiden Kindern litt, seit er von seiner Frau Sabine getrennt lebte. »Ich kann nicht anders«, sagte sie und schloss die Wagentür.

18. KAPITEL

Am Wochenende hatte Anna immer wieder versucht, mit Sophie zu reden, um sich für ihr Vorgehen zu entschuldigen, aber diese war ihr jedes Mal erfolgreich ausgewichen. Als Anna am Nachmittag erfuhr, dass Sophie das Haus für einen Zahnarztbesuch verlassen wollte, ergriff sie die Gelegenheit beim Schopfe.

»Aber ich kann dich doch zum Zahnarzt fahren«, bot sie an, während sie Emily in ihren Maxi-Cosi setzte. »Wir wollten sowieso gerade los, da brauchst du doch wirklich kein Geld für ein Taxi auszugeben.« Anna fand endlich ihre Flip-Flops und streifte sie über.

»Ich gebe kein Geld aus. Das zahlt meine Krankenkasse.« Sophie klang so distanziert, dass Anna nur wenig Hoffnung hatte, zu ihr durchdringen zu können.

»Bitte, Sophie, ich würde so gern mit dir reden. Gib mir eine Chance und sprich mit mir. Wir fahren doch sowieso in deine Richtung. Ich will mit Emily noch Einkäufe erledigen und auf den Spielplatz.«

Sophie blickte auf Emily hinab, an deren Mund noch die Reste vom Mittagessen klebten und die auch ihr bekleckertes Lätzchen noch trug. Sophie musste natürlich klar sein, dass Anna log. Sie kannte Anna gut genug, um zu wissen, dass sie das Haus normalerweise für einen Ausflug mit Emily besser gerüstet verließ als ein Bergsteiger für eine Himalaja-Expedition. Sophie musste klar sein, dass Anna in Wirklichkeit nicht vorgehabt hatte, das Haus zu verlassen, und das war ihr auch deutlich anzusehen.

»Es ist wirklich nicht nötig, dass du mich fährst«, sagte sie und griff nach der Türklinke.

»Ich weiß, dass du sauer auf mich bist, aber…«

»Sauer?« Sophie sah Anna wütend an. »Warum sollte ich sauer auf dich sein? Nur weil du meine Wohnung durchsucht hast und mir unterstellst, ich hätte Porzellanvögel aus Frau Möbius' Wohnung versteckt? Du bist doch verrückt.«

»Ich habe dir schon gesagt, dass ich deine Wohnung nicht durchsucht habe, und ich unterstelle dir auch nichts. Es tut mir leid, wenn ich einen Fehler gemacht habe.«

Sophie schien ihr nicht zuhören zu wollen. Sie sah sie nicht einmal an.

»Ich spüre doch, dass mit dir etwas nicht stimmt, Sophie, und ich glaube, dass es mit diesem Jungen zu tun hat. Warum sprichst du nicht mit mir? Da läuft doch was zwischen dir und diesem Jens Asmus, oder?«

»Und wenn, wäre es immer noch meine Sache.«

Sophie öffnete die Tür und fuhr die kleine Rampe neben dem Treppenabsatz hinunter. Anna setzte sich Emily auf die Hüfte und lief ihr nach.

»Nein, es ist nicht deine Sache, verdammt«, rief sie ihr hinterher. »Jens Asmus ist verdächtig, unsere Nachbarin getötet zu haben, und wird inzwischen per Haftbefehl gesucht. Wenn du also weißt, wo er sich aufhält, musst du es mir sagen.« Anna baute sich direkt vor Sophies Rollstuhl auf und sah sie scharf an. Es verwirrte sie, dass die Mitteilung vom Erlass des Haftbefehls Sophie nicht im Geringsten aus dem Gleichgewicht zu bringen schien. Sie wirkte zumindest äußerlich unbeeindruckt. Vielleicht hatte Georg recht, und sie bildete sich wirklich nur ein, dass Sophie in den Jungen verliebt war.

»Was geht mich das alles an? Warum gehst du nicht einfach wieder rein und lässt mich hier auf mein Taxi warten.«

»Ich fahre jetzt einkaufen und zum Spielplatz, hab ich dir doch gesagt.«

Sophie wollte an Anna vorbei, die ließ sie aber nicht passieren.

»Frau Möbius ist erstickt worden, Sophie – erstickt! Wenn Jens Asmus der Täter ist, und dafür spricht im Moment einiges, gehört er ins Gefängnis. Ist dir das eigentlich klar?«

Sophie sah Anna nicht an, sondern richtete ihren Blick stattdessen auf Emily.

»Brauchst du denn gar keine Wickeltasche oder eine Flasche für Emily?«, fragte sie spitz.

»Schon gut«, lenkte Anna ein. »Du hast recht. Ich hatte eigentlich nicht vor, das Haus zu verlassen. Ich wollte einfach nur mit dir reden, und weil du mir sonst ständig aus dem Weg gehst, hätte ich dich gern zum Zahnarzt gefahren, damit du mir nicht wieder ausweichen kannst.«

Anna versuchte zu ergründen, was in Sophie vorging. Wenn ihr Verdacht richtig und Sophie tatsächlich in Jens Asmus verliebt war, konnte sie nur allzu gut verstehen, dass Sophie wütend war. Sie war immer von den Erwachsenen enttäuscht worden, und nun war es ausgerechnet Anna, die dafür gesorgt hatte, dass ein Mensch, der ihr möglicherweise sehr viel bedeutete, ins Gefängnis gehen musste.

»Ich bin wirklich für dich da, Sophie.«

Sophie schien etwas erwidern zu wollen, wandte dann jedoch ihren Blick ab.

»Denk daran, Sophie«, wiederholte Anna. »Wenn du mich brauchst, ich bin da.«

»Klar«, erwiderte Sophie knapp und rollte in Richtung Bürgersteig davon.

Anna blieb auf dem Treppenabsatz stehen, während der korpulente Fahrer des mittlerweile eingetroffenen Taxis den Rollstuhl einlud und Sophie in den Wagen half. Sie winkte ihr nach, als sich das Fahrzeug langsam von ihrem Haus entfernte, doch Sophie hielt den Blick gesenkt.

»Ist alles in Ordnung?« Der Fahrer des Taxis suchte Sophies Blick im Rückspiegel.

»Alles bestens.«

Einen Moment lang hatte Sophie gemeint, Annas Wagen im Rückspiegel entdeckt zu haben, war jetzt aber doch sicher, dass sie sich das nur eingebildet hatte. Anna hatte sie mit dem Angebot, sie zu fahren, in Verlegenheit gebracht. Sie konnte nur hoffen, dass sie ihr den angeblichen Zahnarztbesuch abgekauft hatte. Sie belog Anna nicht gern, denn sie wusste, dass Anna wirklich etwas an ihr lag. Umso schmerzlicher war es, dass der Verdacht gegen Jens ausgerechnet Annas Ermittlungsdrang zu verdanken war.

Sophie lehnte ihren Kopf gegen die kühle Scheibe des Seitenfensters und schloss die Augen, während sie die Roeckstraße entlangfuhren.

Es war nicht leicht, Anna aus dem Weg zu gehen, und sie konnte nur hoffen, dass sie schon bald ein neues Leben mit Jens beginnen würde. Obwohl sie sich nach einer gemeinsamen Zukunft mit ihm sehnte, schmerzte sie doch der Gedanke, Lübeck und die Erinnerungen zurückzulassen, die für sie mit dieser Stadt verbunden waren. Sie hoffte, dass Anna sie irgendwann verstehen würde. Sie liebte Jens. Ihm machte es nichts aus, dass sie nicht laufen konnte, dass sie ein Krüppel war. Er verlieh ihr Flügel und gab ihr das Gefühl, hübsch und begehrenswert zu sein. Zwischen ihnen war alles so rasend schnell gegangen, dass es Sophie manchmal fast irreal schien. Sie war ihm mit dem Rollstuhl vor dem Schulklo aus Versehen in die Fersen gefahren. Er hatte anders reagiert, als die Menschen es normalerweise taten, indem sie sich – nur weil sie im Rollstuhl saß – betreten entschuldigten, obwohl sie selbst gar keinen Fehler gemacht hatten. Jens entsprach nicht der Norm. In seinem Ausdruck hatte kein Bedauern gelegen, sondern lediglich Verärgerung darüber, dass sie ihn angefahren hatte. »Pass doch auf, wo du hinfährst!«, hatte er sie angepflaumt, und dann mussten sie beide plötzlich lachen. Sie waren ins Gespräch gekommen, und Sophie hatte sich Hals über Kopf in ihn verliebt. Nur gut, dass Anna nichts von ihren Plänen wusste. Mit Schrecken dachte sie daran, dass sie ihr bei ihrem nächtlichen Imbiss im Garten beinahe alles über Jens erzählt hätte: wie sie sich kennengelernt hatten, wie sich der erste Kuss angefühlt hatte, wie aufgeregt sie bei ihrem Besuch im Casino gewesen war. Zum Glück hatte sie es dann doch nicht gewagt, sich Anna anzuvertrauen. Dennoch hatte sie sich ihr in jener Nacht sehr nahe gefühlt. Sie hatte den Wunsch, über so vieles zu sprechen, vor allem über ihre Mutter. Seit sie bei Anna wohnte, musste sie immer häufiger an sie denken und sich die Frage stellen, weshalb sie einfach gegangen war und sie nicht mitgenommen hatte. Es gab Tage, an denen Sophie ihre Mutter hasste und davon überzeugt war, dass sie kaltherzig und grausam sein musste. Aber manchmal suchte sie auch nach Entschuldigungen und hoffte, irgendein triftiger Grund hätte sie vielleicht daran gehindert, zu ihr zurückzukehren.

»Wollen Sie hier aussteigen?«

Sophie zuckte zusammen und merkte erst jetzt, dass der Fahrer rechts an den Straßenrand heranfuhr. Von Annas Haus war es nur ein Katzensprung zur Sparkasse Am Burgfeld.

»Ja, bitte.«

Der dicke Mann blickte Sophie freundlich an.

»Das macht achtzehn Euro.«

Sophie reichte ihm einen Zwanzigeuroschein.

»Stimmt so, vielen Dank.«

Sie war nervös, als sie auf den Eingang der Bankfiliale zusteuerte. Das Geld sollte der Schlüssel sein, der Schlüssel zu einer gemeinsamen Zukunft mit Jens. Sobald sie es in Händen hielt, würde sie direkt zu ihm fahren.

19. KAPITEL

Die alte Dame wirkte spürbar mitgenommen, während sie Kommissar Braun von ihrem nächtlichen Erlebnis berichtete. Sie saß zusammengekauert auf dem Bett ihres mit Möbeln und Nippes überfüllten Krankenzimmers und starrte auf ihre faltigen Hände, die sich um ein Papiertaschentuch krampften. Obwohl Braun das Fenster geöffnet hatte, gelang es ihm nicht, den nahezu betäubenden Geruch von Kölnisch Wasser aus dem Raum zu vertreiben.

»Es war furchtbar, einfach unbeschreiblich furchtbar«, wiederholte sie immer wieder. Ein genaueres Bild von dem Täter konnte sie ihm allerdings nicht liefern.

»Es ist sehr wichtig für uns, dass Sie versuchen, sich zu erinnern, Frau Kramer«, sagte Braun und erwartete doch kaum noch weiterführende Hinweise von der Frau, deren zerbrechlicher Körper in ihrem Morgenrock zu versinken schien.

»Wenn Sie ihn doch bloß gefasst hätten! Ich werde keine Sekunde meines Lebens mehr Schlaf finden, bis Sie das Ungeheuer hinter Schloss und Riegel gebracht haben.« Braun reichte der alten Frau ein Glas Wasser, an dem sie sich dankbar festhielt.

»Ich bin sicher, dass er nicht zurückkommen wird«, versuchte er sie zu beruhigen.

Welch ein Jammer, dachte Braun, dass der Täter aus einem Fenster hatte flüchten können, obwohl seine Verfolger ihm bereits dicht auf den Fersen gewesen waren und ihn um ein Haar erwischt hätten. Er konnte nur hoffen, dass sein junger Kollege bei der Vernehmung der Nachtschwester etwas mehr über den Täter erfahren würde als er hier.

»Können Sie vielleicht die Bekleidung des Mannes beschreiben?«

Braun zog seinen Stuhl zu der alten Dame heran und legte ihr seine Hand auf die Schulter, als sie erneut zu weinen begann.

»Ich weiß es wirklich nicht.«

»Jeans, T-Shirt, ein Taucheranzug?« Braun lächelte der Frau aufmunternd zu. »Ein Taucheranzug wäre Ihnen doch bestimmt im Gedächtnis geblieben, oder?«

Sie lächelte schwach, schüttelte jedoch den Kopf.

Braun blickte auf, als Bendt den Raum betrat. Dessen Gesichtsausdruck machte ihm allerdings auch wenig Hoffnung.

»Frau Kramer versucht sich gerade daran zu erinnern, was der Täter angehabt haben könnte, aber wir kommen nicht weiter. Hast du etwas für uns?«

»Jeans, T-Shirt und Turnschuhe«, fasste Bendt die wenig spektakulären Neuigkeiten zusammen, die er in Erfahrung gebracht hatte. »Wir vermuten, dass es sich bei dem Täter der Statur nach vermutlich um einen Mann zwischen zwanzig und vierzig Jahren handelt, dessen Gesicht bedauerlicherweise weder die Nachtschwester noch der Pfleger, der ihn beinahe hätte packen können, beschreiben kann. Er soll eine Basecap getragen haben.«

Braun gab Bendt mit einem Blick zu verstehen, dass auch seine Vernehmung in diesem Punkt nichts ergeben hatte.

»Ich weiß es wirklich nicht«, brach es abermals aus der alten Dame hervor. »Es war so schrecklich und so dunkel. Ich habe plötzlich nur dieses Scheppern gehört, weil etwas zu Boden fiel, und dann habe ich gesehen, dass jemand über mir stand – ein Monster, das mit seinen Pranken nach mir gegriffen hat.« Ihre Finger fuhren über ihren Mund, als könne sie seine Hand dort noch immer spüren. »Es tut mir so leid, dass ich Ihnen nicht mehr sagen kann. Ich habe mein rechtes Augenlicht schon ganz verloren, und auch auf dem linken Auge sehe ich nicht mehr gut.«

»Sie haben uns schon sehr geholfen«, sagte Braun. Welchen Sinn machte es überhaupt, die arme Frau so zu quälen, wo sie die Ermittlungen doch ohnehin keinen Deut voranbrachte? »Es war ja immerhin auch dunkel in Ihrem Zimmer. Und wer kann schon jemanden beschreiben, wenn er gerade aus dem Schlaf gerissen wurde?« Braun zwinkerte, um sie ein wenig aufzumuntern, und blätterte in seinen Notizen.

»Ich würde allerdings gern noch ein letztes Mal auf den Angriff des Täters zurückkommen. Sie haben gesagt, der Mann habe versucht, Sie umzubringen, und Ihnen den Mund und die Nase zugepresst, richtig? Versuchen Sie doch bitte noch einmal zu schildern, wie genau er das getan hat.«

»Ich sagte doch, er hat sich auf mich gestürzt, und ich konnte kaum mehr atmen.«

»Hat er Ihnen einen Gegenstand auf das Gesicht gepresst? Ein Kissen vielleicht?«, fragte Braun.

»Nein, die Hände.«

»Die Hände.« Braun sah die Frau eindringlich an. »Was genau hat er mit seinen Händen gemacht – oder war es vielleicht nur eine Hand?«

»Es war, als würde mir eine Pranke die Luft abschnüren. Seine Hände waren überall.«

»Aber gewürgt hat er Sie nicht?« Braun hatte diese Frage zwar bereits gestellt, bevor sein Kollege hinzugekommen war, wollte aber, dass auch Bendt sich ein besseres Bild vom Geschehen machen konnte.

»Ich glaube nicht.«

»Was waren das für Hände?«, schaltete sich Bendt ein. »Wie fühlten sie sich an?« Als sie nicht antwortete, führte er seine Frage weiter aus. »Waren die Hände rau oder weich, groß oder eher klein? Hatten sie vielleicht einen besonderen Geruch, der Ihnen in Erinnerung geblieben ist?«

»Er hat Gummihandschuhe getragen, glaube ich.« Die Frau wirkte plötzlich aufgeregt und ein wenig munterer. Endlich, so schien es, konnte sie sich an ein vielleicht wichtiges Detail erinnern. Die Kommissare brauchten eine Weile, bis sie einigermaßen sicher herausgearbeitet hatten, dass der Täter bei der Tat vermutlich OP-Handschuhe getragen hatte. Auch die weiteren Punkte der Vernehmung gingen sie jetzt noch einmal durch.

»Eine Nachtschwester, der der Täter quasi auf dem Flur in die Arme gelaufen ist, konnte sich an einen WM-2010-Aufdruck auf der Rückseite des T-Shirts erinnern«, berichtete Bendt. Die Hoffnung der Kommissare, der alten Dame mit dieser Information eine weitere Erinnerung zu verschaffen, wurde allerdings enttäuscht. Sie schüttelte den Kopf.

»Wusste die Nachtschwester, die du befragt hast, vielleicht, wie groß er war, Ben?«

»Ja, ganz genau – irgendwas zwischen eins siebzig und zwei Metern.« Die bittere Ironie in Bendts Stimme war nicht zu überhören.

»Die Größe hätte ich auch ungefähr so geschätzt«, schaltete sich Frau Kramer wieder ein. Ihr Lächeln, in dem so viel Dankbarkeit darüber lag, dass sie sich erneut an etwas möglicherweise Wichtiges zu erinnern schien, rührte Braun geradezu.

»Sehen Sie, Sie haben sich doch an vieles erinnern können«, schloss Bendt die Vernehmung. Der alten Frau war die Erleichterung deutlich anzusehen, als die Kommissare sich verabschiedeten.

»Sie sollten versuchen, sich auszuruhen, und können uns jederzeit anrufen, wenn Ihnen noch etwas einfällt, das uns weiterbringen könnte«, sagte Braun und schenkte ihr noch ein Glas Wasser ein, bevor sie den Raum verließen.

»Wir haben verdammt wenig«, sagte Bendt, während die Kommissare über den Flur in Richtung Ausgang gingen.

»Ein Mann zwischen zwanzig und vierzig mit Basecap, das ist wahrlich nichts«, bestätigte Braun. Dann fiel ihm plötzlich etwas ein. »In letzter Zeit gab es eine ganze Reihe von Diebstählen in Altenheimen und Krankenhäusern.« Vor gar nicht langer Zeit hatte er mit einem Kollegen aus dem Kommissariat ein Gespräch darüber geführt. In diesem Moment merkte er, dass sein junger Kollege ihn von der Seite musterte. Er zog sein knittriges Leinenhemd über seinem stattlichen Bauch zurecht, wo es verdächtig spannte. Der Schweiß stand ihm auf der Stirn, und er schnaufte. Trotz des wolkenverhangenen Himmels lag eine schwüle Hitze über der Stadt.

»Leinen läuft beim Waschen immer ein«, sagte er trotzig. »Ich habe nicht zugenommen.«

Bendt schien sich einen Kommentar verkneifen zu müssen und nahm dann den ursprünglichen Gesprächsfaden wieder auf. »Mag sein, dass dieser Fall Teil einer größeren Reihe von Diebstählen in Altenheimen und Krankenhäusern ist und wir es immer mit demselben Täter oder derselben Tätergruppierung zu tun haben.«

»Möglich.« Braun verharrte kurz auf dem unteren Treppenabsatz und blickte in den Speisesaal, an dessen Tischen die Bewohner des Heimes saßen und aßen. Die Anwesenheit der Kripo sorgte offenbar für ungewohnten Gesprächsstoff. Entsprechend wurde an den Tischen rege diskutiert. Dennoch gab es einige, die unbeteiligt auf ihre in einzelne Fächer unterteilten Teller aus Hartplastik blickten. Braun fragte sich, ob es in ihrem Leben wohl noch irgendetwas gab, das sie aus ihrer Erstarrung zu lösen vermocht hätte.

»Hoffentlich werde ich nicht auch irgendwann in so einem Laden enden«, sagte er.

»Tut mir leid, dir das sagen zu müssen, aber wenn du nicht langsam anfängst, mehr auf dein Gewicht und deine Gesundheit zu achten, kannst du die Gefahr, das entsprechende Alter überhaupt noch zu erreichen, relativ sicher ausschließen.«

Braun blickte Bendt strafend an. »Du hörst dich schon an wie meine Frau. Komm du mal erst in mein Alter«, schnaufte er, während sie sich zum Parkplatz begaben.

Die Hitze schlug Braun entgegen, als er die Beifahrertür öffnete. Widerwillig ließ er sich in dem heißen Ledersitz nieder. Bendt schaltete die Klimaanlage auf höchste Stufe.

»Versuchter Totschlag?«, fragte Bendt, während er losfuhr.

»Nee. Nur weil du mir garantiert eine Grippe verschaffst, indem du von 40 Grad auf 10 unter null runterkühlst, wird man dich wohl kaum drankriegen.«

Bendt grinste. »Mal im Ernst. Sie sagt, dass er ihr die Hand aufs Gesicht gepresst hat und wie ein Monster aussah. Wer weiß, vielleicht wollte er nur, dass sie den Mund hält, und hatte gar nicht vor, sie zu töten, und sie bildet sich das Ganze nur ein.«

»Die Schilderungen waren auf jeden Fall sehr diffus«, pflichtete Braun seinem Kollegen bei. »Wir werden sehen, wie die Staatsanwaltschaft das am Ende bewertet.« Er zweifelte daran, dass die Tatsachengrundlage für die Annahme eines versuchten Tötungsdelikts in diesem Fall ausreichte. »Mir ist im Moment wichtiger zu erfahren, ob dieser Fall tatsächlich einer aus einer Serie von Diebstahlsfällen ist, die die Lübecker Polizei in letzter Zeit in Altenheimen und Krankenhäusern registriert hat, und ob wir es mit einem oder gegebenenfalls mehreren Tätern zu tun haben.«

Sie überquerten die Trave am Geniner Ufer und erreichten ohne Umwege die Polizeidirektion in der Possehlstraße 4.

»Ich werde mich gleich mal bei den Kollegen der zuständigen Polizeikommissariate schlaumachen, welche konkreten Diebstahlstaten in den letzten Monaten gegebenenfalls in unser Muster passen und welche Ermittlungsansätze wir haben.«

»Tu das. Prüf, wie der Täter jeweils in die Häuser eingedrungen ist, wann sich die Taten ereignet haben und welche Parallelen es zwischen den jeweiligen Diebstahlsopfern gibt.«

Bendt beschleunigte den Wagen.

»Teddy?«

»Ja?«

»Du wirst es nicht glauben, aber genau das hatte ich vor.«

20. KAPITEL

Jens Asmus lag neben Sophie in der Koje der Kajüte und dachte nach. Bisher wusste vermutlich niemand, wo er sich aufhielt. Sie hatten bis jetzt keine Fehler gemacht. Um kein Risiko einzugehen, hatte er Sophie in der Nähe des Hafens getroffen. Sie hatten den Rollstuhl in seinem Auto gelassen, und er hatte sie über den Bootssteg getragen, während sie ausgelassen eine Flasche Prosecco in der Luft hin und her schwenkte. Die Leute hatten sich über das vermeintlich frisch verliebte Paar amüsiert und mit Sicherheit nicht realisiert, dass Sophie gelähmt war. Einen Vorteil hatte es, dass Sophie die Tochter eines Oberstaatsanwalts war. »Nichts ist verdächtiger als ein Mensch, der versucht, unauffällig zu sein!«, hatte ihr Vater immer gesagt, und diese Erkenntnis hatten sie sich zunutze gemacht. Es war Sophies Idee gewesen, sich so auffällig wie möglich zu verhalten, um das paradoxe Ergebnis zu erzielen und nicht aufzufallen. Sollte die Polizei somit später nach Hinweisen auf den Aufenthalt eines Mannes in Begleitung einer querschnittsgelähmten jungen Frau suchen, würde man hier vergebens fahnden. Er betrachtete Sophies schlanken Hals und ließ seine Hand sanft über ihr Schlüsselbein und ihre Schulter gleiten. Ihre Haut war ganz zart und duftete jung und lebendig.

»Schön bist du und sehr gefährlich für mich«, flüsterte er leise, wohl wissend, dass sie ihn nicht hören konnte. Es war unmöglich, sie mitzunehmen. Sophies Behinderung ließ sich auf lange Sicht nicht vertuschen. Jens lauschte dem Geräusch der klirrenden Schiffsfahnen, während er mit den Fingern weiter über ihren Hals strich. Sie rekelte sich, und er ließ von ihr ab und tastete nach dem Umschlag mit dem Geld neben Sophies Kopfkissen. Es fühlte sich gut an, so viel Geld in Händen zu halten. Er hatte in seinem ganzen Leben noch nie 30 000 Euro besessen und genoss das Gefühl der Macht, das die Geldscheine ihm verliehen. Das richtige Händchen beim Spiel, und er könnte diese Summe ohne Probleme vervielfachen. Diesmal musste es einfach klappen. Endlich würde er am Roulettetisch ernst genommen werden und müsste sich nicht mit Kleingeld begnügen. Er lächelte versonnen bei der Vorstellung, wie er die Jetons vor sich aufreihte. Dann zwang er sich, seine Gedanken wieder auf seine Flucht zu konzentrieren.

Wie schmerzlich es für sie sein würde, ohne ihn zu sein, dachte er, während er sich auf den Rücken rollte und für einen Moment die Augen schloss. Es war zu riskant, ein weiteres Mal mit ihr gesehen zu werden.

Er wandte seinen Kopf zur Seite und blickte auf ihr langes dunkles Haar, das über ihr Kissen fiel und ihr ein schneewittchengleiches Aussehen verlieh. Er konnte nicht widerstehen und fuhr zärtlich über ihre nackten Brüste. Sie seufzte wohlig unter seiner Berührung und erwachte aus ihrem Dämmerschlaf. Ihre Fingerkuppen fuhren sanft über seine Stirn. Er zuckte ein wenig zurück, als sie dabei die dicke Beule auf seiner Stirn streifte. Die Alte hatte ihm einen heftigen Schlag versetzt.

»Entschuldigung«, hauchte sie. »Warum ziehst du auch nicht den Kopf ein, wenn du in die Kajüte kriechst? Du hättest das gleich kühlen müssen, dann wäre es vermutlich gar nicht so schlimm geworden. Nur schade, dass ich nicht da war und dich verarzten konnte.« Sie strich abermals ganz behutsam über die Stelle. »Warum kannst du nicht weiter hier auf dem Schiff bleiben?«

»Weil es ein fremdes Schiff ist und über kurz oder lang der Erbe des Eigners auftauchen wird – das habe ich dir doch erzählt.«

Er ließ sich zurückfallen. Ihre Bettelei, ihn begleiten zu dürfen, raubte ihm die Kraft. Es war bereits ein riesiges Wagnis gewesen, sie überhaupt mit auf das Boot zu nehmen, das ihm als Versteck von Tag zu Tag weniger sicher schien. Aber wo sonst hätte er sie überreden können, ihm ihre Ersparnisse zu überlassen?

»Lass uns nur noch ein paar Tage hierbleiben«, flehte Sophie, und ihre Lippen suchten wieder nach den seinen. Es fiel ihm schwer, ihren Kuss zu erwidern. Viel zu intensiv kreisten seine Gedanken um die bevorstehende Flucht. Er wollte, nein, er musste nach Südfrankreich, nach Cannes und Nizza, dorthin, wo es richtige Casinos gab. Sophie standen wieder einmal die Tränen in den Augen.

»Wie erfahre ich denn, ob du gut angekommen bist? Wann meldest du dich bei mir? Wie kann ich dich erreichen?«

»Sophie.« Er verschloss ihren Mund mit seinem Zeigefinger. »Bitte, versuch ein bisschen zu schlafen. Ich melde mich ganz bald bei dir, bestimmt. Ich rufe von irgendwoher an. Du kannst mich nicht erreichen. Du hast doch selbst gesagt, dass man vermutlich längst versucht, mein Handy zu orten und ich es deshalb nicht benutzen soll.«

Er küsste sie voller Unruhe. Er musste so schnell wie möglich aufbrechen. Das Casino rief. Diesmal schien alles möglich zu sein. Es war ein Segen, dass er ein Auto hatte. Es war ihm ohne Probleme gelungen, den Wagen auf den Namen seines Mitbewohners anzumieten. Tims Führerschein und sein Reisepass steckten in seiner Jackentasche. Er war zuversichtlich, dass dem so schnell nicht auffallen würde, dass die Papiere aus dem Nachtschrank verschwunden waren. Erstens besaß Tim kein Auto und war deshalb immer nur mit dem Fahrrad unterwegs, und zweitens hatte er, soweit Jens wusste, nicht vor zu verreisen. Der Vermieter des Seat, den Asmus nun fuhr, hatte das Bild auf dem Ausweis und dem Führerschein kaum angesehen.

Das alles hatte geklappt wie am Schnürchen.

Längst bereute er allerdings, Sophie erzählt zu haben, mit wessen Papieren er reiste und wohin er wollte. Sie kannte den Wagen, wusste sogar, wo er ihn angemietet hatte.

»Woran denkst du?«, flüsterte sie leise, während sie ihren warmen, weichen Körper an seinen schmiegte.

»Du siehst aus wie ein Engel«, sagte er und stöhnte, als ihre Hand zwischen seine Beine glitt. Er schlug die Decke zurück und betrachtete ihren makellosen Körper, bevor er ihrem Verlangen nachgab. Er schlief gern mit ihr. Es schien, als bewegten sich ihre Körper im Rhythmus der Wellen. Sie rief seinen Namen und schien sich gänzlich in ihm auflösen zu wollen.

Sie wusste zu viel, fuhr es ihm durch den Kopf. Obwohl er es versuchte, obwohl er sich ganz auf ihre Bewegungen konzentrieren wollte, konnte er den Gedanken nicht verscheuchen. Es bestand die Gefahr, dass sie über kurz oder lang doch einknicken und Anna Lorenz von seinen Plänen berichten würde. Als seine Hände ihre Schultern und ihren schweißnassen Hals umfassten, stemmte sie sich ihm ein letztes Mal entgegen. Dann sackte sie zusammen. Er schloss die Augen, und seine Hände tasteten erneut nach dem Geldbündel neben ihrem Kissen.

21. KAPITEL

Anna machte sich die allergrößten Vorwürfe und schreckliche Sorgen. Sophie war die ganze Nacht nicht nach Hause gekommen. Auf ihrem Handy meldete sich die Mailbox, und keine ihrer Freundinnen, die Anna angerufen hatte, wusste, wo Sophie sich aufhielt.

Anna fühlte sich den Tränen nahe, während sie vor Kommissar Brauns Schreibtisch auf und ab tigerte und ihm dabei berichtete, was sie in Erfahrung gebracht hatte. Braun hockte zwischen Bergen von Akten. Auf seiner Fensterbank gurgelte zwischen stiefmütterlich behandelten Zimmerpflanzen eine uralte Kaffeemaschine.

»Ich hatte so ein komisches Gefühl, als Sophie gestern wegfuhr. Fakt ist, dass sie nie beim Zahnarzt angekommen ist.« Anna zog die Lamellengardinen gedankenverloren ein Stück weiter zu. Sie schwitzte, obwohl sie nur ein dünnes Baumwollkleid trug. Ihre lockigen Haare hatte sie zu einem Knoten hochgebunden, aus dem sich einige Strähnen herausgelöst hatten und auf ihre Schultern fielen.

»Ich wusste, dass sie mir etwas verheimlicht. Eigentlich war mir heute Morgen, als ich beim Zahnarzt angerufen habe, schon klar, welche Auskunft ich bekommen würde.«

Braun machte sich Notizen, während Anna erzählte, und blickte nur kurz auf, als Kommissar Bendt eintrat. Anna begrüßte ihn mit einem flüchtigen Nicken und berichtete weiter. Sie hatte die Kommissare bereits am Morgen telefonisch über Sophies Verschwinden in Kenntnis gesetzt.

»Ich bin vorhin einkaufen gefahren und auf dem Rückweg nach Hause noch kurz zur Bank gegangen, um Geld zu holen. Dort fragte mich dann die Bankmitarbeiterin an der Kasse, wie der Umbau von Sophies Wohnung voranginge. Ich habe erst überhaupt nicht begriffen, wovon sie spricht, als sie mir erzählte, dass Sophie gestern Mittag 30 000,- Euro abgehoben hat, angeblich, um davon Handwerkerrechnungen zu bezahlen. Die Bankangestellte ging offenbar ganz selbstverständlich davon aus, dass ich von dieser Abhebung wusste. Als sie begriff, dass in unserem Haus überhaupt kein Umbau stattfindet und Sophie sich die Geschichte nur ausgedacht hat, war das für uns beide ziemlich peinlich.«

Anna sah Bendt mit ihren dunklen Augen verzweifelt an und konnte in seinem Blick sowohl Mitgefühl als auch Zuneigung erkennen.

Braun nahm drei Becher von der Fensterbank, füllte sie mit Kaffee und reichte Anna einen davon. Trotz der Milch, die sie hineingoss, schmeckte das Gebräu furchtbar bitter.

»Sie hat offenbar gemerkt, dass du ihr misstraust, und hat dich deshalb angelogen«, sagte Bendt und rückte für Anna den Besucherstuhl von Brauns Schreibtisch ab.

»Vermutlich«, sagte Anna und ließ sich auf den Stuhl fallen.

»Machen Sie sich nicht zu große Sorgen um Sophie. Sie wird sicher bald wieder auftauchen«, sagte Braun, dessen etwas behäbige Art stets beruhigend auf Anna wirkte.

Bendt, der sich neben Anna auf einen Stuhl gesetzt hatte, machte sie dagegen nervös. Sie wurde das Gefühl nicht los, dass er ihr gegenüber Informationen zurückhielt.

»Können wir denn sicher sein, dass Sophie dem jungen Mann mit dem Geld Fluchthilfe leisten will, oder gibt es für die Abhebung vielleicht eine ganz banale andere Erklärung?«

»Ich wünschte, ich hätte eine vernünftige Erklärung«, sagte Anna.

Bendt sah sie an. »Ich fürchte, dass du mit deinem Instinkt bezüglich Sophie und Jens Asmus leider allzu richtig gelegen hast.« Er wich Annas fragendem Blick aus und wandte sich Braun zu. »Ich bin bis jetzt noch nicht dazu gekommen, es dir zu erzählen, aber der Kollege Krause ist bei seinen Ermittlungen auf die Spielbank in Hamburg gestoßen. Asmus ist vor ungefähr zwei Wochen dort gewesen, angeblich in Begleitung einer jungen Frau im Rollstuhl. Sie sollen am Roulettetisch verliebt geschmust haben. Sie haben also offenbar wirklich eine Beziehung.«

»Im Casino? Sophie?«

»Jens Asmus ist offenbar spielsüchtig«, berichtete jetzt Braun. »Die Auswertung der Dateien auf seinem Laptop macht das ebenso deutlich wie die diversen Verfahrensakten, die wir inzwischen angefordert und eingesehen haben.«

»Er hat nicht nur im Internet Poker gespielt«, berichtete jetzt wieder Bendt, »er war auch in diversen Spielhallen und Spielbanken ein bekannter Kunde. In der Spielbank in Travemünde hat er bereits Hausverbot.«

»Dann hat er Frau Möbius also möglicherweise schon

länger bestohlen, um seine Spielsucht zu finanzieren, und sie hat es herausgefunden?«, überlegte Anna. »Damit hätten wir jedenfalls das Motiv für einen Mord.«

»So stellt es sich für den Moment jedenfalls dar, Frau Lorenz«, bestätigte Braun. »Frau Möbius scheint allerdings nicht sein einziges Diebstahlsopfer gewesen zu sein.«

Braun zog den Bundeszentralregisterauszug aus der Akte und reichte ihn Anna.

»Fünf Eintragungen im Erziehungsregister, alle einschlägig.« Anna war sprachlos. Gleichzeitig fiel ihr auf, dass Asmus erst einundzwanzig war, weshalb er noch in die Zuständigkeit der Kollegen von der Jugendstaatsanwaltschaft fiel.

»Ich habe mit Ihrem Kollegen, Jugendstaatsanwalt Gereke, gesprochen, der für Asmus zuständig ist. Es gab neben den im Register erfassten Verfahren bereits diverse andere wegen Haus- und Familiendiebstahls gegen ihn, die nach Rücknahme des Strafantrags jeweils eingestellt wurden.«

»Er hat seine eigenen Eltern bestohlen?«

»Nicht ganz. Asmus' Eltern haben sich scheiden lassen, als er fünfzehn war. Offenbar ist sein Vater dann nach Süddeutschland gezogen und hat sich bei seinem Sohn kaum mehr blicken lassen. Seine Mutter hat uns berichtet, dass er als Jugendlicher sehr unter der Trennung der Eltern gelitten hat. Dann kam das Übliche: ein Stiefvater, mit dem es in der Pubertät wohl heftige Auseinandersetzungen gab, bei denen die Fetzen flogen.«

»Verstehe«, sagte Anna. »Vielleicht ist es das, was Sophie und Jens Asmus verbindet. Die Wut und die Trauer darüber, dass ein Elternteil sie verlassen hat. Ich kann trotzdem nur schwer glauben, dass Sophie einem Jungen Fluchthilfe leistet, der im Verdacht steht, einen Menschen getötet zu haben.«

»Glauben Sie mir, Frau Lorenz, ich habe keine meiner Töchter in dem Alter zwischen dreizehn und achtzehn verstanden. Verliebte Teenager sind absolut unberechenbar.« Braun wusste ganz offensichtlich, wovon er sprach.

»Wenn er tatsächlich im Besitz des Geldes ist, hat er natürlich die Möglichkeit, für eine gewisse Zeit unterzutauchen. Wir können nur hoffen, dass er sich nicht ins Ausland absetzt.« Braun griff nach dem Telefon. »Wir sollten als Erstes über die Taxizentrale ermitteln, wo Sophie gestern mit der Taxe hingefahren ist, nachdem sie das Haus verlassen hatte. Vielleicht hat sie sich direkt zur Bank bringen lassen und wurde danach irgendwo abgesetzt, wo sie Asmus treffen wollte und er sich vielleicht sogar jetzt noch aufhält.«

»Gibt es sonst irgendeinen Hinweis, wo Asmus untergetaucht sein könnte?«, fragte Anna Bendt, während Braun zu telefonieren begann.

»Nicht den geringsten. Asmus scheint vom Erdboden verschluckt zu sein. Nach allem, was wir ermitteln konnten, hat er keine wirklich engen Freundschaften gepflegt, und der Kontakt zur Mutter ist auch nicht das, was man gemeinhin als rege bezeichnet.«

Anna stand auf und ging wieder zum Fenster hinüber. Sie konnte einfach nicht stillsitzen. Sie lehnte sich gegen die Fensterbank und massierte ihren schmerzenden Nacken. Als sie spürte, dass die Augen des jungen Kommissars auf ihr ruhten, drehte sie sich irritiert um. »Ich hätte ihr nachfahren sollen«, brach es unvermittelt aus ihr hervor.

»Du bist wirklich die Letzte, die sich in dieser Sache einen Vorwurf zu machen hat.«

»Wenn Sophie nur polizeilich observiert worden wäre …«

»Deine weibliche Intuition in Ehren, aber bis wir heute von der Geldabhebung und Sophies Besuch im Casino erfahren haben, hatten wir nicht den geringsten tragfähigen Hinweis darauf, dass Sophie Tiedemann überhaupt in engerem Kontakt zu Jens Asmus steht. Geschweige denn einen Nachweis, dass die Porzellanfiguren, die du bei ihr gefunden hast, überhaupt aus dem Nachlass von Frau Möbius stammen und Sophie diese von Jens Asmus erhalten hat.« Bendt stellte sich neben Anna ans Fenster. »Was ist mit Sophies Freundinnen? Gibt es irgendeine Person, der sie sich anvertraut haben könnte?«

»Darüber habe ich natürlich auch schon nachgedacht. Sophie hatte nur zwei engere Freundinnen. Ich habe heute Morgen schon beide angerufen. Sophie hat ganz offenbar niemandem verraten, dass sie einen Freund hat. Was Jens Asmus betrifft, hat ihre Freundin Janina lediglich erzählt, dass Sophie ihn auf irgendeiner Abi-Feier in der Schule kennengelernt und sich dort länger mit ihm unterhalten hat.«

»Halten Sie es für möglich, dass Sophie eine Beziehung zu Asmus über einen längeren Zeitraum geheim gehalten hat?«, fragte Braun, nachdem er sein Telefonat beendet und einen Kollegen mit der notwendigen Recherche über die Taxizentralen beauftragt hatte.

»Ich weiß es nicht.«

»Welchen Grund könnte sie überhaupt gehabt haben, eine Verbindung zu verheimlichen?« Braun lehnte sich in seinem Schreibtischstuhl zurück. »Ich meine, als die beiden sich kennengelernt haben, gab es doch noch gar keinen Verdacht gegen ihn. Warum also ein Geheimnis daraus machen?«

»Glauben Sie mir«, seufzte Anna, »ich habe mir diese Frage schon tausendmal gestellt. Sophie war allerdings generell sehr verschlossen. Wer weiß, vielleicht hatte sie Angst, dass seine Gefühle ihr gegenüber nicht aufrichtig sind.«

»Vielleicht hat er auch seinen Teil dazu beigetragen, dass sie die Beziehung geheim hält«, mutmaßte Bendt. »Jedenfalls dann, wenn wir mal unterstellen, dass er es von Beginn an auf ihr Geld abgesehen hatte und es ihm vielleicht gar nicht um Sophie selbst ging.«

»Das halte ich auch für denkbar«, stimmte Braun zu. »Nehmen wir mal an, dass es einer Vielzahl seiner Bekannten nicht entgangen ist, dass er spielt und verschuldet ist. Vielleicht hätte jemand Sophie vor ihm gewarnt, und sie wäre misstrauisch geworden.«

Anna stiegen bei dem Gedanken, dass Sophie erneut von einem Menschen schwer enttäuscht werden könnte, die Tränen in die Augen.

»Hast du ihr Zimmer noch einmal kontrolliert? Gibt es irgendwelche Hinweise, dass sie gemeinsam mit ihm auf der Flucht ist?«, fragte Bendt.

»Nein. Und das beunruhigt mich am meisten. Ich habe ihre Sachen x-mal durchgesehen, und nichts deutet darauf hin, dass sie sich auf ihr Verschwinden vorbereitet hat. Es fehlt nicht einmal ihre Zahnbürste. Außer einer Handtasche hatte Sophie absolut nichts bei sich.«

»Das muss nichts bedeuten. Vielleicht wollen die zwei uns einfach nur in die Irre führen.« Bendt blickte Anna an. Sie war davon überzeugt, dass er selbst nicht an das glaubte, was er von sich gab.

»Was, wenn ihr etwas zugestoßen ist? Was, wenn dieser Mann nicht nur bereit war, Frau Möbius zu töten, sondern auch Sophie etwas angetan hat, nachdem er sich ihr Geld unter den Nagel gerissen hatte?«

»Wir haben es nicht mit einem Serienmörder zu tun, Anna.«

Anna sah zu Boden. »Ich habe ganz fürchterliche Angst um Sophie. Was, wenn sie ihm das Geld plötzlich doch nicht geben wollte und mit ihm in Streit geraten ist? Was, wenn er ausgerastet ist? Wir wissen doch gar nicht, wozu er in der Lage ist.« Gegen ihren Willen begann Anna zu weinen.

Bendt machte einen Schritt auf sie zu und fasste sie bei den Schultern. Er zwang sie, ihm in die Augen zu sehen.

»Ich weiß, dass wir sie finden, Anna!«, sagte er mit fester Stimme. »Vertrau mir, wir finden sie ganz bestimmt.«

22. KAPITEL

Petra Kessler schloss abermals einen Karton, riss das braune Klebeband vom Abroller und zog es in dicken, dunklen Bahnen über den schmalen Spalt, an dem die zugeklappten Hälften aufeinandertrafen. Dann nahm sie den dicken schwarzen Filzstift zur Hand und schrieb in Großbuchstaben »FOTOS UND ALBEN 1930-1965« darauf. Es schien ihr selbst sonderbar, was sie tat. Jedenfalls hatte es nichts mit dem zu tun, was sie ursprünglich vorgehabt hatte. Keine einzige Nacht hatte sie in dem Haus verbringen, sondern alles hinter sich lassen wollen. Es war um nicht mehr gegangen, als ein paar Wertgegenstände zu sichern und den restlichen Plunder zu entsorgen. Sie hatte sich vorgenommen, so schnell wie möglich wieder abzureisen. Doch dann war sie die Stiege zum Dachboden hinaufgestiegen, hatte das Holz und den Staub gerochen und sich verleiten lassen, die alte, schwere Holzkiste in der Ecke zu öffnen. Die kleine Stoffpuppe mit den gelben Haaren hatte ihr unter harmloser Tischwäsche und Decken aufgelauert wie ein böser Wolf. Sie hatte sie angestarrt aus ihren schwarzen Filzaugen und die Vergangenheit mit voller Wucht zurückgebracht. Petra war unfähig gewesen, sich ihrem Blick zu entziehen. Sie war wie ein Dämon, der ihr die Gegenwart raubte und ihr die Bilder der Vergangenheit aufzwang. All die Jahre waren weggewischt wie eine Handvoll Staub. Es dauerte lange, sich durch die Kartons hindurchzuarbeiten. Sie griff nach der Schere, die auf dem Stapel zerschnittener Fotos lag, und steckte sie zurück in die Lederhülle. Dann stand sie auf, schob die grässlichen Bildschnipsel zusammen und warf sie in den Jutebeutel, den es zu verbrennen galt, um die schrecklichen Erinnerungen endlich auszulöschen, die sie auch jetzt wieder überfielen.

Petra wollte nichts als davonlaufen. Sie stolperte über den Schulflur, die Treppe ins Erdgeschoss hinunter und hinaus auf den Hof. Heiße Tränen rannen über ihre Wangen und schienen in der kalten Winterluft zu gefrieren. Sie floh durch das Schultor, die Straße hinunter und wusste doch, dass sich die Demütigung in ihre Seele einbrennen würde und das Geschehene nicht mehr abzuschütteln war. Noch immer hielt sie den Spiegel und die Pistole in ihren Händen. Die eiskalte Winterluft brannte auf ihrer Haut, und ihr Atem ging keuchend. Wo sollte sie hin? Sie konnte nicht zurück in die Schule, so viel stand fest, aber auch zu ihrer Tante oder auf den Weihnachtsmarkt konnte sie jetzt nicht gehen. Der Gedanke an den festlichen Lichterglanz der Stadt, die beeindruckenden Silhouetten der sieben Kirchtürme, geschmückte Tannenbäume und den Duft von gebrannten Mandeln ließ Petra nur noch schwermütiger werden. Immer wieder kam ihr das Bild des steinernen Männleins in den Sinn, das auf der Außenmauer der Rats- und Marktkirche St. Marien saß. Auf der Suche nach dem Tod war es auf das Gesims geklettert und dort beim Warten zu Stein geworden. Wenn doch ihre Mutter nur da wäre! Wie sehr hatte sie sie angefleht, nicht wegzufahren. Es sind doch nur zwei Tage, Liebchen, und du bist doch bei Tante Gerda bestens aufge-

hoben, hatte sie gesagt. *Petra lief über die Burgtorbrücke bis in den an die Altstadt grenzenden Stadtpark, dessen nackte Bäume geisterhaft und kalt über ihr emporragten. Erst hier wurde sie langsamer und folgte ziellos den Schlängelwegen. Es war inzwischen fast Mittag, und die Sonne war hinter einer dicken Wolkendecke verschwunden. Der Weihnachtszauber des Vormittags war der Nüchternheit der Realität gewichen. Mit einem tiefen Gefühl der Einsamkeit streifte sie durch die Stadt, blieb hier und da auf einer Brücke stehen, beugte sich tief über das Geländer und ließ sich von dem trüben Wasser verführen, sich noch weiter auf die Zehenspitzen zu stellen. Ihre Füße verloren die Bodenhaftung, das Geländer schnitt tief in ihren Bauch, und ihr wurde schwindelig. Sie hielt den Spiegel und die Pistole fest, obwohl ihre Hände sich von der Kälte bereits ganz taub anfühlten. Sie konnte sich nicht entschließen, einfach beides hinabfallen zu lassen. Immer wieder blickte sie in den kleinen Spiegel, auf ihre blau gefrorenen Lippen und ihr Gesicht, das unter der Wollmütze hervorlugte und sich durch die Schwerkraft albern zu verzerren schien. Sie hasste sich und wollte eine andere sein. Sie wusste, was ihre Mutter sagen würde: Du stehst dir selbst im Weg. Du bist nicht hässlich. Deine Mitschüler hänseln dich nur, weil du so still und unsicher bist.*

Sie lauschte dem Kreischen der Krähen, während sie tief Luft holte, um dann zuzusehen, wie ihr heißer Atem in dunstigen Schleiern davongetragen wurde. Sie wollte nicht nach Hause. Sie hatte keinen Ort, an den sie gehen konnte.

23. KAPITEL

Anna sah aus ihrem Küchenfenster und betrachtete die Übertragungswagen, die sich auch heute wieder vor ihrem Haus postiert hatten. In der Hoffnung auf ein Interview versammelte sich seit nunmehr vier Tagen täglich eine Handvoll von Fotografen und Fernsehleuten vor ihrer Tür. Bisher hatte sie die Geduld der Paparazzi nicht belohnt, und diese waren allabendlich enttäuscht wieder abgezogen. Im Regionalteil des *Lübecker Anzeigers* hatte es am Vortag geheißen, dass sie für eine Stellungnahme bis auf Weiteres nicht zur Verfügung stünde. Anna hatte sich verschanzt und fühlte sich wie eine Gefangene im eigenen Haus. Die Ermittlungen waren inzwischen ein Stück vorangekommen. Alles wies darauf hin, dass Jens Asmus nicht nur der Täter im Fall Möbius war. Er war darüber hinaus verdächtig, mit einer ganzen Serie von Diebstählen in Krankenhäusern und Altenheimen in Verbindung zu stehen.

Die Kripo hatte mit Hochdruck nach einer möglichen Verbindung zwischen den Diebstahlstaten der letzten Monate gesucht. Dabei war man auf den Pflegedienst gestoßen, für den Asmus arbeitete. Diese Diebstähle hatten sich jeweils kurze Zeit nachdem einer von Asmus' Schützlingen ins Krankenhaus oder Altenheim gekommen war ereignet. Die Diebstähle allein wären der Presse vermutlich kaum eine Nachricht wert gewesen; was die Ermittler unter Druck setzte, war der Mordverdacht gegen Asmus im Fall Möbius und der des versuchten Mordes im Fall Kramer. Ebenso wie andere seiner Opfer hatte die alte Frau Kramer erst wenige Monate im Altenheim gewohnt und war zuvor persönlich von Asmus betreut worden. Während für die Kripo keinesfalls feststand, dass Asmus sein Opfer hatte töten wollen, war er aus Sicht der Presse längst überführt. Asmus war für die Medien nicht nur ein Seriendieb, sondern mutmaßlich ein kaltblütiger Serienmörder, der als sogenannter »Altenheimmörder« Schlagzeilen machte. Seit die Presse Sophies Verschwinden mit Asmus in Verbindung gebracht hatte, gab es für Anna keine ruhige Minute mehr.

Sie zog den Vorhang über der Küchenspüle wieder zu und setzte sich zurück an den Küchentisch. Sie schenkte sich ein Glas Weißwein ein und schlug eine der vier Tageszeitungen auf, die sie neben den Lebensmitteln im Supermarkt bestellt und am Morgen hatte anliefern lassen. Es war bereits nach sieben, und Anna war erleichtert, Emily, die fröhlich in ihrem Kinderstuhl saß und an einem Stück Gurke lutschte, bald ins Bett bringen zu können. Jeden Tag beschäftigte sich die Presse mit Sophies Verschwinden. Anna traute ihren Augen kaum, als sie im Regionalteil des *Lübecker Anzeigers* ein Foto von Petra Kessler entdeckte. Die Überschrift lautete:

»*Petra K. – Die Tochter des ersten Opfers erzählt!*«

Anna wurde nicht schlau aus der Nachbarin, die tatsächlich vorzuhaben schien, länger im Haus ihrer Mutter zu bleiben, obwohl es zunächst den Anschein gehabt hatte, als wolle sie keine Minute länger als nötig in der Kleinstadt verschwenden.

Anna betrachtete mit Kopfschütteln das Porträt der zweifelsohne stark gelifteten Mittfünfzigerin, die so sehr nach medialer Aufmerksamkeit zu gieren schien, dass sie sogar den Tod der eigenen Mutter vermarktete. Anna schlug den Artikel wieder zu und nahm ein anderes Blatt zur Hand, in dem neben einem Bild von ihr selbst Bilder von Sophie und ihren Klassenkameradinnen veröffentlicht waren. Da es keine aktuellen Neuigkeiten gab, erging sich die Presse in Mutmaßungen und veröffentlichte nichtssagende Stellungnahmen angeblicher Freundinnen von Sophie über ihren Charakter und ihre geheim gehaltene Beziehung zu Jens Asmus. Kaum ein Bürger Lübecks zweifelte angesichts der Pressemeldungen mehr daran, dass Sophie tot war. Bundesweit wurde täglich nicht nur in der Tagespresse, sondern auch in den einschlägigen TV-Magazinen über den Fall berichtet. Die Tatsache, dass Sophie die Tochter des angesehenen Lübecker Oberstaatsanwalts war, der nur gute zwei Jahre zuvor tödlich verunglückt war, gab dem Fall zusätzlichen Zündstoff. Die Presse lechzte nach rührseligen Enthüllungen über das junge Mädchen, dessen Lebensgeschichte nicht nur durch seine Behinderung, sondern auch durch den Verlust der leiblichen Mutter geprägt gewesen war. Die einschlägigen Gazetten schreckten auch nicht davor zurück, Erklärungen dafür zu erfinden, weshalb die Staatsanwältin Anna Lorenz die Tochter ihres ehemaligen Abteilungsleiters in ihr Haus aufgenommen hatte. Anna schäumte vor Wut, als sie las, dass eine angebliche Liebesbeziehung zu Sophies Vater hierfür Anlass gewesen sein sollte. Ihre Schläfen pochten, und es schnürte ihr die Kehle zu angesichts des trügerischen Bildes, das die Journalisten von Sophies Vater, dem angesehenen, angeblich unfehlbaren Oberstaatsanwalt Tiedemann, zeichneten. Sie allein wusste, dass Tiedemann versucht hatte, sie im Modus Operandi eines damals gesuchten Serientäters zu töten, um den Verdacht von sich abzulenken. Natürlich hätte sie sich seinerzeit offenbaren müssen, wenn der Serientäter nicht kurz nach Tiedemanns tödlichem Unfall ebenfalls ums Leben gekommen wäre. Er hatte sich bei seiner Festnahme erschossen. Als sie aus ihrem Koma erwacht war, hatte niemand Zweifel daran gehabt, dass der Serientäter auch sie umzubringen versucht hatte und Tiedemann sie als ihr Retter davor hatte bewahren wollen.

Wie hätte sie Sophie damals die Wahrheit zumuten sollen? Anna war nach wie vor der Meinung, dass es richtig war, die Geheimnisse jener Nacht in ihrem Herzen zu verschließen. Dennoch war es unerträglich, gegenwärtig täglich an die Tragik und die Lügen jener Nacht erinnert zu werden.

Das Klingeln des Telefons riss sie aus ihren Gedanken. Kommissar Braun war am Apparat. Seine Stimme klang ernst, und seine Schilderungen waren sachlich. Anna hatte das Gefühl, dass seine Worte wie aus weiter Ferne zu ihr vordrangen.

»Der Fundort liegt in unmittelbarer Nähe des Priwallhafens«, sagte Braun. »Es gibt Hinweise, dass Asmus hier vor ein paar Tagen in Begleitung einer jungen Frau gesehen worden ist. Irritierend ist allerdings die Tatsache, dass keiner der befragten Zeugen sich daran erinnern kann, ein Mädchen im Rollstuhl am Hafen gesehen zu haben. Ich habe aber bereits einige Leute abgestellt, die die Schiffseigner und den Hafenwart befragen, um herauszufinden, ob und wo Asmus sich hier gegebenenfalls aufgehalten haben könnte.« Es war für einen Moment lang still am anderen Ende der Leitung.

»Wenn Sie etwas brauchen, Frau Lorenz, oder Fragen haben, wissen Sie ja, wo Sie uns finden.«

»Ja, vielen Dank.«

Anna bemühte sich, ihre Tränen zurückzuhalten, um Emily nicht zu beunruhigen. Ihrer täglichen Routine folgend, brachte sie sie ins Bett. Dann rief sie Georg an, von dem sie wusste, dass er sich sofort zu ihr auf den Weg machen würde. Die anfallenden Hausarbeiten erledigte sie mechanisch. Erst deckte sie den Abendbrottisch ab, dann befüllte sie die Waschmaschine. Erst nachdem sie sich wieder an den Küchentisch gesetzt und die Ruhe und Leere gespürt hatte, die sie umgab, bevor Georg endlich eintraf, ließ sie den Tränen freien Lauf. Es war bereits eine Woche der quälenden Ungewissheit und Anspannung vergangen, seit Sophie verschwunden war, ohne dass es eine Nachricht oder ein Lebenszeichen von ihr gegeben hatte. Bis zum Morgen hatte auch die Öffentlichkeitsfahndung keine heiße Spur erbracht, obwohl man zahlreichen Hinweisen aus der Bevölkerung nachgegangen war.

Georg bugsierte Anna sanft zum Sofa und wickelte ihr eine Decke um die Beine, weil sie fror, obwohl es draußen selbst jetzt am Abend noch über zwanzig Grad warm war.

Anna griff dankbar nach dem Glas Weißwein, das Georg ihr reichte, und trank einen kräftigen Schluck daraus. Georg nahm Anna das Glas wieder aus der Hand, stellte es auf dem Wohnzimmertisch vor ihr ab und setzte sich neben sie. Sie wehrte sich nicht, als er seinen Arm um sie legte, sondern schmiegte ihren Kopf an seine Brust und schloss die Augen. Seine Nähe spendete ihr Trost. Nachdem ihr Telefonat mit Kommissar Braun beendet gewesen war, hatte ihr erster Gedanke Georg gegolten. Noch immer war er es, der ihr in Krisensituationen sofort in den Sinn kam. Ohne das geringste Zögern hatte er sein Meeting in Berlin abgebrochen und sich auf den Weg zu Anna gemacht. Sie saßen eine ganze Weile beieinander, ohne etwas zu sagen.

»Ich bin froh, dass du mich angerufen hast«, sagte Georg schließlich, als habe er ihre Gedanken gelesen, und fuhr ihr mit der Hand durchs Haar.

»Du warst immer mein bester Freund.« Anna löste sich aus seiner Umarmung, deren Intimität sie plötzlich als unangenehm empfand.

»Weiß Sabine, dass du hier bist?«

»Du hast wirklich ein Gespür für Timing.« Georg ließ seinen Kopf nach hinten auf das Sofakissen fallen. »Was soll diese Frage überhaupt? Du weißt doch, dass wir uns endgültig getrennt haben.«

»Die Kinder leiden noch immer sehr darunter, richtig?«

»Natürlich leiden sie«, antwortete Georg, dem anzumerken war, dass er dieses Thema lieber vermieden hätte. »Aber seit ich ausgezogen bin, funktioniert es besser als vorher. Hör auf, dir Sorgen zu machen, dass du angeblich unsere Ehe zerstört hast.« Georg fasste Anna bei den Schultern, sodass sie ihm in die Augen sehen musste. »Zum x-ten Mal, damit hast weder du noch sonst jemand etwas zu tun. Das, was zwischen uns passiert ist, ist passiert, Anna. Du kannst nicht die Zeit zurückdrehen. Wir werden nie wieder nur die guten Freunde sein, die wir einmal waren.« Anna wusste, dass Georg recht hatte. Sie waren beide in den vergangenen zwei Jahren durch ein Wechselbad der Gefühle gegangen, und Anna war klar, dass sie sich selbst belog, wenn sie sich vorzumachen versuchte, die glücklichste alleinerziehende Mutter der Welt zu sein.

»Was immer passiert ist – ohne die Sache mit uns beiden wäre Emily nicht auf der Welt.«

»Ich weiß.« Anna rang sich ein Lächeln ab. Sie sah in Georgs tiefgründige dunkle Augen, und ihr wurde klar, dass er ganz unabhängig von der Nacht, in der Emily gezeugt wurde, schon lange nicht mehr nur ein guter Freund für sie hatte sein wollen. Sie fragte sich, was er wohl empfunden hatte, als sie noch mit Tom zusammen gewesen war. Durch Georg hatte sie ihren Exmann kennengelernt. Georg hatte damals seine Karriere als Immobilienkaufmann gerade erst begonnen. Er war noch Student, und Tom war ein junger Architekt gewesen, der in eines von Georgs ersten Bauprojekten eingebunden gewesen war. Georg lebte zu jener Zeit in einer riesigen Altbauwohnung, und als Anna während ihres Studiums vorübergehend eine Bleibe brauchte, war sie für einige Zeit bei ihm eingezogen. Eines Tages hatte Tom vor der Tür gestanden. Sie erinnerte sich an jedes Detail ihrer ersten Begegnung, wenn diese mittlerweile auch schon zehn Jahre zurücklag. Tom war eigentlich mit Georg verabredet gewesen, der sich aber verspätet hatte, weshalb Tom zunächst nur Anna angetroffen hatte. Sie selbst hatte damals gerade mitten in ihrer Examenshausarbeit gesteckt und war wenig begeistert gewesen, als Georg sie anrief und bat, für eine halbe Stunde die Gesellschafterin zu spielen, weil er irgendwo im Stau stand. Die ganze Nacht zuvor hatte sie am PC gesessen und gearbeitet, und entsprechend hatte Georg sie gegen elf Uhr mittags mit seinem Anruf aus dem Tiefschlaf geholt. Sie hatte kaum die Zeit gefunden, sich eine Jeans und ein ungebügeltes Top überzustreifen, als es auch schon geklingelt und sie ungeschminkt mit wirren Locken und einer Brille auf der Nase vor ihm gestanden hatte. Noch Sekunden bevor sie ihn das erste Mal sah, hatte sie ausschließlich ihre Hausarbeit im Kopf gehabt. Selbst ein George Clooney hätte sie kaltgelassen. Es war aber kein x-beliebiger Filmstar, sondern Tom, der plötzlich vor ihr gestanden und »Hallo« gesagt hatte. Schon in diesem Moment war ihr klar gewesen, dass er der Mann war, auf den sie immer gewartet hatte. Sie war kaum imstande gewesen, ein »Hi« herauszubringen, geschweige denn, ihn hineinzubitten. Lachend hatte er gesagt: »Oh, Sie sind aber nicht Georg! Sie sehen viel besser aus.«

Wenn sie jetzt daran zurückdachte, wie sie später mit Georg und Tom in der Küche gesessen hatte, fragte sie sich, was Georg damals empfunden haben musste, als Tom sie zum Essen einlud.

»Solltest du vielleicht versuchen, Sophies Mutter zu erreichen, oder bleibt das den Behörden überlassen?«, riss Georg sie aus ihren Gedanken.

»Ich weiß es nicht. Was soll ich ihr denn auch sagen? Guten Tag, hier spricht Anna Lorenz, ich wollte Ihnen mitteilen, dass Ihre Tochter, um die Sie sich ohnehin seit fast vierzehn Jahren nicht gekümmert haben, vermutlich tot ist. Gestern hat man in der Nähe des Priwallhafens ihren Rollstuhl gefunden.«

»Versuch bitte mal, nicht ganz so schwarz zu sehen, Anna. Es gibt für das Auffinden des Rollstuhls vielleicht eine andere Erklärung.«

»Welche denn zum Beispiel? Meinst du, Sophie hat eine Wunderheilung erlebt und kann plötzlich wieder gehen? Sie hat rein gar nichts mitgenommen. Nichts deutet darauf hin, dass sie abhauen wollte. Ich habe solche Angst um sie, Georg. Ich weiß nicht, wie ich es verkraften soll, wenn sie wirklich tot ist.« Anna liefen die Tränen übers Gesicht, und es dauerte eine Weile, bis sie weitersprechen konnte.

»Wer weiß, wozu dieser Asmus fähig ist? Er hat mit großer Wahrscheinlichkeit Frau Möbius getötet. Warum also nicht auch Sophie?«

»Es wäre schrecklich, wenn er ihr etwas angetan hätte, Anna, aber du musst versuchen, dich selbst zu schützen. Ich mache mir auch furchtbare Sorgen um Sophie, aber ich mache mir vor allem Sorgen um dich. Wann fängst du endlich an, dich mit deinen eigenen Problemen auseinanderzusetzen? Es ist gerade mal zwei Jahre her, dass jemand versucht hat, dich zu töten, Anna, und das zu einer Zeit, als du gerade ein Kind verloren hattest. Hast du dich jemals gefragt, warum du Sophie damals zu dir genommen hast?«

»Sophie brauchte Hilfe.«

»Natürlich brauchte Sophie Hilfe, aber du auch. Ich habe manchmal das Gefühl, dass du vor dir selbst davonläufst und dich hinter Sophies Problemen versteckst, um dich nicht mit dir selbst beschäftigen zu müssen.«

Anna stand abrupt auf und ging zum Fenster.

»Ich finde, es ist nicht der richtige Zeitpunkt, um sich mit mir zu beschäftigen.«

»Wann ist denn der richtige Zeitpunkt, Anna?« Georg trat neben sie und blickte wie sie hinaus in den Garten. »Du sagst, du erinnerst dich noch immer nicht an die Nacht, in der Sophies Vater umgekommen ist und man dich im Wald gefunden hat. Ich habe damals mit deinen Ärzten gesprochen. Sie waren sicher, dass die Amnesie nicht von Dauer sein würde und du irgendwann sagen könntest, was damals passiert ist.«

Georg drehte sie zu sich um.

»Du hast dich seit damals verändert, Anna, und damit meine ich nicht die Sache mit uns. Ich würde dir gerne helfen und besser verstehen, was in dir vorgeht, aber ich kann es nicht, solange ich das Gefühl habe, dass damals irgendetwas geschehen ist, das ich nicht greifen kann.«

»Das bildest du dir nur ein«, sagte Anna störrisch.

»Warum hast du Sophie zu dir genommen? Hast du dich verpflichtet gefühlt, weil ihr Vater von dem Mann getötet wurde, der es eigentlich auf dich abgesehen hatte?«

»Du hast doch überhaupt keine Ahnung«, schrie Anna ihn an.

»Was ist es dann, Anna, was ist damals passiert?«

»Ich weiß es nicht, Georg!« Sie versuchte sich ihm zu entziehen, aber er hielt sie weiter fest.

»Ich mache mir ernsthaft Sorgen um dich, weißt du das? Seit jener Nacht stimmt etwas nicht mit dir, und ich will endlich wissen, was es ist.«

»Ich weiß es wirklich nicht«, schluchzte Anna.

Georg zog sie an sich. »Sprich mit mir, Anna, bitte lass mich dir helfen.«

Anna versuchte sich aus der Umarmung zu lösen, aber er ließ es nicht zu, sondern sah sie an, und aus seinen Augen sprachen so viel Zuneigung und verzweifeltes Begehren, dass Anna innerlich zusammenzuckte.

»Ich kann mich wirklich nicht erinnern«, wisperte sie und begann noch heftiger zu weinen.

24. KAPITEL

Alles war schiefgelaufen. Sophie versuchte sich ihre letzte Nacht auf dem Boot am Priwallhafen ins Gedächtnis zurückzurufen. Seither, so schien es ihr, waren Lichtjahre vergangen. An jenem Tag war ihr das Leben trotz der zu überwindenden Hindernisse wie ein wunderschöner Traum vorgekommen. Sie war mitten in der Nacht in der Dunkelheit der Schlafkoje aufgewacht und hatte ihren Arm vergebens nach Jens ausgestreckt. Sie hatte dagelegen und sich dem Gefühl der Leere hingegeben, die sie empfand, als sie nur sein kaltes Kissen hatte ertasten können, auf das er mit rotem Lippenstift FÜR IMMER DEIN! geschrieben hatte. Das war kurz vor ihrem Aufbruch gewesen. Kurz bevor er zum Schiff zurückkommen sollte, um sie abzuholen und zu Anna zu fahren. Ihr Herz hatte in tausend Stücke zu zerspringen gedroht bei dem Gedanken, sich keine halbe Stunde später für lange Zeit von ihm trennen zu müssen, und dennoch hatte sie sich auf sonderbare Weise glücklich und lebendig gefühlt. Sophie schob den klapprigen Rollstuhl, den sie auf der Fahrt von Lübeck nach Frankreich in einer Klinik geklaut hatten, näher an das Fenster und blickte auf den Innenhof der u-förmig angeordneten trostlosen Anlage des billigen Motels, in dem sie kurz vor Nizza abgestiegen waren. Alles war anders gekommen, als sie gedacht hatte. Wäre in jener Nacht, als Jens sie gerade nach Hause bringen wollte, doch bloß kein Polizeiwagen am Hafen aufgetaucht, dachte sie. Plötzlich waren sie beide in Panik geraten und hatten geglaubt, man sei ihnen auf den Fersen. Wenn er in jener Sekunde doch bloß nicht entschieden hätte, sie doch mitzunehmen ... Sie hasste es, auf ihn zu warten, und wusste auch heute wieder nicht, wo er war und was er tat. Seine Versprechen, ihr Geld zu nutzen, um ein abgelegenes kleines Haus am Strand anzumieten, hielt er nicht ein. Er suchte nach Ausflüchten, weshalb er keine Bleibe für sie fand, und er log, wenn er ihr weiszumachen versuchte, ihr Geld sei außerhalb des Hotels sicher versteckt. Sophie wusste, dass er es verspielt hatte. Zum hundertsten Mal fuhr sie mit ihrem Blick die Risse in der kahlen gelben Wand über dem Bett nach, während die Sekunden träge dahinschlichen. Sie musste schon wieder zur Toilette. Sie verfluchte die enge Tür zum Badezimmer, die ihrem Rollstuhl den Weg hinein verwehrte. Letztlich war es kaum von Bedeutung, denn auch das Badezimmer war so beengt, dass selbst ein Gesunder sich am Waschbecken vorbeizwängen musste, um an die Toilette zu gelangen. Sich mit dem Rollstuhl im Bad zu bewegen war somit ohnehin unmöglich.

Die Flügel, die ihr ihre Beziehung einst verliehen hatte, waren gewaltig gestutzt worden. Nie in ihrem Leben hatte sie sich mit ihrer Behinderung so hilflos gefühlt wie in diesen Tagen, wo sie ständig auf Jens' Hilfe angewiesen war. Alles hatte anders laufen sollen. Sie war dazu verdammt, sich in diesem Zimmer aufzuhalten und die Wände anzustarren, obwohl das Meer, die paradiesische Landschaft und die Städte Südfrankreichs zum Greifen nah waren. Wie oft hatte Sophie sich gewünscht, die pulsierenden Großstädte Marseille, Nizza und Toulouse zu erkunden und die mondänen Badeorte an der Côte d'Azur zu besuchen. Doch alles, was sie jetzt tat, war, in einem schäbigen Apartment zu sitzen und Stunde um Stunde auf Jens zu warten. Bereits die vierzehn Stunden Fahrt hierher waren eine Qual für sie gewesen. Sie hatten zweimal zum Tanken angehalten, wobei Jens allein aus dem Wagen ausgestiegen war und sie mit dem Nötigsten versorgt hatte. Als sie zur Toilette musste, waren sie von der Autobahn abgefahren, und Jens hatte sie am Wegrand in ein abgelegenes Gebüsch geschleppt, damit sie ihre Blase entleeren konnte, während er sie festhielt. Sie hatten sich so ungeschickt angestellt, dass sie ihm auf die Schuhe gepinkelt hatte, was ihr noch jetzt die Schamesröte ins Gesicht trieb.

Wäre nur das mit dem Rollstuhl nicht passiert, dachte sie.

Sophie schaute auf die Uhr. Es war halb fünf Uhr nachmittags. Die Zeitungsnachrichten lasteten tonnenschwer auf ihrem Gewissen. Man hielt sie für tot, für ein Opfer des Altenheimmörders, der Jens nicht war – nicht sein konnte.

Sophie erinnerte sich, wie sehr sie ihren Vater dafür gehasst hatte, dass er ihr über Jahre vorgegaukelt hatte, ihre Mutter sei tot. Jetzt machte sie selbst die Welt glauben, dass sie nicht mehr am Leben war. Natürlich gab es niemanden, der sie so betrauern würde, wie sie als Kind ihre Mutter betrauert hatte. Dennoch wusste sie, dass ihre Freundinnen und auch Anna und Georg sich große Sorgen um sie machten und nicht mehr ruhig schliefen. Am meisten aber beschäftigte Sophie die Frage, was ihre Mutter bei dem Gedanken empfand, dass die kaum gekannte Tochter verschwunden war. Als sie das Haus ihrer Mutter erstmals in einer deutschen Zeitung gesehen hatte, war es gewesen, als hätte man Tausende von Giftpfeilen in ihr Herz gestoßen. Beate war ganz offenbar eine wohlhabende Frau und hätte sowohl die Möglichkeit als auch die Mittel gehabt, Sophie als Kind wenigstens in den Ferien zu sich zu nehmen. Dennoch hatte sie es ganz offenbar vorgezogen, sich als tot ausgeben zu lassen, und das, obwohl sie nach allem, was in den Zeitungen zu lesen war, mit einem gut situierten Kaufmann und Gastronom verheiratet war. Als Sophie nach dem Tod ihres Vaters durch das Jugendamt die ernüchternde Wahrheit erfahren hatte, keine Vollwaise zu sein, hatte sie jeden Kontakt zu ihrer Mutter abgelehnt. Die Briefe, die Beate ihr geschrieben hatte, hatte sie ungelesen verbrannt. Sophie war von beiden Elternteilen ein Leben lang betrogen worden. Von ihrem Vater, weil er ihr die Wahrheit über ihre Mutter vorenthalten, und von ihrer Mutter, weil sie sie verlassen hatte.

Sophies Wunsch, sich jemandem mitzuteilen, war in diesem Moment so übermächtig, dass sie ohne zu zögern nach ihrem Handy griff, es einschaltete und die Nummer ihrer Freundin Janina wählte. Diese meldete sich schon beim zweiten Klingelton.

»Sophie!?«, schrie sie in den Apparat, als sie Sophies Nummer auf dem Display erkannte.

»Ja, hallo«, hauchte Sophie zurück und war so überwältigt, die Stimme der Freundin zu hören, dass sie unmittelbar in Tränen ausbrach.

»Sophie, mein Gott, wo bist du, geht es dir gut?«, fragte Janina, deren Stimme sich fast überschlug. »Ich bin so froh, dass du lebst. Ich habe gedacht, du bist tot! Alle denken, du bist tot!«

»Es ist alles schiefgegangen«, schluchzte Sophie. »Ich wollte nicht, dass ihr glaubt, dass ich tot bin. Ich durfte euch nur nichts sagen.«

Am anderen Ende wurde es für einen Moment lang still.

»Was hat er dir angetan? Bist du entführt worden?«

»Nein, natürlich nicht!« Erst jetzt merkte Sophie, wie missverständlich ihre Äußerung war.

»Ich bin freiwillig hier. Jens ist kein Mörder.« Sophie erzählte Janina unter Tränen von ihrer Flucht.

»Jens wollte überhaupt nicht, dass ich mit ihm gehe, weil es viel zu gefährlich für uns war.«

»Aber warum bist du denn bloß mitgegangen?«

»Weil die Polizei kam und mein Rollstuhl verschwunden ist und ...«

»Ich verstehe überhaupt nichts. Wie kann denn ein Rollstuhl verschwinden?«

»Jens und ich hatten in Lübeck ein Versteck auf einem Boot. Ich konnte tagsüber unmöglich mit meinem Rollstuhl an das Schiff heranfahren, als ich das Geld geholt hatte. Jens wollte auch nicht, dass wir Aufmerksamkeit erregen und irgendwann herauskommt, dass wir ein Paar sind. Nachdem ich in der Bank war, hat Jens mich in einer Nebenstraße aufgegabelt. Am Hafen hat er dann geparkt und mich mit einer Buddel Champagner in der Hand aufs Boot getragen, als ob wir unseren Honeymoon feiern wollten und ich betrunken wäre.«

»Aber dann war der Rollstuhl doch im Auto?«

»Ja, aber vom Auto zum Boot war es ganz schön weit. Nachts hat Jens den Rollstuhl dann an das Boot herangefahren, weil er so viele Sachen mitzunehmen hatte. Er wollte mich zu Hause absetzen und dann aufbrechen. Er hat nicht gedacht, dass uns auch nachts jemand beobachtet.«

»Ja und?«

»Als ich im Auto saß und Jens gerade den Rollstuhl einladen wollte, haben wir plötzlich Polizeisirenen gehört. Jens hat total überreagiert. Er ist ins Auto gesprungen und einfach losgejagt, weil er dachte, die wären hinter uns her.«

»Und warum hat er dich nicht nach Hause gebracht?«

»Wir dachten, die warten da schon auf uns. Was hätten wir denn machen sollen?«

Sophies Freundin antwortete nicht.

»Wie hätte ich denn Anna erklären sollen, dass mein Rollstuhl weg ist?«

»Und deshalb bist du mit diesem Typen abgehauen?«

»Es ging alles blitzschnell. Ich hätte es nicht ertragen, täglich von Anna gelöchert zu werden, verstehst du? – Janina, er liebt mich.«

Das Schweigen am anderen Ende der Leitung schmerzte Sophie. Wie sollte ihre Freundin auch verstehen, was sie empfand? In der Presse wurde Jens als Ungeheuer dargestellt. Für Janina musste es völlig verrückt erscheinen, dass Sophie mit ihm auf der Flucht war.

»Wir haben uns alle tierische Sorgen um dich gemacht. Ich hab echt geheult – weißt du das eigentlich?«

Sophie kam nicht dazu, Janinas Frage zu beantworten. Sie war viel zu schockiert, dass Jens plötzlich in der Tür des Apartments stand und sie anstarrte. Er sah unbeschreiblich wütend aus.

Erst jetzt wurde Sophie bewusst, in welche Gefahr sie ihn durch ihr Verhalten brachte.

»Janina, ich …«, stotterte sie und sah Jens im gleichen Moment auf sich zustürzen.

Ein lautes Krachen und Sophies gellender Schrei waren das Letzte, das am anderen Ende der Leitung zu hören war.

25. KAPITEL

Petra Kessler stand auf der Terrasse und rauchte eine Zigarette. Sie blickte auf das satte Blattgrün der alten Eiche am Ende des Gartens. Sie verstand nicht, wie ihre Mutter es über all die Jahre fertiggebracht hatte, in diesem Haus wohnen zu bleiben. Dort, wo jetzt ein Beet aus dornigen Rosenbüschen wuchs, hatte früher das alte Gartenhaus gestanden. Sie drückte die Kippe im Aschenbecher aus, griff nach der Gartenschere und ging hinüber, um die verwelkten Blüten abzuschneiden. Doch als sie vor dem verwilderten Beet stand, zitterten ihre Hände so stark, dass die Schere zu Boden fiel. In diesem Moment überkam Petra die Gewissheit, dass sie die Erinnerung an jenen Dezembertag nie aus ihrem Herzen würde verbannen können.

Irgendwann war es draußen so kalt, dass Petra den Weg nach Hause einschlagen musste. Ihre Tante hatte sicher längst erfahren, dass sie am Morgen aus der Schule davongelaufen war. Sie ging auf ihr Elternhaus zu und wunderte sich, dass dort kaum Licht brannte, obwohl es bereits dunkel wurde. Vom Gehweg aus konnte sie sehen, dass nur im Schlafzimmer im ersten Stock eine Lampe eingeschaltet war. Petra öffnete die Haustür und schaltete das Flurlicht an. Sie rief nach ihrem Vater, doch sie bekam keine Antwort. Offenbar war er oben. Die Tür zum Wohnzimmer stand offen, und auch dort war es dunkel. Mit durchgefrorenen Händen streifte sie ihre Winterstiefel und ihren Mantel ab, schlüpfte in ihre Hausschuhe und ging in die Küche. Das Frühstücksgedeck ihres Vaters stand benutzt an der Stelle, wo sie es am Morgen vor der Schule für ihn hingestellt hatte, und auf dem Herd stand eine schmutzige Pfanne mit Eierresten. Er war also immerhin unten gewesen. Obwohl sie den ganzen Tag nichts gegessen hatte, verspürte sie keinen Hunger. Sie brühte sich nur einen Becher Tee auf, saß eine Weile am Küchentisch und hörte dem Ticken der Wanduhr zu. Sollte sie nach oben gehen? Er hatte mit Sicherheit längst bemerkt, dass sie wieder zu Hause war.

Das Telefon klingelte so laut, dass sie aufschrak. Sie horchte hinaus auf den Flur, aber auch jetzt blieb es oben still. Er kam nicht nach unten, und sie ließ es klingeln. Es war vermutlich ihre Tante. Sie hatte keine Lust, mit jemand anderem als ihrer Mutter zu sprechen, und die rief verabredungsgemäß erst abends um sieben an. Sie entschied sich hinaufzugehen. Das erneute Klingeln des Telefons durchbrach die Stille, während sie die knarrende Treppe hochstieg. Die Tür zum Schlafzimmer war nur angelehnt. Sie ging nicht hinein, sondern huschte in ihr Zimmer, knipste die Leselampe über ihrem Bett an und setzte sich auf die Kante. Es war nicht richtig, ihn nicht zu begrüßen. Sie würde irgendwann zu ihm gehen müssen. Aber gerade heute schien ihr der Gedanke unerträglich, ihm gegenüberzutreten, ihm, dem sie angeblich so verblüffend ähnlich sah.

Das Telefon unten klingelte schon wieder. Petra betrachtete ihre unzähligen Puppen, die sie neben einigen bestickten Kissen dekorativ auf ihrem Bett verteilt hatte. Ihnen musste sie nichts erzählen. Petra verspürte auf einmal den überwältigenden Wunsch, sich zurückzulegen. Sie streifte nur ihre Hausschuhe ab und öffnete den oberen Knopf ihrer Wollhose, bevor sie sich – ihre Lieblingspuppe im Arm – zusammenigelte. Es war eigentlich noch viel zu früh, um ins Bett zu gehen, dennoch dämmerte sie ein.

In ihrem Traum befand sie sich in einem prunkvollen Tanzsaal. Sie war ganz allein und bewunderte den Stuck und die prachtvollen Kristalllüster an der Decke. Das Parkett glänzte, und sie schien darüber hinwegzugleiten wie über eine Eisfläche. Am gegenüberliegenden Ende des Raums entdeckte sie einen goldumrahmten Spiegel. Sie ging darauf zu, konnte ihr Gesicht darin jedoch nur schemenhaft erkennen. Dennoch entzückte sie, was sie sah: Sie trug ein wundervolles goldenes Kleid, dessen Stoff zu fließen schien. Sie trat naher an den Spiegel heran und bemerkte, dass das Innere des Spiegels in Bewegung war. Es dauerte einen Moment, bis sie begriff, dass Wasser darin floss und sich die Falten ihres Kleides in den Wellen spiegelten und mit dem Wasser davonzufließen schienen. Der Anblick war betörend schön, und mit einem Mal erkannte sie die Brücke, auf der sie am Morgen gestanden und von der sie hinabgeblickt hatte. Das Wasser spielte eine leise Melodie und rief nach ihr. Das Verlangen, in den Spiegel hineinzusteigen, wurde immer stärker, und sie raffte ihre Röcke zusammen und streckte ein Bein aus ...

Das Läuten des Telefons holte Petra in die Gegenwart zurück. Sie setzte sich auf und wartete, bis es schließlich verstummte. Nur Sekunden später klingelte es jedoch erneut. Sie musste rangehen. Petra lief die Treppe hinab und griff nach dem Hörer des cremefarbenen Wählscheibenapparats, der auf dem Telefontischchen im Flur stand.

»Mama ...!« Sie konnte nicht mehr sagen, denn die Tränen schossen ihr in die Augen.

»Geht es dir gut, ist alles in Ordnung bei euch?«

»Ja.« Offenbar war ihre Mutter am Bahnhof. Im Hintergrund hörte Petra das Quietschen von in den Bahnhof einfahrenden Zügen und eine Lautsprecheransage. Sie hatte Mühe, die Worte ihrer Mutter zu verstehen.

»Gott sei Dank. Hör zu, Petra, ich bin auf dem Weg zu euch. Hast du mit deinem Vater gesprochen?«

»Nein, wieso? Ich denke, er ist oben.«

»Petra!« Ihre Mutter schrie jetzt fast, und ihre Stimme klang so besorgt, dass Petra aufhorchte. Dabei war es überhaupt nicht ungewöhnlich, dass man von ihrem Vater zu Hause nichts mitbekam. Wenn er schwermütig war, kam es vor, dass er sein Bett über Tage nicht verließ.

»Warum bist du eigentlich nicht bei Tante Gerda? Du solltest doch dort sein!«

»Ich ...«

»Nicht so wichtig – hast du ihn gehört? Ist er da?«

»Ich weiß nicht – wieso ...«

»Er hat herausgefunden, dass ich nicht bei Oma bin. Er weiß, dass ich in Hannover war. Ich mache mir Sorgen, ich ... Verdammt, meine Münzen sind zu Ende. Ich steige jetzt gleich um, Petra. Du musst ...«

Die Verbindung brach mit einem lauten Klicken am anderen Ende der Leitung ab. Petra stand wie versteinert im Flur, und die Stille, die sie umgab, schien sie plötzlich zu erdrücken. In ihrem Kopf schwirrte es. Ihre Mutter hatte offenbar noch nicht mit Tante Gerda gesprochen. Sie wusste also gar nicht, dass sie am Morgen aus der Schule weggelaufen war. Und weshalb war sie schon heute wieder auf dem Rückweg? Was hatte sie noch gesagt? *Er hat herausgefunden, dass ich nicht bei Oma bin* ...

Petras Herz klopfte wild. Er hatte geweint und gebettelt, als ihre Mutter ihm angedroht hatte, diesmal Ernst zu machen und ihn in eine Klinik zu bringen. Aber er hatte nicht wissen sollen, dass sie nach Hannover gefahren war, um sich dort eine solche Einrichtung anzusehen.

Petra zögerte nun nicht mehr, sondern lief die Treppe hinauf und ging langsam auf die angelehnte Tür des Schlafzimmers zu. Ihr war vor Angst ganz schwindelig. Was, wenn er diesmal Ernst gemacht hatte? Was, wenn er sich diesmal wirklich umgebracht hatte? Sie klopfte an, aber er antwortete nicht. Es blieb totenstill. Langsam stieß sie die Tür auf und lugte hinein. Das Bett war zerwühlt und leer. Die kleine Lampe seines Nachttischs, auf dem sein Portemonnaie lag, war angeknipst, und durch das Fenster konnte sie sehen, dass es begonnen hatte zu schneien. Dicke weiße Flocken rieselten vom Himmel. Ihr Blick fiel auf einen Umschlag, der an die Nachttischlampe auf der anderen Seite des Doppelbettes gelehnt war. »Luise« stand auf dem sepiafarbenen Papier. Petra musste den Brief nicht lesen, um zu wissen, dass es sein Abschiedsbrief war. Ihre Augen huschten zu dem Haken hinter der Tür, an dem normalerweise sein Bademantel hing. Er war leer. Sie rannte hinaus auf den Flur und rief seinen Namen. Wo konnte er sein? Sie entschloss sich, ins Badezimmer zu gehen. Der Duschvorhang war zugezogen. Ihre Hände zitterten vor Anspannung, und sie kniff die Augen zu, als sie ihn zurückzog. Als sie endlich wagte, die Augen wieder zu öffnen, atmete sie vor Erleichterung laut aus. Die Wanne war leer. Sie lief zur Treppe. Es kostete sie Überwindung, in den Keller hinunterzusteigen, und sie begann zu weinen. Ganz langsam tastete sie sich am Geländer entlang, und während sie über den grell beleuchteten Flur auf die Tür seines Hobbykellers zusteuerte, wurde ihr erstmals klar, dass seine Krankheit und Todessehnsucht sie auch deshalb so sehr ängstigten, weil sie ebenfalls beides in sich selbst trug. Auch sie war anders.

Sie schluchzte vor Erleichterung, als sie ihn weder in seinem seit langer Zeit verwaisten Hobbyraum noch in der Waschküche fand. Vielleicht irrte sie sich. Sie lief wieder hinauf. Bis ihre Mutter endlich heimkam, würde noch eine ganze Ewigkeit vergehen. Sie konnte nicht anders, sie musste den Brief lesen, um Gewissheit zu haben. Aber nicht dort oben, nicht in seinem Zimmer. Sie nahm ihn mit nach unten, schaltete das Oberlicht im Wohnzimmer ein und setzte sich in einen Sessel der Couchgarnitur. Sie knipste die Leselampe an, und der weinrote Lampenschirm warf gespenstische Schatten auf die gemusterte Tapete. Petra öffnete den Umschlag und fand darin einen langen Brief, den ihr Vater mit Füllhalter in seiner typischen unruhigen Handschrift verfasst hatte.

Liebe Luise,
wenn Du diesen Brief liest, bin ich bereits tot.

Obwohl Petra mit diesem Inhalt gerechnet hatte, schrie sie auf. Sie überflog die teils wirren Zeilen. Er schrieb von seiner Familie und davon, dass er nicht vorhatte, wie sein Vater in einem Irrenhaus zu sterben.

Petra las den Brief wieder und wieder, bevor sie ihn auf dem Wohnzimmertisch neben dem Adventskranz mit den roten Kerzen ablegte und an die Terrassentür trat. Sie schaltete die Leuchte auf der Rückseite des Hauses an und sah den Schneeflocken zu, die im

Wind zu tanzen schienen. Das Gartenhaus! Petra rannte in die Küche, griff nach der Taschenlampe, lief zurück und leuchtete hinaus. Die große Eiche stand am Ende des Gartens, und ihre schweren, schneebedeckten Äste ragten über das Gartenhaus. Die Tür stand offen. Petra lief hinaus und spürte kaum, wie der Schnee ihre Hausschuhe durchnässte. Sie fröstelte mehr vor Angst als vor Kälte, während sie hinüberhastete. Endlich fiel der Schein ihrer Taschenlampe durch die kleine Tür. Sie sackte auf der Schwelle zusammen, als der Lichtkegel sein Gesicht streifte. Er saß in einem Gartenstuhl und starrte sie mit aufgerissenen Augen an. Sein Mund stand offen, und sein Kopf lehnte bizarr verdreht an der Seitenwand des Holzhauses. Die Pistole, die ihm ein schwarzes, klaffendes Loch in die Schläfe gebrannt hatte, lag neben ihm auf dem Boden unterhalb seiner schlaffen, geisterhaft weißen Hand. Er trug seinen gestreiften Bademantel und Pantoffeln. Petra konnte nicht aufhören, ihn anzustarren. Plötzlich musste sie wieder an das Geschenk ihrer Mitschüler denken – und sie brach in hysterisches Gelächter aus.

26. KAPITEL

Gleich nachdem Janina angerufen hatte, um ihr von dem Telefonat mit Sophie zu berichten, hatte Anna Kommissar Braun benachrichtigt. Es waren sofort alle Hebel in Bewegung gesetzt worden, um herauszufinden, von welchem Ort aus Sophie Janina per Handy angewählt hatte. Die Ortung des Apparats, die man bereits unmittelbar nach Sophies Verschwinden erfolglos versucht hatte, war erneut ohne Ergebnis geblieben. Sophie hatte ihr Gerät wieder abgeschaltet, und der Anschluss war nicht mehr erreichbar. Immerhin bot sich nun, nachdem Sophie telefoniert hatte, die Möglichkeit, den Netzbetreiber zu ermitteln, über den die Einwahl erfolgt war, um so eine ungefähre Standortbestimmung zu erhalten.

»Wir haben weitere vielversprechende Nachrichten«, berichtete Kommissar Braun, als Anna zwei Tage später das Kommissariat aufsuchte, um Neuigkeiten zu erfahren.

»Asmus ist mit einem Leihwagen unterwegs, den er auf die Personalien seines Mitbewohners angemietet hat. Wir haben inzwischen auch die Fahrzeugdaten.«

Anna sah Braun aus ihren dunklen Augen an und war kurz sprachlos. »Noch ein Fluchthelfer?«

Braun winkte ab. »Nein, offenbar hat Asmus seinem

Mitbewohner die Papiere geklaut. Der behauptet jedenfalls, nichts davon gewusst zu haben. Nachdem wir aufgrund von Janina Lachmanns Hinweis sicher sein konnten, dass die zwei mit einem Leihwagen unterwegs sind, haben wir über die gängigen Mietwagenfirmen recherchiert, welche Langzeitmietverträge kurz vor Asmus' Verschwinden in Lübeck abgeschlossen worden sind. Dabei sind wir auf die Personalien des uns bekannten Zeugen gestoßen. Wenn Asmus den Wagen weiterhin nutzt, ist es nur eine Frage der Zeit, bis wir ihn kriegen.«

»Wenn er noch in Deutschland ist«, merkte Anna kritisch an.

»Davon gehen wir im Moment nicht aus«, schaltete Bendt sich ein. »Sophies leibliche Mutter hat gestern Kontakt zu uns aufgenommen. Sophie hat ihr geschrieben. Es hat den Anschein, als ob sie sich entschlossen hätte, zu ihr zu fahren, und dorthin unterwegs ist.«

»Das ist ja wunderbar.« Anna war trotz ihrer Sorge um Sophie sehr glücklich über diese Nachricht. Sie griff nach dem Blatt Papier, das Kommissar Braun ihr reichte, und erkannte Sophies Handschrift auf der Kopie des Briefes sofort.

»Sie können sich übrigens gern einen Kaffee nehmen«, bot Braun Anna an und deutete auf seine Kaffeemaschine, in deren Kanne offensichtlich schon seit einigen Stunden eine dunkle Brühe stand.

Anna schüttelte den Kopf. Sie wusste, wie abscheulich Brauns Kaffee selbst dann schmeckte, wenn er frisch aufgebrüht war, außerdem hatte sie ohnehin schon viel zu viel Adrenalin im Blut.

»Der Brief wurde in Nizza abgestempelt«, sagte Bendt.

»Sophie ist in Frankreich?«

»Jedenfalls war sie das bis vorgestern«, bestätigte Braun. »Wir haben durch die Überprüfung des Telefonnetzes ermitteln können, dass Sophie ihre Freundin Janina von dort aus angerufen hat.«

Anna überflog den Brief und spürte zugleich, dass Ben Bendt sie von der Seite musterte. Sie wandte sich ihm zu und sah seinem Gesichtsausdruck an, dass er offenbar Anlass sah, ihren Enthusiasmus zu bremsen.

Er beugte sich zu ihr hinüber und deutete auf das Datum im Briefkopf des Schriftstücks. Anna begriff sofort:

»Sie hat den Brief vorgestern geschrieben und somit an dem Tag, als sie mit Janina telefoniert hat. Wir wissen nicht, ob sie den Brief vor oder nach dem Telefonat mit ihrer Freundin abgeschickt hat, richtig?«

»Leider ja.«

Die freudige Erregung in Annas Gesicht wich sofort einer fahlen Blässe, und sie bemerkte gar nicht, dass der Brief von ihrem Schoß auf den kahlen Fußboden glitt.

»Ich glaube nicht, dass Jens Asmus ihr etwas angetan hat«, sagte Bendt, als hätte er ihre Gedanken gelesen, und hob den Brief wieder auf. »Er hätte das längst tun können, wenn er gewollt hätte.«

»Hoffentlich hat sie ihm durch das Telefonat nicht den Grund dazu geliefert.« Erneut spürte Anna die ungeheure Last der Ungewissheit. »Es ist nur ein Katzensprung von Nizza nach Eze. Das heißt, Sophie hätte längst dort sein müssen, wenn sie vor zwei Tagen zu ihrer Mutter aufgebrochen wäre.«

»Jetzt, wo Jens Asmus weiß, dass die Behörden ihn in Frankreich vermuten müssen, hat er das Land wahrscheinlich längst wieder verlassen.«
»Und mit ihm vielleicht Sophie!«, ergänzte Bendt.

27. KAPITEL

Beate Tiedemann entschied sich, den langen Weg über die Klippen einzuschlagen, und wanderte los. Sie war bereits seit zwei Stunden unterwegs, dennoch hatte sich ihre Anspannung kaum gelegt.

Was sollte sie ihrer Tochter bloß sagen, wenn sie plötzlich vor ihrer Tür stand? Wie sollte sie Sophie erklären, was sie all die Jahre davon abgehalten hatte, ihr eine Mutter zu sein und um sie zu kämpfen? Beate marschierte über den schmalen Pfad, der sie vom Abgrund trennte, und blickte hinunter auf das türkisblaue Meer, dessen Wellen sanft und rhythmisch gegen die Felsen schlugen. Immer wieder hielt sie an, stellte sich gefährlich nah an die Felskante und lehnte sich nach vorn, um hinunterzublicken.

Genau an dieser Stelle hatte sie vor vierzehn Jahren schon einmal gestanden und wäre gesprungen, wenn André nicht bei ihr gewesen wäre. Er war ihr gefolgt und hatte lange schweigend neben ihr gestanden und gemeinsam mit ihr in die Tiefe geschaut. Er hatte nicht versucht, nach ihrem Arm zu greifen und sie vom Felsen wegzuziehen. Er hatte gewusst, dass sie die Entscheidung über Leben und Tod nur allein treffen konnte. Sie erinnerte sich an diesen Tag, als ob es gestern gewesen wäre. Damals war sie noch die Frau von Oberstaatsanwalt Tiedemann gewesen.

Er hat ihr gesagt, dass ich tot bin!, hatte sie mit tränenerstickter Stimme hervorgebracht, und ihr Blick war dem kleinen Felsbrocken gefolgt, der direkt vor ihren Füßen den Abgrund hinuntergestürzt war. Sie hatte kaum fassen können, dass ein Mann so grausam sein konnte, der eigenen Tochter zu sagen, die Mutter sei tot. Damals hatte sie sich tatsächlich danach gesehnt zu sterben. Sie hatte springen wollen, um ihren übermächtigen Schmerz zu ersticken.

»Egal, was passiert«, hatte André sie erinnert, »diese Felsen und das Meer werden immer hier und wunderschön sein. Deine Sorgen werden vorbeiziehen, sie werden sich auflösen, irgendwann.«

»Sophie glaubt, dass ich tot bin. Er will, dass ich tot bin«, hatte sie immer wieder geschluchzt, während sich ihre Hand um das Stück Papier gekrampft hatte. Es war sein Brief, ein Brief von ihrem Mann, den sie am Morgen aus dem Briefkasten genommen hatte.

Beate, lautete die Anrede mit derselben herzlosen Sachlichkeit, in der der gesamte Brief verfasst war. Wie ein x-beliebiges Schreiben, das er in seiner Eigenschaft als Oberstaatsanwalt routinemäßig aufsetzte.

Ich hatte Dir mit meinem letzten Brief eine Entscheidungsfrist gesetzt, die am vergangenen Sonntag ergebnislos verstrichen ist. Du bist nicht zurückgekehrt. Ich gebe Dir deshalb zur Kenntnis, dass ich Sophie am Dienstag mitgeteilt habe, dass Du tödlich ver-

unglückt bist. Die Nachricht war naturgemäß erschütternd für sie, aber sie wird schnell darüber hinwegkommen. Sophie hat einen starken Charakter, so wie ich ihn habe. Ich werde Deine Freundin Karin bitten, Dich regelmäßig über Sophies Entwicklung zu unterrichten, und ihr Lichtbilder von Sophie zur Verfügung stellen, damit sie Dir diese übersenden kann.

Es ist das Beste so, für uns alle.

*Leb wohl,
Klaus*

Bevor sie zu den Klippen hinaufgegangen war, hatte sie den Brief wieder und wieder gelesen. Sie hatte am Frühstückstisch gesessen und war zunächst wie erstarrt gewesen, weil sie es nicht hatte glauben wollen. Er hatte es sich leicht gemacht, denn er hatte gewusst, dass sie zu schwach war, um gegen ihn anzutreten. Indem er sie totsagte, konnte er seine selbstgefällige Version der Wirklichkeit auch zu der der anderen machen. Er wollte sie als herzloses Wesen sehen, das ihren Mann und ihr Kind verraten hatte. Er wollte nicht wahrhaben, dass sie vor ihm hatte fliehen müssen, um nicht zugrunde zu gehen. Beate war so in ihre Gedanken an die Vergangenheit versunken, dass sie gar nicht bemerkte, als André neben sie trat.

»Ich habe mich gefragt, wo du so lange steckst«, sagte er und blickte sie mit seinen graugrünen Augen an, aus denen Liebe und Sorge sprachen.

»Weißt du noch, wie wir hier vor vierzehn Jahren gestanden haben?«< Beate blickte hinunter auf das türkisfarbene Meer.

»Natürlich weiß ich das.« André strich ihr liebevoll über den Arm. »Ich bin dir gefolgt, nachdem ich den Briefumschlag auf dem Küchentisch gefunden hatte, den dein Exmann dir damals geschrieben hat.«

»Ich hätte um Sophie kämpfen müssen. Ich hätte sie niemals aufgeben dürfen.« Beate schloss die Augen und konnte für einen Moment wieder nachempfinden, welche Versuchung es damals für sie bedeutet hatte, durch einen Sprung in den Abgrund vor der Welt zu fliehen.

»Hab keine Angst davor, ihr zu begegnen. Sie wird versuchen, dich zu verstehen. Du hattest damals nicht die Kraft, um sie zu kämpfen.«

Beate erinnerte sich an die Depressionen, unter denen sie gelitten hatte. Es hatte Tage gegeben, an denen sie sich nicht imstande gefühlt hatte, den Frühstückstisch allein abzudecken. Die Wände des Reihenhauses in der Lübecker Vorstadt waren täglich näher an sie herangerückt und hätten sie erdrückt, wenn André sie nicht gerettet hätte.

»Sie ist hübsch, nicht wahr?«, sagte Beate und spielte damit auf das Porträt an, das am Morgen in den französischen Zeitungen abgebildet gewesen war.

»Sie ist fast so schön wie du!«, antwortete er lächelnd, und aus seinen Augen sprach die gleiche Bewunderung, die sie schon wahrgenommen hatte, als er ihr das erste Mal begegnet war. Sie hatte gemeinsam mit ihrem Mann das mittelalterliche Eze besucht. Es war eine der wenigen Gelegenheiten gewesen, bei denen sie Klaus auf seinen Ausflügen begleitet hatte. Meist war sie in der Pension geblieben, in der sie sich gerade aufhielten, froh darüber, nicht in seiner Nähe sein zu müssen, die ihr die Luft zum Atmen nahm. Der wunderschöne Ort mit seinen steilen Treppen und gewundenen Gässchen hatte sie auf Anhieb verzaubert. Noch heute fand Beate, dass es keinen Ort gab, der eine schönere Aussicht auf die Côte d' Azur bot, als das mittelalterliche Felsennest. Zur Ferienzeit hatte der Ort den leidigen Nebeneffekt, dass die Touristen zu Hunderten durch die Gassen promenierten und sich vor den unzähligen Restaurants, Kunsthandwerksstätten und Boutiquen drängten. Damals hatten sie Eze außerhalb der Ferienzeit an einem Tag Anfang Mai besucht und die Ruinen der mittelalterlichen Burg und den terrassenförmig angelegten Tropengarten bewundert, bevor sie durch den Ortskern geschlendert waren. Sie hatte vor Andrés Feinkostladen unter der grün-weiß gestreiften Markise gestanden und sich die Auslage im Fenster angesehen, während sich ihr Mann am gegenüberliegenden Zeitungsstand mit Lektüre eingedeckt hatte. André verstand es, die Weine, den Schinken und die Vielfalt der Käsesorten so schlicht und dennoch so verführerisch zu dekorieren, dass es kaum möglich war, einfach daran vorbeizugehen, ohne einen Blick darauf zu werfen. Die Auslage war nicht nur köstlich, die Waren standen darüber hinaus auch in einer geradezu betörenden Harmonie zu den kleinen Schiefertafeln, auf die André mit seiner rund geschwungenen Handschrift Preise und Namen der einzelnen Artikel verzeichnet hatte. Als sie sich gerade wieder abwenden wollte, war sie durch das Fenster Andrés Blick begegnet. Er hatte einfach nur dagestanden und sie angesehen, und in seinen Augen hatte sie nicht nur

Faszination, sondern zu ihrer Verwunderung auch Mitgefühl lesen können. Es war, als hätte dieser winzige Moment für ihn ausgereicht, um die Verzweiflung zu erkennen, die sie in jenen Tagen empfand, in denen sie sich so verloren gefühlt hatte. André hatte sie hineingewinkt, sie war seiner Aufforderung gefolgt und hatte die Köstlichkeiten probiert, die er ihr über den Tresen gereicht hatte. Er hatte sie seine Weine schmecken lassen, die sie angesichts der Wärme sofort wohlig beschwipst werden ließen. Nicht nur mit der Zunge, sondern mit allen Sinnen hatte sie in jenem Moment gespürt, dass sie doch noch lebendig war. Ihr Mann war irritiert gewesen, sie in dem Geschäft zu finden, nachdem er zunächst eine Weile vergebens auf der Straße nach ihr Ausschau gehalten hatte. Obwohl er kurze Hosen und ein Poloshirt trug, hatte er wie immer zu korrekt und steif in der entspannten Atmosphäre des Ladens gewirkt. Ihm war anzusehen gewesen, dass ihn Beates Verhalten verwunderte, die mit geröteten Wangen vor dem Verkaufstresen gestanden hatte. Er hatte durchaus bemerkt, dass André mit Beate flirtete, hatte es jedoch geschehen lassen, weil er es für das geschäftstüchtige Gehabe eines gewieften kleinen Franzosen hielt. Aus dem gleichen Grund hatte er eingewilligt, als André sie spontan einlud, einige Tage auf seinem nahe gelegenen Gut zu verbringen. Er hatte nicht die Antennen besessen, um zu erkennen, dass sich zwischen André und seiner Frau etwas anzubahnen drohte.

Es war ihr letzter gemeinsamer Urlaub gewesen, in dem ihr endgültig klar geworden war, dass sie sich von ihm befreien musste, um nicht unterzugehen, und André hatte ihr den notwendigen Anker zugeworfen. Sie hatten vier Nächte im Gästezimmer des kleinen französischen Landhauses verbracht. Klaus hatte lange aufgehört zu fragen, ob sie ihn begleiten wollte, wenn er morgens das Haus verließ, um einen seiner Ausflüge in die Umgebung zu unternehmen. Er verschwand und ging davon aus, dass sie den Tag wie immer auf ihrem Zimmer sitzen und die Wände anstarren würde. Sie tat es nicht. Es war, als hätte André sie aus einem langen Schlaf geweckt und daran erinnert, dass das Leben lebenswert war. Er hatte sie hinausgelockt und war mit ihr an der Küste entlang über die Moyenne Corniche mit dem Auto von Nizza nach Menton gefahren. Sie hatten in Monaco und Saint-Jean-Cap-Ferrat haltgemacht und die luxuriösen Villen und ausgedehnten Gärten bewundert oder waren durch die Altstadt von La Turbie geschlendert und hatten in einem kleinen Bistro zu Mittag gegessen. Sie hatten den Markt in Nizza besucht, und sie hatte die Stände bestaunt, deren Tische sich unter dem reichhaltigen Angebot an Pilzen, Oliven, Blumen und Gewürzen bogen. Beate hatte sich dem Wunsch hingegeben, nie wieder aus dem Labyrinth der Altstadtgassen zurückkehren zu müssen, die ein kleines Dreieck zwischen dem Burgberg, der Uferpromenade und den Parkanlagen des Paillon einnahmen. Ihr war damals klar geworden, dass sie ihre Krankheit nur mit ihm – mit André – würde besiegen können. Nicht erst, als sie damals an den Klippen stand, hatte sie eine Entscheidung über Leben und Tod getroffen, sondern bereits an jenem Tag, an dem sie sich entschieden hatte, in Frankreich zu bleiben, und ihren Mann allein nach Lübeck zurückreisen ließ. Sie schauderte noch heute, wenn sie daran dachte, mit welch eisigem Blick er sie beim Abschied angesehen hatte.

Sie trat einen Schritt zurück von der Felskante und legte ihren Kopf an Andrés Schulter. Sie wollte nicht an damals denken, sondern an das, was vor ihr lag. Ihr Herz pochte, wenn sie an Sophie dachte, die hoffentlich schon bald vor ihrer Tür stehen würde.

28. KAPITEL

Jens sah mitgenommen aus, dachte Sophie und musterte ihn von der Seite. Trotz der Bräune wirkte sein Gesicht grau. Sie hatten während der Fahrt kaum ein Wort miteinander gesprochen. Er blickte stur auf die Küstenstraße. Seit Sophie mit Janina telefoniert und Jens dadurch in Gefahr gebracht hatte, war ein Stück des Vertrauens, das zwischen ihnen bestanden hatte, erschüttert worden. Sie hatte Jens noch nie so aufgebracht gesehen wie an jenem Tag, als er in das Apartment gestürzt war und ihr Handy auf den Boden geschleudert hatte. Für einen winzigen Moment hatte sie die Befürchtung gehabt, er könnte sie schlagen.

»Wenn du mit jemandem reden willst, rede mit mir, verdammt«, hatte er sie angebrüllt, während er ihre Habseligkeiten in den Koffer gestopft hatte. Sie waren sofort aufgebrochen. Denn auch Sophie hatte nicht die geringste Ahnung, wie so eine Ortung funktionierte und ob das eine Telefonat mit Janina ausgereicht hatte, um ihren Standort zu bestimmen. Bei dem Gedanken, sie hätte für seine Verhaftung verantwortlich sein können, krampfte sich ihr Herz zusammen. Jens war zu Recht wütend gewesen. Denn in dem Hotel, aus dem sie ausziehen mussten, hatte sich beim Einchecken niemand näher für ihre Identität interessiert, und jeder Standortwechsel bedeutete Gefahr, zumal sie nicht wussten, ob der deutschen Polizei inzwischen bekannt war, mit wessen Personalien Jens sich auswies. »Wie weit ist es noch?«, fragte Sophie, um endlich das Schweigen, das nun schon so lange dauerte, zu brechen.

»Wir sind bald da, ungefähr zehn Kilometer noch«, antwortete Jens, ohne seinen Blick von der Straße abzuwenden. Die beiden letzten Nächte hatten sie im Auto geschlafen, was an ihren Kräften gezehrt hatte. Sie hatten weder das Geld noch den Mut, wieder irgendwo einzuchecken. Die Gefahr, erkannt zu werden, war inzwischen viel zu groß geworden.

»Ich habe Angst«, gestand Sophie, die sich so lange vor einer Begegnung mit ihrer Mutter gescheut hatte.

»Sie hat es verdient«, sagte Jens und sah Sophie das erste Mal an diesem Tag einen Moment lang an, und noch immer konnte sie Wut und Bitterkeit in seinem Ausdruck lesen. »Weißt du, wie das Haus aussieht, in dem deine Mutter wohnt? Das ist ein Palast. Und du hast geglaubt, sie hätte sich vielleicht nie bei dir gemeldet, weil sie arm und mittellos war. Sie hat ganz sicher nicht gedacht, das Leben bei deinem Vater sei besser für dich. Sie fand es nur bequem, dich loszuwerden.«

»Ich weiß«, sagte Sophie, der es wehtat, dass Jens immer wieder Salz in ihre Wunden streute. Und doch konnte sie es ihm nicht übel nehmen, war ihr doch klar, dass die Wut, die er bezüglich Sophies Mutter äußerte, letztlich seinem eigenen Vater galt, der ihn ebenfalls im Stich gelassen hatte. Sophie war sicher, dass er sie nicht verletzen wollte. In den Zeitungen war das wunderschöne Landhaus, in dem ihre Mutter zwischen Eze und La Turbie lebte, abgebildet gewesen und hatte Sophie der Illusion der letzten beiden Jahre beraubt, in denen sie immer wieder nach möglichen Entschuldigungen für ihr Verschwinden gesucht hatte. Jens hatte recht. Es gab nicht den geringsten Anlass, diese Frau zu schonen.

»Weißt du noch, was du sagen sollst?«

»Ja doch!«

»Gut! Sie darf auf keinen Fall merken, dass wir noch in Kontakt stehen, hörst du?« Jens blickte Sophie abermals forschend an, und die anschwellende Ader auf seiner Stirn zeigte einmal mehr, unter welch großer Anspannung er stand. »Sag ihnen, dass du nichts mehr von mir wissen willst. Denk daran, wie wichtig es ist, dass sie glauben, du hättest nicht die geringste Ahnung, wo ich bin.«

»Ich bin doch nicht blöd! Ich habe das verstanden.« Sophie war zu erschöpft, um sich wieder und wieder wie ein kleines Kind daran erinnern zu lassen, was sie zu tun hatte.

»Mach ihr ein schlechtes Gewissen. Sag ihr, dass sie dir wenigstens helfen kann, indem sie dich unterstützt, und vermittle ihr den Eindruck, dass ich dein Geld durchgebracht hätte.«

»Hast du ja auch.« Sophie fühlte sich für ihre spitze Bemerkung sofort schuldig und war froh, dass Jens diese unkommentiert ließ. »Was, wenn sie später merken, dass ich dich ins Haus gelassen habe?«, fragte Sophie ängstlich. Denn obwohl sie ihre Mutter von ganzem Herzen hasste und überzeugt war, das Richtige zu tun, verspürte sie im tiefsten Inneren doch einen Widerwillen dagegen, Beate zu enttäuschen.

»Sie werden es nicht merken! Sie werden nicht damit rechnen, dass du mir hilfst.«

»Hier muss es sein«, sagte Sophie und zeigte aus dem Fenster, wo rechts von der Straße ein großer Holzpfeil die Zufahrt zum Haus auswies. Jens blieb auf der Straße und fuhr noch etwa hundert Meter, bevor er anhielt. Es wäre Sophie so viel lieber gewesen, er hätte mit ihr die Auffahrt hinuntergehen und sie an der Tür absetzen können, aber sie wusste, dass die Gefahr für ihn zu groß war.

»Du schaffst das«, sagte er und gab Sophie einen langen, leidenschaftlichen Kuss.

»Ich liebe dich«, sagte Sophie mit Tränen in den Augen und lehnte sich noch einmal in ihrem Sitz zurück, während er den Rollstuhl auslud, um sie allein zurückzulassen.

29. KAPITEL

Schon im Flur erkannte Anna die Silhouette des Kommissars durch die Milchglasscheibe neben der Haustür und vergaß in der Erwartung neuer Nachrichten von Sophie ihre Gartenhandschuhe abzustreifen, bevor sie die Tür aufriss. Er kam als Überbringer guter Nachrichten. Ben Bendt hatte auf dem Heimweg an Annas Haus haltgemacht. Anna fiel Bendt ohne zu zögern um den Hals und drückte ihn an sich, als sie erfuhr, dass Sophie bei ihrer Mutter aufgetaucht war. Er hielt sie einen Moment lang fest, bevor sie sich aus seiner Umarmung löste und lachend schwarze Erde von seinem kurzärmligen Karohemd klopfte. Umständlich streifte sie ihre schmutzigen Gartenhandschuhe ab und lächelte ein wenig verschämt.

»Es geht ihr gut«, berichtete er und blickte Anna sichtlich amüsiert an, die in ihren knappen Jeansshorts, dem Schlapphut und dem Trägerhemd, das sie immer bei der Gartenarbeit trug, offenbar nicht dem Bild der adretten Staatsanwältin entsprach, das er kannte. Sein Blick verriet Anna allerdings, dass ihm diese Montur wesentlich besser gefiel.

»Lass mein Hemd besser in Ruhe«, sagte er mit einem spitzbübischen Grinsen, während Anna an dem Grasfleck auf seiner Schulter rieb. »Ich denke, du solltest dich eher um dein Gesicht kümmern.«

Anna warf einen Seitenblick in den Flurspiegel und wurde rot. Ihre Stirn und ihre Nase waren ebenso mit Gartenerde verschmutzt wie ihr Shirt. Aber sie unterließ es, sich für ihr Aussehen zu rechtfertigen.

»Hast du einen kleinen Moment Zeit mitgebracht?«, fragte sie stattdessen. »Dann verwandele ich mich schnell in einen Menschen und koche uns einen Kaffee.«

Bendt willigte ein und schien ein wenig überrumpelt, als Anna ihm auch schon die nur mit einer Schwimmwindel bekleidete Emily in den Arm drückte und ihn in den gepflegten kleinen Garten manövrierte, bevor sie selbst im Obergeschoss des Hauses verschwand. Als sie kurze Zeit später aus der Dusche kam und sich ein Kleid überstreifte, hörte sie von oben Emilys fröhliches Juchzen. Sie blickte aus dem Fenster und stellte belustigt fest, was der Anlass für Emilys Begeisterung war. Sie saß unter einem Sonnenschirm in ihrem Planschbecken und feuerte ihre bunten Plastikbälle kreuz und quer über den Rand des Beckens auf den Rasen, ganz offenbar entzückt darüber, dass Bendt die Bälle gehorsam wieder aufsammelte und zurückwarf. Es kostete ihn sichtlich Mühe, einige der Bälle unter den Rhododendronbüschen hervorzufischen. Anna beeilte sich, fertig zu werden, und lief barfuß hinunter in die Küche, um Kaffee zu machen. Während sie mit dem Tablett in die Terrassentür trat, sah sie, dass Bendt zusammenzuckte, als ihn Georg mit seiner sonoren Stimme ansprach.

»Da hat Emily ja ein Opfer gefunden!«

Bendts Nase berührte fast Georgs handgenähte Designerschuhe, als er aus dem Busch hervorkrabbelte.

»Sie wirft wie ein Profi!«, sagte Bendt, während sein Blick langsam über den hellbeigen Anzug hinauf zu Georgs Gesicht wanderte. Emily krabbelte sofort aus dem Wasser auf Georg zu, der keine Sekunde zögerte und seine klatschnasse Tochter hochhob und an sich drückte, wobei er nicht den geringsten Gedanken an seinen teuren Anzug zu verschwenden schien. Anna fühlte sich ziemlich unwohl, während sich die Männer steif begrüßten. Sie waren einander zweimal flüchtig zu der Zeit begegnet, als Bendt und Anna die Serienmorde in den Lübecker Forsten aufgeklärt hatten. Anna fragte sich, ob es Bendt interessierte, welcher Art ihre Beziehung zu Georg war, den er mit Sicherheit für einen schnöseligen reichen Immobilienkaufmann hielt. Immerhin hatte er inzwischen wohl bemerkt, dass sie trotz des gemeinsamen Kindes nicht mit Georg zusammenlebte.

»Wo ist Anna?«, hörte sie Georg jetzt sagen, während er mit Emily auf dem Arm herumalberte. Anna kannte Georg gut genug, um zu wissen, dass seine Gelassenheit Fassade war.

»Sie duscht gerade!«, antwortete Bendt, und Anna registrierte sogar von Weitem das angespannte Zucken um Georgs Mundwinkel, der sich offenbar zusammenreißen musste, um nicht weiter nachzufragen. Bendt unterließ es, mögliche Missverständnisse aufzuklären.

»Hallo«, rief Anna betont fröhlich und stellte das Tablett etwas umständlich auf dem Terrassentisch ab, bevor sie zu den beiden Männern in den Garten hinüberging.

Sie hauchte Georg einen Kuss auf die Wange. »Ich hab dich gar nicht kommen hören!«
»Hallo. Fertig geduscht?«
»Sophie ist aufgetaucht, und es geht ihr gut«, platzte Anna heraus.
Für einen kurzen Moment verschwand der grimmige Ausdruck aus Georgs Gesicht. »Das ist eine wunderbare Nachricht.«
Anna wusste, dass auch er große Erleichterung empfand. Dennoch kannte sie ihn gut genug, um zu wissen, dass ihm die Frage unter den Nägeln brannte, weshalb ein Kommissar in ihrem Garten mit seiner Tochter spielte, während sie unter der Dusche stand.
»Sophie ist in Südfrankreich«, erklärte Bendt, dem die Anspannung zwischen Anna und Georg nicht zu entgehen schien. Anna ärgerte sich darüber, dass sie den Drang verspürte, sich Georg gegenüber zu rechtfertigen. Auf sonderbare Weise kam sie sich vor, als habe er sie mit einem Liebhaber in flagranti erwischt.
»Stell dir vor, Georg, Sophie ist bei ihrer Mutter.«
»Das ist ja großartig«, sagte Georg und wandte seinen Blick Emily zu, die gleich nachdem Georg sie abgesetzt hatte, wieder in ihren Swimmingpool zurückgeklettert war und jetzt erneut Bälle in Bendts Richtung warf.
»Entschuldige, dass ich einfach durch den Garten hereinspaziert bin. Ich hätte klingeln oder mich anmelden sollen. Wenn du möchtest, nehme ich Emily einfach mit, dann seid ihr hier ungestört.«
»Nein, das musst du wirklich nicht! Ich meine, Ben – also Herr Bendt – ist nur vorbeigekommen, um mir die gu-

ten Nachrichten zu überbringen, nichts weiter. Du kannst gern bleiben. Ich wollte ohnehin dringend mit dir reden. Ich möchte zu Sophie fahren, um für sie da zu sein, wenn sie mich braucht. Wir wissen überhaupt nicht, in welcher Verfassung sie ist und wie sie das Treffen mit ihrer Mutter verarbeitet. Ich möchte verhindern, dass sie mir ein weiteres Mal verloren geht, und sie wieder nach Hause holen. Die Schulferien sind vorbei, und Sophie fehlt jetzt bereits seit einer Woche. Ich möchte nicht, dass sie so viel versäumt, dass sie nächstes Jahr womöglich noch durchs Abitur fällt. Für Emily wäre es eine unnötige Strapaze mitzufahren.«

Sie gingen zum Tisch hinüber, und Georg setzte sich einen Moment, lehnte den angebotenen Kaffee aber dankend ab. Stattdessen begann er seinen Terminkalender im iPhone zu studieren.

»Ich hätte dich ohnehin gebeten, Sophie anzurufen und herauszufinden, ob sie weiß, wo Asmus sich gegebenenfalls aufhält«, sagte nun Bendt und setzte sich Georg gegenüber neben Anna an den Tisch.

»Weshalb tun Sie das nicht selbst?«, fragte Georg, und seine Stimme klang ungewohnt streng. »Ich denke, Sie ermitteln in dem Fall.«

»Das ist nicht so einfach«, schaltete sich Anna ein. »Ein deutscher Kommissar kann nicht so mir nichts, dir nichts mal in Frankreich anrufen und eine Zeugin vernehmen oder dorthin fahren. Er ist nicht befugt, in die Kompetenzen der französischen Behörden einzugreifen. Das muss alles im Wege der Rechtshilfe veranlasst werden.« Anna reichte Bendt eine Tasse Kaffee und schenkte sich selbst ein Glas Wasser ein.

»Was ist, wenn sich dieser Mörder in der Nähe von Sophie aufhält und du dorthin fährst?«, fragte Georg, während er Emily half, auf seinen Schoß zu krabbeln. »Du bist der Grund dafür, dass man ihm überhaupt auf die Schliche gekommen ist. Wer weiß, ob er sich nicht vielleicht an dir rächen will? Ich bin überhaupt nicht dafür, dass du allein nach Frankreich fährst.«

»Ich halte es für absolut unwahrscheinlich, dass Jens Asmus noch in Sophies Nähe ist, geschweige denn, dass ich in Gefahr wäre.«

»Auch wenn du nicht in Gefahr sein solltest, werde ich wenn möglich mit nach Frankreich fahren«, sagte Bendt, und er klang dabei so entschlossen, dass Anna, die gerade einen Schluck aus ihrem Wasserglas trank, sich verschluckte und husten musste. »Sophie sollte so schnell wie möglich vernommen werden«, fuhr Bendt fort. »Vonseiten der Staatsanwaltschaft ist bereits im Wege der Rechtshilfe ein Vernehmungsersuchen gestellt worden. Sollte sie sich entschließen, für längere Zeit dort zu bleiben, bleibt uns ohnehin kein anderer Weg.«

Anna entging der prüfende Blick nicht, mit dem Georg den Kommissar musterte. Sehr langsam griff er nun doch nach einem Wasserglas und schenkte sich ein.

»Und Sie gehen davon aus, dass Sophie eine Aussage machen wird – einmal vorausgesetzt, Sie nehmen diese strapaziöse Dienstreise auf sich?« Der spitze Unterton in Georgs Stimme war nicht zu überhören. »Ich dachte immer, dass Zeugen gegenüber einem Polizisten nicht zur Aussage verpflichtet sind, sondern nur vor Gericht.«

»Das stimmt nur bedingt«, berichtigte Bendt und hielt

Georgs Blick stand. Er lehnte sich lässig in seinem Gartenstuhl zurück. Sofern er sich über Georgs überhebliche Art ärgerte, ließ er sich das jedenfalls nicht anmerken. »Zwar trifft es zu, dass Zeugen gegenüber einem schlichten Beamten, wie ich es bin, keine Aussage machen müssen, gegenüber der Staatsanwaltschaft aber schon, und die wird ja in Person von Anna zugegen sein.« Er zwinkerte Anna zu.

»Ich bin doch überhaupt nicht im Dienst«, protestierte Anna schroff. »Ich halte es für gänzlich überzogen, in deiner oder Kommissar Brauns Begleitung zu fliegen. Sinnvoller wird sein, ich fahre zunächst nach Frankreich und kläre, ob Sophie eine Aussage machen will oder nicht. Dann können du oder Kommissar Braun gegebenenfalls immer noch nachkommen. Vielleicht will sie ja auch überhaupt nicht dortbleiben und reist gleich mit mir zurück, dann könnt ihr sie auch hier vernehmen.«

»Aber Anna, du willst doch den Herrn Kommissar nicht um eine Reise nach Südfrankreich auf Staatskosten bringen.« Georg maß Bendt mit einem Blick, der an Arroganz kaum zu überbieten war.

Anna sah Georg giftig an. »Kannst du Emily nun für ein paar Tage nehmen oder nicht?«

Georg ließ sich Zeit mit seiner Antwort. »Die kommenden vier Tage wären kein Problem, sofern du Flüge bekommst«, sagte er schließlich und blickte abermals zu dem Kommissar hinüber. »Vielleicht gelingt es Anna ja kurzfristig zu klären, ob sie Sie wirklich in Frankreich braucht oder nicht.«

30. KAPITEL

Petra Kessler knipste die Nachttischlampe an und griff nach der Flasche mit stillem Wasser, die neben ihrem Bett stand. Gierig trank sie in tiefen Zügen daraus, stand dann aus dem Bett auf und streifte ihr schweißnasses Nachthemd ab. Sie öffnete das Fenster im Schlafzimmer, um zu lüften, während sie eine Dusche nahm. Wie immer empfand sie das Plätschern des Wassers als ebenso tröstlich wie die Enge der Duschkabine, in der sie sich geborgener fühlte als irgendwo sonst. Sie schloss die Augen und ließ ihren Kopf kreisen, während das wohltuende Nass ihren Nacken hinunterrann. Es war ein Fluch, dass sie die Migräne schon wieder in sich emporkriechen fühlte, und sie hoffte inständig, dass der Schmerz sie nicht wieder mit solcher Macht heimsuchen würde wie so oft. Sie stellte den Hahn ab und horchte auf, als sie ein blechernes Geräusch vernahm. Sie vermutete es draußen, trocknete sich ab, streifte ein neues leichtes Seidennachthemd über und begann ihr Bett neu zu beziehen. Sie gestattete es sich erst, sich hineinzulegen, nachdem sie es sorgfältig aufgeschüttelt und das gestärkte Kissen zurechtgerückt hatte. Obwohl es draußen lange nicht mehr so heiß war wie in den vorangegangenen Tagen, hatte sich im Obergeschoss so viel Hitze gesammelt, dass es schwer war, Ruhe zu finden. Petra schlang sich das Laken um die Beine und döste leicht ein.

Sie stöhnte auf, als sie zwischen Wachen und Schlafen spürte, dass die Dämonen ihrer Nächte sie wieder nicht in Frieden lassen wollten, und fragte sich, wie es dieser Tage wohl erst in ihrem Berliner Haus gewesen wäre. Das Gesicht ihres verstorbenen Ehemannes ließ sich in diesen heißen Nächten nicht aus ihrem Kopf vertreiben. Wieder und wieder stieg Christophs Bild in ihr auf und blickte sie aus seinen panisch geweiteten Augen Hilfe suchend an. Er hatte zweifelsohne gegen den Tod gekämpft und sich am Ende doch wie jeder Mensch irgendwann seinem ihm zugedachten unausweichlichen Schicksal beugen müssen. Als der Rettungswagen schließlich eintraf, war er bereits tot gewesen. Man hatte ihr die Möglichkeit gelassen, noch eine kleine Weile im Arbeitszimmer mit ihm allein zu sein, bevor er abgeholt und in einem Sarg hinausgetragen worden war. Die Sanitäter hatten ihn auf das kleine Sofa gelegt, und während er dort lag, hatte sie sich neben ihm niedergekniet, seine Hand in der ihren gehalten und ein Kreuz auf seine Stirn gezeichnet, um Abschied zu nehmen. Es war leichter für sie, ohne ihn zurechtzukommen, als sie vermutet hatte. Sie erinnerte sich daran, wie sich ihr Leben verändert hatte, nachdem ihr Vater gestorben war. Ihre Eltern hatten seine Krankheit immer zu verheimlichen versucht. Nachdem er sich umgebracht hatte, war alles anders geworden. Die Tatsache, dass er sich ausgerechnet an dem Tag erschossen hatte, an dem Christoph und seine Klassenkameraden ihr den Spiegel und die Pistole geschenkt hatten, hatte die Bosheit ihrer Mitschüler erstickt. Sie waren schuldig geworden, und niemand hatte sich je wieder getraut, sie zu hänseln. Mit einem Mal war sie nicht mehr das stille, sonderbare Mädchen gewesen, sondern ihr Leid und die Schuld, die ihre Mitschüler auf sich geladen hatten, hatten sie unantastbar gemacht. Von Stund an hatte man sie mit anderen Augen betrachtet. Sie war durch das Schicksal ihres Vaters interessant geworden, zu jemandem, den man bedauerte und nicht ignorieren konnte. Damals hatte sie angefangen zu hungern. Sie hatte Genugtuung empfunden, wenn die anderen sie ansahen. Das betretene Schweigen, wenn sie den Klassenraum betrat, als sie mit sechzehn nur noch vierunddreißig Kilo wog, war wie Nahrung für ihre Seele gewesen. Das Spiel mit dem Tod hatte ihr Macht verliehen. In den Augen aller, so schien es ihr damals, hatte sie stets die Schuld erkennen können für das, was man ihr angetan hatte. Sie hatte sie alle büßen lassen. Auch ihre Mutter hatte gebüßt. Petra hatte ihr nie ganz zu verzeihen vermocht, dass sie ihren Vater verraten und versucht hatte, ihn gegen seinen Willen in eine Klinik abzuschieben. Ihr Vater hatte seine Frau bedingungslos geliebt und ihr blind vertraut. Je älter Petra geworden war, desto mehr war die Überzeugung in ihr gewachsen, dass es am Ende nicht seine Krankheit war, die ihn schließlich in den Tod getrieben hatte, sondern der Vertrauensbruch, den es für ihn bedeutet haben musste, dass seine Frau hinter seinem Rücken seine Einweisung vorbereitet hatte. Obwohl Petra damals versucht hatte, ihre Mutter zu verstehen, war auch ihr Vertrauen erheblich erschüttert worden. Sie hatte sich mehr und mehr von ihr entfernt und schließlich selbst unter der Angst gelitten, ihre Mutter würde auch sie in die Psychiatrie bringen wollen. Vor allem aber sah sie sich noch heute auf dem Beckenrand der Badewanne sitzen, während ihre Mutter ihre Sachen für den Kurztrip nach Hannover packte, sah sich betteln und bitten, sie nicht allein zu lassen. Ihre Mutter trug nicht nur eine große Verantwortung für den Tod ihres Vaters, sie trug vor allem auch die Verantwortung dafür, dass ihre Tochter ihn hatte finden müssen. Das Bild seines leblosen Gesichtes und das Blut, das seine Schläfe hinabrann, hatte sich für immer in ihr Gedächtnis eingebrannt und war seit ihrer Jugend nicht aus ihren nächtlichen Träumen zu verscheuchen gewesen. An dem Tag, als ihr Vater sich erschoss, hatte am Morgen, kurz nachdem ihre Mutter das Haus verlassen hatte, eine Sprechstundenhilfe aus der Klinik in Hannover angerufen, um den Termin zu verlegen, weil der Professor erkrankt war. Ihr Vater hatte den Anruf entgegengenommen. Wie er sich wohl gefühlt haben mochte, als er erfuhr, dass seine Frau seine Zwangseinweisung vorbereitete? Vielleicht genau so wie sie, als sie erfahren hatte, dass der Mann sie betrog, den sie ein ganzes Leben lang geliebt hatte. Christoph ... Solange sie denken konnte, schon als junges Mädchen, war sie von dem Wunsch beseelt gewesen, ihn zu heiraten. Als sie noch Schülerin gewesen war, schien er für sie unerreichbar zu sein. Aber sie hatte sich über die Jahre verändert. Insbesondere nach ihrer Schulzeit galt sie über viele Jahre als gefestigte Persönlichkeit. Sie hatte damals begonnen, als Vertreterin für einen Kosmetikkonzern zu arbeiten. Ihr altes Ich lag hinter einer wohldekorierten Fassade verborgen. Auf dem zehnjährigen Klassentreffen hatte sie erstmals Christoph wiedergetroffen, der schon in jungen Jahren zu einem erfolgreichen Textilimporteur geworden war. Er hatte sie erst gar nicht erkannt. Noch heute fragte sie sich manchmal, wie es ihr gelungen war, ausgerechnet ihn einzufangen. Vermutlich hatte er ihre Ehe im Laufe der Jahre als Strafe für sein Julklapp-Geschenk empfunden. Fakt war, dass er wenig dafür getan hatte, sein Leben zu erhalten. Selbst jetzt, wo er tot war, empfand sie noch den Wunsch, ihn zu tadeln. Er hatte sich nicht im Griff gehabt. Seine Maßlosigkeit beim Genuss von Nahrungsmitteln, Alkohol und Zigaretten war ihr stets wie ein stiller Protest gegen ihren Diätwahn erschienen. Lediglich vor zwei Jahren hatte er plötzlich eine bis dahin nicht gekannte Eitelkeit entwickelt und wieder begonnen, Tennis zu spielen. Petra schloss die Augen und versuchte vergebens, auch dieses Kapitel aus ihren Gedanken zu vertreiben ...

Seit Petra die Einladung zu ihrem dreißigjährigen Klassentreffen erhalten hatte, war es ihr kaum möglich gewesen, sich auf etwas anderes zu konzentrieren. Bereits ein paar Tage vor dem Treffen hatten sie von Berlin nach Hamburg fahren wollen, um dort einzukaufen und es sich gut gehen zu lassen. Für den Tag des Treffens hatte sie eine Pediküre im Hotel Vier Jahreszeiten an der Alster und einen Friseurtermin im renommierten Salon von Marlies Möller geplant gehabt. Gut vorbereitet und wunderschön hatte sie nach Lübeck aufbrechen wollen, wo das Treffen stattfinden sollte, und nun war alles dahin. Petra saß an ihrem Schminktisch und blickte auf die Uhr. Es war halb fünf, und die Stunden schlichen dahin. Ihre Hände zitterten, während sie erneut versuchte, den schwarzen Kajalstrich zu korrigieren, der immer wie-

der unter ihren Tränen zerrann. Sie zog die Träger ihres La-Perla-BHs etwas fester an, um ihre Brüste besser zur Geltung zu bringen.

»Welche Schmerzen habe ich auf mich genommen, um so auszusehen«, schrie sie ihr Spiegelbild an und schmetterte ihren Kajalstift wütend in die Ecke, bevor sie von einem weiteren Weinkrampf geschüttelt wurde. Sie zog die Beine an und legte ihren Kopf auf die Knie.

»Tu mir das nicht an«, schluchzte sie. »Tu mir das bitte nicht an!« Das Klassentreffen hatte ihr Triumphzug werden sollen. Sie hatte allen beweisen wollen, wer sie heute war, dass sie schöner war als alle anderen. Dass sie diejenige gewesen war, die Christoph geheiratet hatte, diejenige, die es sich hätte leisten können, Gucci, Prada und La Perla bei der Gartenarbeit zu tragen, wenn die Arbeit nicht ohnehin durch einen Gärtner erledigt würde. Und jetzt schien er entschlossen, mit einer Kellnerin durchzubrennen.

»Eine einfache Kellnerin!«, zischte sie verächtlich, während sie sich wieder aufrichtete und ihrem Spiegelbild zuwandte. Sie hatte in den vergangenen Wochen und Monaten Veränderungen an ihm bemerkt und sich dabei der naiven Vorstellung hingegeben, er gebe sich ihretwegen Mühe. Er war auf einmal aufmerksamer und fröhlicher gewesen als sonst, was angesichts der Gründe paradox schien. Petra griff nach ihrem Glas und trank einen weiteren tiefen Schluck Wodka. Es dauerte eine Weile, bis die wohltuende Wirkung des Alkohols sie ein wenig ruhiger werden ließ. Er hatte ihr versprochen, gegen halb sieben zu Hause zu sein, um die Einzelheiten ihrer Trennung mit ihr zu besprechen. Petra stand auf und lief zu ihrem Ganzkörperspiegel hinüber. Sie stellte sich davor und betrachtete ihre Rundungen Zentimeter für Zentimeter.

Ihre strammen Silikonbrüste waren weder zu klein noch zu groß. Ihr Po war tadellos gestrafft, und selbst bei kritischer Betrachtung konnte ihr Körper mit dem einer jeden gut aussehenden Mittdreißigerin konkurrieren.

»Aber das willst du ja gar nicht, Christoph«, flüsterte Petra.

»Sie ist ja nicht einmal jünger als ich.« Die Erinnerung an diese Tatsache trieb ihr erneut die Tränen in die Augen. Ein Leben lang hatte sie sich davor gefürchtet, ihr Mann könnte irgendwann seinen zweiten Frühling mit einer jungen Frau erleben wollen. Nicht genug, dass er sie jetzt tatsächlich mit dem Geständnis einer neuen Liebe gedemütigt hatte, noch schlimmer war, dass diese Frau zwei Jahre älter war als sie.

Sie ist doch nicht einmal schön!, dachte sie voller Bitterkeit, während sie nach ihrem cremefarbenen Seidennachthemd griff, das sie am Schlafzimmerschrank aufgehängt hatte. Sie streifte es über und nahm dann vorsichtig das Brillantcollier aus der Schatulle, die sie am späten Vormittag aus dem Safe im Billardzimmer genommen hatte. Sie legte den Schmuck an und strich zärtlich über die funkelnden Steine, die ihr tiefes Dekolleté betonten.

Unvergänglich, wie unsere Liebe, erinnerte sie sich an seine Worte, als er ihr das Collier und die Ohrringe zur Hochzeit geschenkt hatte.

Petra nahm sich Zeit, um ihr weißes Bett mit roten Rosenblättern zu verzieren. Dann legte sie eine dezente Note ihres Lieblingsduftes auf. Sie betätigte den kleinen Zerstäuber des antiken Flakons nur ein einziges Mal. Endlich war die Zeit gekommen, und sie hörte das vertraute Motorengeräusch seines Aston Martin, der die Auffahrt hinaufrollte. Petra warf einen letzten Blick in den Spiegel, bevor sie sich auf der Bettdecke niederließ, das Nachthemd verführerisch hoch über ihre Schenkel schob und den

Ausschnitt zurechtrückte. Sie hörte, wie sich endlich der Schlüssel im Hausschloss drehte, ebenso wie seine Schritte auf dem kalten Marmorboden der Diele. Die Schritte verhallten abrupt. Ganz offenbar hatte er die Rosenblätter auf den Stufen der Treppe hinauf sofort bemerkt. Sie lauschte mit klopfendem Herzen hinunter. Er schien einen Moment zu zögern.

»Ich bin da, Petra!«, rief er dann, und seine Stimme klang erschöpft.

Sie hörte ihn umständlich mit den Garderobenbügeln herumhantieren, während er erneut nach ihr rief. Sie hatte nicht vor zu antworten. Erst jetzt schenkte sie sich ein Glas des prickelnden kalten Champagners ein, den sie im Eiskühler auf ihrem Nachttisch bereitgestellt hatte. Sie fluchte leise, als sie Christoph durch den Flur ins Wohnzimmer gehen hörte, und befürchtete schon, dass er nicht heraufkommen würde. Sie lauschte angespannt und vernahm das Klirren der Eiswürfel in seinem Whiskyglas, bevor er sich endlich mit schwerfälligen Schritten der Treppe näherte und die knarrenden Stufen sein Kommen ankündigten. Erst jetzt griff sie nach dem Röllchen mit den Schlaftabletten, spülte sie hinunter und schloss ihre Augen.

31. KAPITEL

Sophie erwachte sehr früh an diesem Morgen und blickte von ihrem Bett durch das Fenster in den traumhaften Garten hinaus. Die Wildrosenbüsche wuchsen prächtig, und ihre Blüten waren so schön, dass sie fast unwirklich schienen. Beate hatte für Sophie ein Zimmer im Erdgeschoss eingerichtet, damit sie sich im unteren Teil des Hauses mit ihrem Rollstuhl frei bewegen konnte. Sophie hätte sich in dem Haus, das mit so viel Liebe und Geschmack eingerichtet war, uneingeschränkt wohlgefühlt, wenn sie nicht diese tiefe Bitterkeit empfunden hätte. Das honigfarbene Sonnenlicht fiel auf die kleine handverzierte Schminkkommode, auf der Beate für Sophie einen kurzen runden Strauß rosafarbener Rosen in einer Milchkanne aus weißem Porzellan dekoriert hatte. Sophie hatte am vorangegangenen Abend noch lange hier gesessen und sich im Spiegel betrachtet, bevor sie zu Bett gegangen war. Nur wenige Stunden zuvor hatte sie ihrer Mutter nach all den Jahren zum ersten Mal wieder gegenübergestanden und sich gefühlt, als blicke sie in ihr eigenes leicht gealtertes Spiegelbild. Die Ähnlichkeit war so verblüffend, dass sie sie fast als schmerzlich empfand. Sophie fragte sich, ob ihre nur wenige Jahre jüngeren Halbschwestern ihr ebenfalls ähnlich sahen. Noch hatte sie die Fotos, die überall im

Wohnzimmer herumstanden, nicht genauer betrachtet. Einen persönlichen Eindruck würde sie sich so schnell nicht verschaffen können, denn die beiden Mädchen hatten Ferien und waren für zwei Wochen zu den Großeltern in die Provence gefahren. Sophie vermutete, dass Beate recht froh darüber war, sich allein auf sie konzentrieren zu können. Sie hatte ihre Mutter mit ihrem Auftauchen ziemlich überrumpelt, nachdem sie zwar ihren Besuch angekündigt, sie aber über den Tag und die Zeit ihrer Ankunft im Unklaren gelassen hatte. Sophie drehte sich in ihrem Bett noch einmal auf die Seite und schloss die Augen. Sie war voller widerstreitender Gefühle. Zwar war sie froh, den Schritt hierher gewagt zu haben, denn Beate schien ihr keineswegs die gewissenlose Frau zu sein, als die Jens sie beschrieben hatte. Und dennoch war sie wütend, weil man sie im Stich gelassen hatte.

»Ich habe dich nie vergessen«, hatte Beate am Vorabend unter Tränen beteuert, und Sophie hatte gespürt, dass ihr Schmerz aufrichtig war. Dennoch verstand sie nicht, dass Beate sich gemeinsam mit ihrem Vater entschieden hatte, sich selbst totzusagen.

»Wir dachten damals, es sei das Beste für dich«, hatte Beate hilflos versucht zu erklären. Und genauso, wie Sophie gespürt hatte, dass Beate ihren Schmerz nicht vortäuschte, war ihr klar, dass Beate sie belog. Sophie versuchte, ihre Gefühle beiseitezuschieben, rückte ihren Rollstuhl zurecht und schaffte es aus eigener Kraft, sich vom Bett aus hineinzusetzen. Auch das Badezimmer hier unten lieferte für Sophie genügend Platz, um selbstständig auf die Toilette gehen zu können, sodass sie allenfalls in der Dusche Hilfe benötigen würde, was sie sich für den heutigen Tag allerdings ersparen wollte. Als Sophie fertig angezogen in die großzügige Bauernküche kam, duftete es bereits nach frischem Kaffee. Auf dem großen rustikalen Eichentisch hatte Beate ein Tablett mit einer Käseplatte, verschiedenen Gläsern Marmelade und einer Schale frischer Erdbeeren abgestellt.

»Guten Morgen«, sagte sie, während sie die Hände an ihrer Schürze abwischte, die sie über Jeans und einer kurzärmligen weißen Bluse trug. »Ich hoffe, du hast gut geschlafen?«

»Ganz gut, danke«, antwortete Sophie und registrierte gleichzeitig, dass Beate vermutlich kaum ein Auge zugemacht hatte. Sie sah müde und erschöpft aus.

»Wir können im Garten frühstücken. Ich habe für uns den Tisch auf der hinteren Terrasse gedeckt.«

Sophie blickte durch die offen stehende Küchentür, die in den Garten hinausführte, wo eine Gruppe weißer Holzgartenmöbel unter einem roten Schirm aufgestellt war.

»Gern.« Sophie ließ sich von Beate helfen, die kleine Stufe in den Garten zu überwinden.

»Du lebst in einem Paradies.« Sophie blickte über die atemberaubenden Berge, deren Weite und Schönheit ihre Traurigkeit noch größer zu machen schienen.

»Ich wünsche mir, dass wir sehr oft gemeinsam hier sitzen werden. Du kannst dir nicht vorstellen, wie oft ich mir gewünscht habe, dir das alles hier zu zeigen. Ich möchte so vieles nachholen, Sophie.« Sophie vermied es, Beate anzusehen, deren Stimme jeden Moment zu kippen drohte.

»So viele Jahre kann man nicht nachholen«, sagte sie

bitter und griff nach der Tasse Kaffee, die Beate ihr eingeschenkt hatte. »Du hättest mich holen können. Mag ja sein, dass du früher krank warst, aber irgendwann hättest du mich holen können.«

»Glaub mir, ich wünschte, ich hätte vieles anders gemacht«, sagte Beate, während sie in ihrer Hosentasche nach einem Taschentuch suchte. »Aber ich wusste auch nicht, was es in dir auslösen würde, was es für dein Verhältnis zu deinem Vater bedeuten würde.«

»Was immer es bedeutet hätte, ich hätte ihn jedenfalls zur Rede stellen können.« Es entstand eine kurze Pause, bevor Beate weitersprach. »Frau Lorenz hat angerufen. Sie fragt, wann du nach Lübeck zurückkommen willst. Sie möchte herkommen und dich abholen, wenn du nichts dagegen hast.«

»Du meinst wohl eher, sie möchte herkommen, um herauszufinden, wo Jens Asmus ist«, sagte Sophie verächtlich.

»Das glaube ich nicht. Sie hat sich wirklich sehr große Sorgen um dich gemacht, Sophie, und ich auch. Weißt du denn, wo er jetzt ist?«

»Natürlich nicht! Und ich will auch nie wieder etwas mit ihm zu tun haben.«

Beate sah Sophie durchdringend an. »Es hat mir nicht gutgetan, so lange mit einer Lüge zu leben. Ich glaube, dass es dir auch nicht guttun kann.«

32. KAPITEL

Kommissar Braun legte gerade das Telefon zurück auf die Station, als Bendt in sein Büro trat. Der blieb wie angewurzelt vor Brauns Schreibtisch stehen und starrte ungläubig auf eine durchsichtige Plastikschüssel, die vor seinem Chef auf der abgenutzten Schreibunterlage stand.

»Ist das etwa ein Salat?«

»Ich habe schon immer gewusst, dass du ein scharfsinniger junger Mann bist«, erwiderte Braun. »Aus dir wird noch etwas.«

Bendt sah sich im Raum um, hob dann demonstrativ eine von Brauns Akten hoch, die auf dem Schreibtisch lagen, und guckte darunter.

»Hast du mit irgendjemandem das Büro getauscht, oder soll ich wirklich glauben, was ich da sehe? Jetzt sag schon – wo ist die Currywurst?«

»Gisela zwingt mich dazu«, sagte Braun, hob eines der Salatblätter mit spitzen Fingern in die Höhe und sah Bendt mit gequälter Miene an.

»Sehr gut.« Bendt grinste hämisch. »Warum sollte sie auch ein Interesse daran haben, nach dir zu sterben, du hast ja ohnehin nichts zu vererben. Sie muss dich also gut pflegen, damit du noch eine Weile für sie sorgen kannst.«

Braun hob drohend seine Gabel.

»Du kannst ein Verfahren wegen Erpressung und Bedrohung gegen sie einleiten. Sie hat gesagt, dass sie mich umbringt, wenn sie mich mit einem Ketchupfleck auf dem Hemd erwischt.«

»Tja, die einen Frauen fahnden nach fremdem Lippenstift auf dem Kragen ihres Gatten, und deine fürchtet sich eben nur noch vor Ketchup.«

»Ich beantrage gleich deine Versetzung«, sagte Braun lachend, bevor er sich wieder dienstlichen Themen zuwandte. »Wie es aussieht, waren Asmus und Sophie bis vor drei Tagen in einem kleinen Motel abgestiegen. Sie müssen ziemlich kurz nach Sophies Telefonat mit ihrer Freundin aufgebrochen sein. Wir haben inzwischen auch ermittelt, dass in der Nacht von Sophies Verschwinden in einer Klinik bei Oberkirch ein Rollstuhl gestohlen wurde. Es könnte durchaus sein, dass sie auf ihrem Weg nach Südfrankreich dort haltgemacht und den Rollstuhl entwendet haben.«

»Seit der internationale Haftbefehl erlassen wurde, gehen die Ermittlungen voran, zumal der Fall auch in Frankreich inzwischen die Presse beschäftigt und der Ermittlungsdruck höher geworden ist«, sagte Bendt und beobachtete dabei, wie sein Kollege umständlich den kleinen Tischventilator zurechtrückte, der allerdings gegen den Schweiß, der ihm ständig auf der Stirn stand, wenig auszurichten vermochte. Wenigstens trug er heute ein Hemd, das zu seiner korpulenten Statur passte.

»Wir können davon ausgehen, dass Asmus auch in Zukunft spielen wird. Den Casinos in Nizza und Umgebung wird er im Zweifel kaum widerstehen können.«

»Wenn er noch Geld hat«, wandte Bendt ein.

»Klar, wenn er noch Geld hat.«

»Gehst du davon aus, dass Asmus sich bei seiner Mutter oder Freunden melden wird und die gegebenenfalls um Hilfe bittet?«

»Das halte ich für eher unwahrscheinlich. Er ist ganz offenbar vorsichtig. Wir können von hier aus im Moment kaum noch etwas tun, außer zu hoffen, dass die französischen Behörden Asmus kriegen.«

»Vielleicht schaltet er irgendwann sein Telefon wieder ein«, sagte Bendt. »Jetzt wo er von Sophie getrennt ist, müssen die zwei nach Kommunikationswegen suchen.«

»Vorausgesetzt, sie stehen noch in Kontakt.«

»Warten wir ab, was Anna Lorenz herausfindet. Vielleicht gelingt es ihr, aus Sophie etwas herauszubekommen.« Bendt stand auf, um sich wieder in sein Büro zu begeben. »Iss du schön deinen Salat. Ich kümmere mich inzwischen mal um die Strafanzeige gegen deine Frau.«

»Warte, hier kommt gerade noch etwas aus Frankreich«, sagte Braun und fischte eine Nachricht aus dem ratternden Faxgerät.

Bendt trat an den Schreibtisch zurück und nahm das Blatt entgegen, das Braun soeben studiert hatte. »Sieh mal an!«

»Der Wagen, den wir suchen, ist geblitzt worden.«

»Das ist ohne jeden Zweifel Asmus«, stellte Bendt fest und musterte den jungen Mann auf dem Schwarz-Weiß-Bild. Asmus war darauf trotz des ungepflegten Dreitagebarts und einer Schirmmütze gut zu erkennen.

»Immerhin können wir jetzt sicher sein, dass Asmus die

Kennzeichen am Wagen nicht ausgetauscht hat. Wenn er das Auto auch weiterhin nutzt, gibt es eine reelle Chance, dass er über kurz oder lang einer Streife auffällt.«

»Beaulieu-sur-Mer«, las Bendt den Text der Anzeige wegen Geschwindigkeitsüberschreitung. »Wo ist das denn?«

»An der Côte d'Azur. Ein sehr mondäner Badeort – mit Casino übrigens. Ich war schon dort.«

»Du kennst dich ja aus. Da entdecke ich heute ganz neue Seiten an dir.« Bendt blickte seinen beleibten Kollegen sichtlich überrascht an. »Was hat dich denn an einen südfranzösischen Badestrand verschlagen? Ich dachte immer, du kommst niemals weiter als bis zu deinem Ferienhaus an der Schlei.«

»Auch ich war mal jung, mein Freund. Gisela und ich haben unsere Flitterwochen – das war übrigens vor fünfundzwanzig Jahren – an der Côte d'Azur verbracht.«

Bendt pfiff anerkennend durch die Zähne. »Nicht schlecht, Teddy.«

Braun winkte ab. »Die Blitzampel steht jedenfalls auf einer Landstraße in der Nähe dieses Ortes, was uns sagt, dass Asmus sich ganz in der Nähe von Eze aufhält.« Er deutete auf das Datum. »Das Bild ist von gestern.«

Bendt schien die Information einen Moment lang auf sich wirken zu lassen.

»Was, zum Teufel, will Asmus da, wo er doch damit rechnen muss, dass es von Polizeikräften in der Gegend nur so wimmelt, nachdem Sophie dort aufgetaucht ist?«

»Das fragt man sich in der Tat, zumal Sophie gegenüber ihrer Mutter Stein und Bein geschworen hat, weder zu wissen, wo Asmus sich aufhält, noch es wissen zu wollen.«

Bendt blickte auf die Uhr. »Das Flugzeug von Anna Lorenz geht in drei Stunden. Ich will verdammt sein, wenn dieser Asmus nicht mehr mit Sophie in Kontakt steht. Wer weiß, vielleicht taucht er tatsächlich bei ihrer Mutter auf. Wenn ich mich beeile, kann ich den Flieger kriegen.«

»Jetzt mal langsam! Wir hatten uns darauf verständigt, dass die Lorenz erst einmal klärt, ob Sophie aussagen und wann sie zurückkommen will. Ich habe keine Genehmigung, dich wegen einer Rechtshilfevernehmung nach Südfrankreich zu schicken. Das ist viel zu teuer. Vor fünfundzwanzig Jahren, ja, da waren solche Reisen noch drin, aber heute?«

Bendt rollte mit den Augen.

»Verschone mich jetzt bitte mit deinen vor Nostalgie strotzenden Geschichten aus vergangenen Zeiten, in denen die Arbeit als Kriminalbeamter noch paradiesisch war und ihr auf Staatskosten mit drei Staatsanwälten und fünf Kripobeamten nach New York geflogen seid, um kleine Diebe zu vernehmen. Ich halte es für absolut sinnvoll, Sophie Tiedemann schnellstmöglich zu befragen. Zur Not nehme ich die Reisekosten auf meine Kappe.«

Braun sah seinen Kollegen durchdringend an.

»Es geht mich zwar nichts an, mein Freund, aber bist du sicher, dass dein Engagement in dieser Sache ausschließlich dienstlicher Natur ist?«

Bendt griff nach der Türklinke. »Worauf du dich verlassen kannst«, sagte er über seine Schulter hinweg. »Außerdem wollte ich schon immer mal nach Südfrankreich.«

Anna zuckte zusammen, als Ben Bendt plötzlich am Check-in-Schalter des Lübecker Flughafens neben sie trat und wie selbstverständlich ihren Koffer auf das Laufband wuchtete.

»Sie haben ja tatsächlich nur das Nötigste mitgenommen, Gnädigste«, sagte er mit einem Augenzwinkern. Er schien es zu genießen, sie überrumpelt zu haben.

»Der Koffer ist fast leer.« Anna schenkte Bendt einen koketten Augenaufschlag. »Man weiß ja nur nicht, ob man Gelegenheit zum Einkaufen findet.« Annas Ton wurde schärfer: »Und jetzt sag du mir bitte, was zum Teufel du überhaupt hier machst!« Erst jetzt bemerkte sie die Reisetasche, die Ben lässig über der Schulter trug. In seinem weißen Kurzarmhemd, der dreiviertellangen Cargohose und den Flip-Flops sah er wie ein Urlaubsreisender aus.

Er grinste frech und hielt ihr statt einer Antwort sein Ticket nach Nizza unter die Nase.

»Wir sind spät dran.« Bendt schob Anna in Richtung der Sicherheitskontrollen, als wäre seine Anwesenheit an diesem Ort die natürlichste Sache der Welt. Anna fand nicht die Zeit, näher nachzufragen, weil sie sich zunächst in die Schlange der weiblichen Fluggäste einreihen musste. Sie passierte vor Bendt den Sicherheitsbereich, nahm ihr Handgepäck aus der Plastikschale des Rollbandes und wartete ungeduldig, während auch er kontrolliert wurde. Er lächelte die junge Zollbeamtin an, während er deren Bitte folgte, den Inhalt seiner Reisetasche auf das Laufband zu legen. Anna vermutete, dass weniger ein mögliches Sicherheitsrisiko Anlass für diese Kontrolle war, als der Wunsch der jungen Beamtin, von Bendt zum Abendessen eingeladen zu werden. Jedenfalls schenkte diese dem attraktiven Kommissar ihren schönsten Augenaufschlag.

»Ich dachte, wir hatten uns darauf verständigt, dass ich allein nach Frankreich reisen werde?«, sagte Anna, während sie den Gang zur Abflughalle hinunterliefen.

Ben schien sie zappeln lassen zu wollen und grinste nur.

Anna wurde allmählich wirklich sauer darüber, dass er die Katze nicht aus dem Sack ließ.

»Hatte ich nicht gesagt, dass ich wunderbar allein zurechtkomme?«

»Ich habe nie daran gezweifelt, dass du allein zurechtkommst, ich bin ja auch nicht deinetwegen hier, sondern um Sophie in Frankreich zu vernehmen. Sie könnte die Schlüsselinformation zu Asmus' gegenwärtigem Aufenthaltsort haben.«

»Und du bist der Auffassung, dass ich das nicht ohne dich herausfinden kann, ja?«

»Ich bin der Meinung, dass es von Nutzen ist, wenn Sophie von einem erfahrenen Kommissar vernommen wird.«

»Und warum hat man dann dich und nicht Kommissar Braun geschickt?«, sagte Anna spitz, woraufhin Ben auflachte und ihr mit dem Ellbogen freundschaftlich in die Seite stieß.

»Asmus steht wahrscheinlich noch mit Sophie in Kontakt«, sagte er und fasste knapp zusammen, was sie inzwischen herausgefunden hatten.

»Dann hat Beate Tiedemann offenbar recht mit ihrer Vermutung. Ich habe schon zweimal mit ihr telefoniert, und sie ist sehr besorgt um Sophie. Sie scheint sicher zu sein, dass Sophie ihr etwas verheimlicht.«

»Aha, noch eine Frau mit weiblicher Intuition.« Bendt grinste schief.

»Ich fürchte wirklich, dass Sophie nur Station bei ihrer Mutter macht, um an Geld zu kommen und die weitere Flucht mit Asmus vorzubereiten. Sie muss absolut blind vor Liebe sein«, seufzte Anna.

»Ja, das gibt es wohl.«

»Ich frage mich nur, wo die beiden das ganze Geld gelassen haben, das Sophie mitgenommen hat.«

»Wir sind gerade dabei, das herauszufinden. Fahndungsfotos von Asmus liegen insbesondere in Casinos aus, die er gegebenenfalls besuchen könnte – vorausgesetzt, er hat vor, sich noch länger in der Nähe von Nizza aufzuhalten. Wer weiß, vielleicht wird er auch versuchen, neue Papiere für sich und Sophie zu beschaffen.«

Anna nickte. Sie hatte Schwierigkeiten, sich auf das Gespräch mit Bendt zu konzentrieren, denn gegenwärtig beschäftigte sie noch ein ganz anderer Gedanke. Was würde Georg sagen, wenn er erfuhr, dass der Kommissar sie nun doch auf ihrer Reise begleitete?

»Hörst du mir eigentlich zu?«

»Entschuldige, was hast du gesagt?«

»Ich möchte, dass du bis zu eurem Rückflug übermorgen nicht in Beates Haus einziehst, sondern mit mir in ein Hotel gehst.«

»Ich denke überhaupt nicht daran. Am liebsten würdest du wohl noch auf meiner Bettkante Wache halten, oder?«

»Das ist gar keine schlechte Idee.« Bendt zwinkerte Anna zu. »Aber im Ernst. Asmus ist unberechenbar. Ich möchte nicht, dass du dich allein in seiner Nähe aufhältst.«

33. KAPITEL

André bot nicht nur Anna, sondern auch Bendt ein Zimmer im Haus an und beendete dadurch die Diskussion um ein Hotelzimmer. Anna bedauerte es, den sympathischen Franzosen und seine Frau nicht unter anderen Bedingungen kennengelernt zu haben. Sie mochte beide auf Anhieb. Am Abend ihrer Ankunft hatte André auf dem Grill verschiedene Sorten Fleisch und frischen Fisch für alle zubereitet, und der Wein hatte so köstlich geschmeckt, dass Anna für einige Augenblicke fast vergessen hätte, weshalb sie an diesen paradiesischen Ort gereist war. Anna und Beate schwiegen eine ganze Weile, während sie am nächsten Morgen gemeinsam die Klippen hinaufstiegen. Anna sog die frische Morgenluft ein und musterte Beate von der Seite, die Sophie auf so verblüffende Weise glich.

Es war schließlich Beate, die das Schweigen brach.

»Wie, glauben Sie, geht es Sophie?«

Anna blieb stehen und blickte auf das türkisfarbene Meer hinunter. »Ich weiß es nicht. Sie hat so vieles zu verarbeiten, und ich glaube, Sie haben recht mit Ihrer Vermutung, dass sie uns etwas verheimlicht.« Anna hatte am Vorabend vergebens den Versuch unternommen, mit Sophie zu reden. Es war ihr weniger darum gegangen, etwas über Asmus herauszufinden, als sich vielmehr ein Bild von Sophies

Gemütslage zu verschaffen. Sophie war ihr aber ausgewichen.

»Es muss wahnsinnig schwer für Sophie sein, das alles hier zu sehen. Nehmen Sie es mir nicht übel, wenn ich so offen bin, aber ich könnte gut verstehen, wenn sie wütend auf Sie ist.«

»Ich nehme es Ihnen nicht übel, Anna. Ich bin es, der vieles übel genommen werden muss. Ich wäre froh, wenn es Sophies Wut wäre, gegen die ich ankämpfen könnte. Was mich ratlos und verzweifelt macht, ist ihre Traurigkeit.« Die Frauen setzten ihren Weg fort, während Beate weitersprach. »Es ist schwer, einem Teenager zu vermitteln, was mich damals bewogen hat, so zu handeln, wie ich es getan habe.«

»Nicht nur einem Teenager.«

Beate blieb abermals stehen, und sie schien einen Moment nachzudenken, bevor sie sagte: »Sophie soll ihren Vater in guter Erinnerung behalten. Sie haben ihn nicht so gekannt, wie ich ihn gekannt habe. Ich hätte einen Sorgerechtsstreit nicht durchgestanden. Welche Chance hätte ich denn damals gehabt? Für mich gab es allein keinen Weg zurück nach Lübeck. Ich brauchte André, um mit meinen Depressionen fertigzuwerden. Glauben Sie, man hätte mir erlaubt, das Kind seinem Vater zu entziehen und mit nach Frankreich zu nehmen? Er hätte wie ein Löwe gekämpft, auch wenn Sophie dabei unter die Räder gekommen wäre.«

Es war das Bild von König Salomo, das Anna in diesem Moment in den Sinn kam. Als zwei Frauen mit einem Kind zu ihm gekommen waren und beide behauptet hatten, die

Mutter des Kindes zu sein, hatte er befohlen, es zu zerschneiden und jeder die Hälfte zu geben. Die richtige Mutter hatte daraufhin gesagt: »Gebt es der anderen, aber lasst es am Leben.« Vielleicht war es das, was Beate damals empfunden hatte, als sie Sophie aufgab. Sie hatte lieber auf Sophie verzichten wollen, als zu riskieren, dass ihr Kind in einem Sorgerechtsstreit Schaden nahm.

»Für Sie muss das alles absurd klingen«, fuhr Beate fort. »Ich weiß aus der Presse, dass mein Mann bei dem Versuch umgekommen ist, Sie vor einem Serienmörder zu retten.«

Anna wurde blass. »Glauben Sie mir, Beate – auch wenn ich es Ihnen nicht erklären kann –, ich verstehe vielleicht besser als jeder andere, was Sie mit diesem Mann durchgemacht haben.«

Die Frauen blickten einander an, und Anna konnte Beate ansehen, dass sie zu gern mehr über die Nacht erfahren hätte, in der ihr Exmann auf mysteriöse Umstände ums Leben gekommen war. Beate besaß jedoch – so viel war sicher – die nötigen Antennen, um zu begreifen, dass Anna in ihrem Herzen ein Geheimnis hütete, das sie auch um Sophies willen nicht preisgeben konnte. Gleichzeitig realisierte sie, dass Beate beinahe vierzehn Jahre lang die gleiche Traurigkeit über den Verlust von Sophie ertragen hatte wie sie selbst, nachdem Marie gestorben war.

»Ich habe selbst vor einiger Zeit ein Baby verloren. Es vergeht kein Tag, an dem ich nicht an Marie denke.«

»Auch ich habe immer an Sophie gedacht. Ich bete darum, sie für mich gewinnen zu können. Im Moment habe ich das Gefühl, dass sie noch nicht wirklich hier angekommen ist oder sich nur auf der Durchreise befindet, wenn Sie verstehen, was ich meine.«

»Das verstehe ich nur zu gut. Wir müssen einen Weg finden, ihr Vertrauen zu gewinnen, damit sie das Richtige tut.«

Nachdem sie am Nachmittag zusammen Kaffee getrunken hatten, wagte Anna einen erneuten Anlauf, um mit Sophie zu reden.

»Möchtest du übermorgen mit mir nach Lübeck zurückfliegen?«

Anna rückte ihren Gartenstuhl ein Stück näher an Sophies Rollstuhl heran. »Ich könnte zwar gut verstehen, wenn du noch länger hier bei deiner Mutter bleiben möchtest, aber auf der anderen Seite musst du natürlich auch an dein Abi denken.«

Sophie antwortete nicht, sondern nestelte an einer Serviette herum, die noch vor ihr auf dem Kaffeetisch lag.

»Beate ist eine sehr nette Frau, finde ich. Ich mag sie«, fuhr Anna fort.

»Ja, sie ist nett.« Sophie griff nach einer Zeitschrift, die auf dem Gartentisch lag, und schien mit Interesse darin zu lesen.

»Kannst du überhaupt Französisch?«, fragte Anna und blickte auf das Boulevardblatt.

Sophie ließ die Zeitung auf den Tisch zurückfallen. Sie sah trotzig aus. »Nein. Ich habe nur kein Interesse, mir von dir ein Gespräch aufdrängen zu lassen. Punkt eins: Ich weiß nicht, wo Jens Asmus ist. Punkt zwei: Ich habe keine Lust, dir oder diesem Hilfssheriff, den du mitgebracht hast, zu erzählen, wo ich mit Jens war, und Punkt drei: Ich fahre zurück nach Lübeck, wann es mir passt, und suche mir eine andere Wohnung.«

Anna ließ sich einen Moment lang Zeit, Sophies harsche Worte zu verdauen, bis sie einen neuen Anlauf unternahm: »Ich weiß, dass du sauer bist und meinst, ich sei daran schuld, dass Jens Asmus wegen Mordes an Frau Möbius gesucht wird und ...«

»Nicht nur daran. Du bist auch schuld daran, dass man ihm diesen verdammten Altenheimquatsch anhängen will. Glaubst du nicht, ich würde merken, wenn er ein gemeiner Dieb und Mörder wäre? So was spürt man doch. Du kennst ihn doch überhaupt nicht.« In Sophies Augen sammelten sich Tränen, und Anna war einen kurzen Moment beinahe froh, dass sie im Rollstuhl saß, denn sie war sicher, dass Sophie andernfalls aufgesprungen und weggerannt wäre.

»Es ist doch völlig egal, was ich denke, Sophie. Fakt ist, dass er, ob Mörder oder nicht, nicht sein ganzes Leben auf der Flucht verbringen kann. Über kurz oder lang wird man ihn kriegen. Und was ist, wenn du unrecht hast? Was, wenn er doch der Mörder ist, für den die Polizei ihn hält? Kannst du dann damit leben, ihn gedeckt zu haben? Was, wenn er ein weiteres Verbrechen begeht, das du hättest verhindern können, indem du uns geholfen hättest, herauszufinden, wo er ist?« Anna lehnte sich ein Stück vor, um Sophie in die Augen sehen zu können, die ihren Blick jedoch abwandte und stur auf ihre Hände blickte. Anna entschloss sich, die Katze aus dem Sack zu lassen.

»Die Polizei hat herausgefunden, unter welchen Personalien er ein Auto angemietet hat. Sie wissen auch, dass er sich vermutlich weiterhin in deiner Nähe aufhält, Sophie.«

»Und wenn schon. Ich weiß nichts davon.« Anna versuchte vergebens zu ergründen, ob Sophie die Wahrheit sagte. Immerhin war sie sicher, dass Sophie versuchen würde, die soeben gewonnene Information an Asmus weiterzugeben, sofern er ihr noch etwas bedeutete.

»Er wird nicht ein Leben lang auf der Flucht sein können«, wiederholte sie. »In Deutschland wird niemand zu Unrecht verurteilt. Wer weiß, vielleicht klärt sich alles auf, und man findet heraus, dass er wirklich unschuldig ist.«

»Du glaubst doch selbst nicht, was du da sagst, oder?« Aus Sophies Augen sprach eine verzweifelte Wut, die Anna noch nie an ihr gesehen hatte. »Wie sollte Jens sich denn entlasten können? Ihr habt ihn doch längst verurteilt, und Frau Möbius wird uns ihren Teil der Geschichte wohl kaum mehr erzählen können.«

Anna stand auf. Sie wusste, es war zwecklos, weiter auf Sophie einzudringen.

»Wenn du mit mir reden willst, bin ich da, hörst du? Ich bitte dich nur inständig, nichts Unüberlegtes zu tun.«

34. KAPITEL

Es gab Momente, in denen Anna sich zusammenreißen musste, um nicht zu vergessen, aus welchem Grund sie sich in Südfrankreich aufhielt. Der Tag war wunderschön gewesen. Sie waren alle gemeinsam mit Andrés Wagen nach Saint-Paul-de-Vence gefahren. Die Stadt besaß mit ihrer Stadtmauer, der wunderschönen Kirche, den zahlreichen malerischen Gassen und den lauschigen Plätzen alle Attribute, die ein südfranzösisches Städtchen zu einem Bilderbuchdorf machen. Sie waren über den Markt geschlendert und hatten in einem kleinen Bistro zu Mittag gegessen. Anna hatte sich schon lange nicht mehr so frei und wohl gefühlt. Es tat ihr gut, einmal ohne Emily unterwegs zu sein. Sie hatte Sophie und Beate beobachtet und war froh darüber, dass sich zwischen beiden zarte Bande zu entwickeln schienen. Ihr gegenüber blieb Sophie allerdings auch an diesem Tag wieder gänzlich verschlossen und abweisend, und nach dem Abendessen zog sie sich erneut sehr früh in ihr Zimmer zurück. Anna entschied, eine Dusche zu nehmen und im Anschluss noch einmal bei Sophie zu klopfen, bevor sie zu Bett ging. Sie drehte den Hahn auf und genoss das kühle prasselnde Wasser auf ihrer Haut, bevor sie sich in ihr Handtuch hüllte und auf ihr Bett setzte. Ihr Handy zeigte einen Anruf von Georg an, und sie rief ihn sofort zurück.

»Hallo, Georg«, begrüßte sie ihn.

»Hallo, wo warst du? Ich habe versucht, dich zu erreichen.«

»Ich komme gerade aus der Dusche.«

»Verlockende Vorstellung.«

Anna schob das Handtuch, das sie sich um den Körper geschlungen hatte, einem Reflex folgend etwas höher und beschloss, nicht auf seine Bemerkung einzugehen.

»Ist bei euch alles in Ordnung? Was macht Emily?«, fragte sie stattdessen.

»Emily geht es gut. Ich merke zwar, dass sie dich vermisst, aber sie gibt sich angesichts der einen oder anderen Extraportion Schokoladeneis mit mir zufrieden.«

Anna musste lachen und ließ sich von Georg berichten, was er tagsüber mit Emily unternommen hatte.

»Und was hast du so den ganzen Tag in Frankreich getrieben?«

»Ich habe mehrfach versucht, mit Sophie zu reden, aber sie will ganz offenbar nicht mit mir über Jens Asmus sprechen.«

»Weiß man inzwischen, wo er sich aufhält?«

»Ja, das hatte ich dir noch gar nicht erzählt. Man vermutet ihn ganz hier in der Nähe. Kurz vor meiner Abreise hierher hat man seine Spur aufnehmen können.« Die Stille am anderen Ende der Leitung sagte Anna, dass Georg sich Sorgen um sie machte. »Das ist auch der Grund, weshalb ich doch in polizeilicher Begleitung geflogen bin.«

Georg holte am anderen Ende der Leitung vernehmlich Luft.

»Verstehe. Es ist gut zu wissen, dass jemand auf dich aufpasst.«

Anna fröstelte plötzlich in ihrem Handtuch.

»Übermorgen sind wir wieder zu Hause.«

»Das ist gut. Ich freu mich auf dich.« Georgs Stimme klang plötzlich sehr sanft.

»Ich freu mich auch auf zu Hause. Gute Nacht, Georg.«

Anna legte auf, ließ das Handtuch auf ihrem Bett liegen und streifte sich ihre Unterwäsche über. Sie setzte sich an den kleinen antiken Schminktisch in ihrem Zimmer und fing ihren eigenen Blick im Spiegel auf, während sie sich Gesicht und Dekolleté eincremte.

Worauf wartete sie eigentlich? Die Luft, die durch das offene Fenster zu ihr hereinwehte, roch nach Sommer und Rosen. Anna überkam ein Gefühl, das sie seit Langem nicht empfunden hatte, die Sehnsucht nach Liebe. Warum nicht Georg? Emily war das Beste, was ihr im Leben je widerfahren war, und sie verdankte sie Georg, dem Mann, der immer für sie da war. Was also hielt sie davon ab, ihm endlich eine Chance zu geben?

35. KAPITEL

Jens Asmus schlich durch den hinteren Garten und fragte sich, wie viele Personen sich wohl gegenwärtig im Haus aufhielten. Im oberen Stockwerk brannte vereinzelt noch Licht. Es war ihm nicht möglich gewesen, das Haus bei Tageslicht zu beobachten, da das Gelände zu einsichtig war und er sich dem Gebäude deshalb nicht unbemerkt nähern konnte. Im Schutz der Akazienbäume schlich er die Auffahrt entlang und zuckte zusammen, als er mit dem Fuß auf einen Ast trat, der im Weg lag. Sein Nervenkostüm wurde von Tag zu Tag dünner. Er hatte die letzten beiden Nächte auf abgelegenen Plätzen im Auto verbracht und war nahezu stündlich aufgeschreckt, wenn er ungewohnte Geräusche vernommen hatte. Er hatte keinen einzigen Cent mehr in der Tasche und seit nahezu vierundzwanzig Stunden außer zwei aufgeweichten Müsliriegeln, die er im Handschuhfach des Autos gefunden hatte, nichts gegessen. Ihn quälte die Frage, warum Sophie seine SMS-Nachrichten unbeantwortet ließ, die er mit einem gebrauchten Handy schrieb, das er samt Prepaid-Card in einem Handyshop gekauft und wofür er sein letztes Geld ausgegeben hatte. Noch jetzt trieb ihm der Gedanke an das von ihm mit Händen und Füßen geführte Gespräch mit dem Verkäufer den Angstschweiß auf die Stirn. Er witterte überall die Gefahr, entdeckt zu werden, zumal seine Herkunft aufgrund seiner dürftigen Kenntnisse der französischen Sprache bereits auf den ersten Blick zu erkennen war. Mit jedem Tag fiel es ihm schwerer, sich unter Menschen zu begeben, weil sein ungepflegtes Äußeres Aufmerksamkeit zu erregen begann. Er hatte den Garten erreicht und lugte über die Rosenbüsche, um zu ergründen, ob die Bewohner bereits schliefen. Er konnte nur hoffen, dass man Sophie angesichts ihrer Behinderung im unteren Teil des Hauses untergebracht hatte. Als unten das Licht eingeschaltet wurde, duckte er sich und spähte vorsichtig durch die Hecke. Durch das Fenster konnte er erkennen, dass es sich bei dem Raum um die Küche handeln musste. Ein Mann öffnete den Kühlschrank und nahm eine Flasche Wein heraus. Dann griff er nach einem Glas und öffnete die Tür in den Garten, wo er sich im Schein der Außenlampe auf eine weiße Gartenbank setzte, die Teil einer Sitzgruppe war.

Mist, dachte er. Es war zu gefährlich, den Rückweg anzutreten. Ihm blieb nur die Möglichkeit, abzuwarten, bis der Kerl seinen Platz wieder verließ, oder zu versuchen, im Schutz der Hecke auf die andere Seite des Hauses zu gelangen. Er entschied sich für Letzteres, hielt jedoch abrupt inne, als er plötzlich eine ihm vertraute Stimme vernahm. Ihm stockte der Atem, als er die Staatsanwältin erkannte, die ebenfalls mit einem Weinglas in der Hand auf die Terrasse trat und ihrem Gegenüber auffordernd das Glas entgegenstreckte. Plötzlich stach ihn eine Mücke so schmerzhaft in den Nacken, dass er zusammenzuckte. Er zerquetschte das Insekt zwischen seinen Fingern. Angeekelt blickte er auf das Blut, das sich auf seinen Fingerkuppen neben den Überresten der Mücke verteilt hatte, und wischte es an seiner Hose ab. Der Tod war nur die gerechte Konsequenz für dieses Mistvieh.

Er blieb auf seinem Platz und beobachtete wie gebannt die zwei Personen auf der Terrasse, während er die weiteren ihn umschwirrenden Blutsauger zu ignorieren versuchte. Was wollte denn diese Anna Lorenz hier? Sein Unbehagen wuchs. War sie vielleicht der Grund dafür, dass Sophie sich nicht bei ihm meldete? Ihn überkam erneut eine ungeheure Wut auf diese Frau, die aus seiner Sicht für seine ganze Misere verantwortlich war. Er sah zu dem Mann hinüber, der Anna Lorenz lässig gegenübersaß. Auch aus der Ferne erkannte er sicher, dass der Mann zu jung war, um Beates Ehemann zu sein. Der kräftige Brustkorb und die sportliche Statur, die durch sein enges weißes Leinenhemd noch unterstrichen wurden, ließen jedenfalls die Vermutung zu, dass es sich um einen Polizisten handeln könnte. Jens Asmus' Kehle fühlte sich trocken an, und die heiße Abendluft schien ihn plötzlich zu erdrücken. Wenn seine Befürchtung richtig war, konnte er einpacken. Vielleicht wimmelte es an diesem Ort nur so von Polizisten. Vielleicht würde er Sophie überhaupt nicht mehr antreffen, und man hatte ihr Handy konfisziert und sie längst nach Deutschland verfrachtet, um hier in aller Seelenruhe auf ihn zu warten. Er widerstand dem Impuls, sofort aufzuspringen und davonzustürmen. Er musste herausfinden, wo Sophie war. Dieses Risiko musste er einfach eingehen. Ohne ihr Geld war er verloren. Er atmete einmal tief durch, dann schlich er im Schutz der Hecke gebückt voran.

»Der Wein ist köstlich«, sagte Bendt und prostete Anna zu. Ihm war anzusehen, dass er sich über das unerwartete Zusammentreffen mit ihr freute. Anna ließ sich lächelnd neben ihm auf der Bank nieder und nahm einen kräftigen Schluck aus ihrem Weinglas, bevor sie ihren Kopf zurückfallen ließ. Sie sog den Duft der lauen Sommernacht ein und machte es sich gemütlich, indem sie ihre Beine auf dem gegenüberliegenden Gartenstuhl ausstreckte. »Ich habe bei Sophie geklopft. Sie tut so, als würde sie schon schlafen. Jedenfalls hat sie nicht reagiert.«

Der smarte Kommissar lächelte sie aus seinen blauen Augen freundlich an und trank ebenfalls einen weiteren Schluck Wein.

»Es scheint wenig Sinn zu machen, es immer wieder zu versuchen. Sie will ganz offenbar nicht mit dir reden, und du wirst das, fürchte ich, akzeptieren müssen.«

»Vielleicht spricht sie mit mir, wenn wir wieder in Lübeck sind. Dass du hier bist, scheint ebenfalls nicht zu ihrer Auskunftsbereitschaft beizutragen. Du hättest dir diese Dienstreise also auch sparen können.«

»Och, das würde ich nicht sagen. Ich gehöre nicht zu den Menschen, die so schnell aufgeben.«

Anna schluckte. War seine Bemerkung zweideutig, oder bildete sie sich das nur ein? Sie räusperte sich ein wenig verlegen und rieb sich den Nacken.

Als plötzlich aus Richtung der Hecke ein Rascheln zu vernehmen war, schreckte sie auf.

»Gibt es hier Füchse oder so etwas?« Anna gab ihre bequeme Sitzposition auf und setzte sich aufrecht hin. »Auf Bornholm hat mich so ein Tier mal zu Tode erschreckt, als es gerade dabei war, den Fressnapf meines Hundes zu räubern.«

»Füchse gibt es hier eher nicht, würde ich sagen.« Anna konnte an Bendts Grinsen erkennen, dass ihn ihre Angst zu amüsieren schien. »Aber ganz offenbar einen Haufen Mücken!« Im selben Moment klatschte er beherzt auf Annas Arm, um eines der gefürchteten Biester zu erlegen.

»Aua, spinnst du? Hast du schon mal davon gehört, dass Körperverletzung strafbar ist?«

Bendt rückte ein Stück näher an Anna heran. »Tut mir ausgesprochen leid, meine Liebe, aber ich bin Kommissar und hier abgestellt, um dein Leben zu retten. Da darf man nicht allzu zimperlich sein.« Sanft rieb er über die Stelle, auf der er die Mücke erschlagen hatte. Gegen ihren Willen wurde Anna rot und ärgerte sich darüber, dass sie wie ein Teenager wirken musste.

»Kennst du dich aus mit den Sternbildern?« Bendt wies mit der Hand gen Himmel.

»Nur sehr begrenzt.«

Er lächelte, legte den Arm um sie und streckte den anderen erneut nach oben.

»Pass auf. Ich erkläre dir mal die ganz einfachen Bilder zuerst.«

36. KAPITEL

Sophie weinte und bettelte, und doch war ihr klar, dass jede Gegenwehr zwecklos sein würde. Sie wurde immer tiefer in den dunklen Schacht gestoßen und würde unten hilflos und unsanft im Morast der Kanalisation landen. Es gelang ihr kaum, den Würgereiz zu unterdrücken, während Jens sie an ihrem Arm durch den stinkenden Tunnel voranzog. Hier unten gab es kein Licht. Lediglich der schwache Schein seiner Taschenlampe wies ihm den Weg, der immer tiefer in die Hölle hineinführte. Es gab kein Entkommen. Aus der Ferne vernahm sie die immer leiser werdenden Stimmen von Beate und Anna, die ihr verzweifelt nachriefen. Ihr Rücken, der unaufhörlich über den nassen Boden schleifte, war wund und schmerzte. Sie wollte schreien und fand doch nicht die Kraft dazu. Immer wieder fing sie Jens' irren Blick auf und spürte jede Hoffnung schwinden. Seine Augen waren glasig, und die Ader auf seiner Stirn war so stark angeschwollen, als würde sie jeden Moment platzen. Rechts und links des Tunnels führten in regelmäßigen Abständen Treppen nach oben und mündeten vor massiven grauen Metalltüren. Jens schrak zusammen, als sich eine der Türen öffnete und ihn eine Fratze unverhohlen anstarrte. Sophie verstand nicht, dass die Tür sich wieder schloss, und glaubte schon zu halluzinieren, denn sie hatte die bizarre Idee, in dem Gesicht hinter der Tür Frau Möbius erkannt zu haben. Der Tunnel wurde jetzt schmaler, führte dafür aber offenbar nach draußen, denn Sophie konnte an seinem Ende ein grelles Licht erkennen. Sie öffnete ihren Mund zum Schrei, als am oberen Ende einer der Treppen erneut eine der Türen geöffnet wurde. Sie bündelte ihre Kräfte und versuchte mit aller Macht, sich zu befreien. Vergebens griff sie immer und immer wieder nach Jens' klatschnassem Hosenbein, um ihn zu Fall zu bringen. Gerade meinte sie Halt zu finden, als sie plötzlich am Ende des Tunnels einen Mann erblickte. Er stand im Gegenlicht, sodass sie sein Gesicht nicht genau erkennen konnte, und dennoch wusste sie in diesem Moment, dass es ihr Vater war, der dort in ein flatterndes Gewand gehüllt stand und auf sie wartete.

Er lebt, dachte sie, und es war nicht Freude, sondern Bitterkeit, die sie empfand. Ich habe an seinem Grab geweint, dachte sie. Auch er hat mich glauben lassen, dass er tot ist.

»Hey«, rief die Stimme, und schon bald fühlte sie, dass ihr Vater seine Arme um ihre Schultern schlang und sie schüttelte. Sie versuchte sich aus seiner Umarmung zu lösen, doch er ließ sie nicht los.

»Hey, wach auf, verdammt – du weckst noch das ganze Haus auf.« Es dauerte einen Moment, bis Sophie begriff, wo sie war und dass sie geträumt hatte.

»Jens, um Himmels willen, wie kommst du hier rein?« Sophie zitterte am ganzen Körper. Sie war schweißnass, und ihr dünnes Nachthemd klebte an ihrem Körper. Jens, der auf ihrer Bettkante saß, presste seine Hand auf ihre Lippen und blickte sich gehetzt um.

»Du hast geträumt«, zischte er leise. Sophie war immer noch etwas benommen von ihrem grauenhaften Traum und musste erst einmal begreifen, dass Jens wirklich vor ihr saß. Er sah aus wie ein gehetztes Tier. Sein Haar war wirr und staubig, und die ungepflegten Bartstoppeln in seinem Gesicht schienen binnen weniger Tage auf bizarre Weise gewuchert zu sein. Sophie ignorierte den Geruch von Schweiß und saurem Atem und schlang ungestüm ihre Arme um seinen Hals. Sie hätte weinen mögen vor Freude. Liebevoll ließ sie ihre Hand über sein Gesicht gleiten, das grau aussah im hereinfallenden Mondlicht. Seine Wangen wirkten hohl, und die dunklen Ränder unter seinen aus tiefen Höhlen blickenden Augen ließen ihn unendlich müde aussehen. Sophie kam das Bild eines von Jägern gehetzten Fuchses in den Sinn. Jens lauschte angespannt. Seine Augen glitten ruhelos zwischen Sophie und dem Fenster hin und her, und sein Körper schien vor Anspannung zu beben. Endlich löste er seine Hand von ihrem Mund und blickte sie an. Sophie küsste erst seine Stirn und dann seine trockenen Lippen, sie ließ ihre Hände durch sein struppiges Haar gleiten und spürte, wie ihr die Tränen in die Augen stiegen.

»Bist du verrückt hierherzukommen?«, flüsterte sie so leise sie konnte. »Anna ist hier, und sie hat einen Polizisten im Schlepptau. Du kannst auf keinen Fall bleiben.«

»Ich weiß.« Jens schob sie in ihr Kissen zurück und behielt weiterhin das Fenster im Auge. »Ich hab sie auf der Terrasse gesehen. Warum, zum Teufel, hast du dich nicht bei mir gemeldet und mich gewarnt? Du wolltest mir doch eine SMS schicken und Geld für mich besorgen.« Sein vorwurfsvoller Blick traf Sophie mitten ins Herz. In seinem Ausdruck konnte sie Misstrauen und Wut lesen. Es war, als würde er damit ihre Freude über das Wiedersehen einfach wegwischen.

Sophie zog sich die Decke bis zum Hals, denn sie merkte, dass ihr in dem schweißnassen Nachthemd kalt wurde.

»Ich konnte dich nicht warnen. Die haben mich ständig im Auge behalten. Ich glaube, dass sie mein Handy überwachen. Wenn ich Kontakt zu dir aufgenommen hätte, hätten sie mich bestimmt sofort ins Kreuzverhör genommen.«

»Wieso sind die überhaupt hier? Woher wissen die denn, dass ich hier bin?« Jens griff Sophie bei den Schultern, und seine harten Finger gruben sich fest in ihre Oberarme.

»Die haben die Sache mit dem Auto rausgekriegt. Die wissen alles, und du tust mir weh, verdammt.« Sophie begann zu weinen.

»Psst, beruhige dich, Sophie, bitte.«

Er lockerte seinen Griff und nahm ihr Gesicht in seine rauen Hände. Dann küsste er sie hastig, aber fest, und als seine Zunge in ihren Mund eindrang, stöhnte Sophie auf, und für einen Moment spürte sie ein so starkes Verlangen nach ihm, dass sie Raum und Zeit zu vergessen drohte.

»Du musst mir helfen, Sophie«, sagte er heiser. »Ich brauche dich, hörst du.« Er ließ seine Hand über ihre Brüste zu ihrem Hals emporgleiten und sah sie durchdringend an. Das gehetzte Tier, das Sophie noch kurz zuvor gesehen hatte, schien verschwunden. Plötzlich wirkte er sicher und entschlossen.

»Ich brauche Geld, hörst du! Ich muss so schnell wie möglich von hier verschwinden.«

Er wischte mit dem Daumen eine Träne von Sophies Wange.

»Ich habe zweihundert Euro«, sagte sie.

»Mehr nicht?« Jens sah verzweifelt aus.

»Ich habe doch gesagt, dass die mich bewachen. Wenn ich eine größere Summe abgehoben hätte, hätten die mich keine Sekunde mehr aus den Augen gelassen.«

»Gut, macht nichts. Hast du das Haus durchsucht? Wo bewahren die hier ihr Geld auf? Du musst mir was besorgen. Wenn es kein Bargeld ist, dann irgendetwas, das ich verkaufen kann.«

»Ich kann das nicht tun, Jens.« Es kostete Sophie Mut, diese Worte auszusprechen.

»Was heißt das, du kannst das nicht tun?«

»Ich kann ihr nichts wegnehmen. Jens, sie ist meine Mutter. Ich mag sie. Ich will sie nicht enttäuschen.«

»Aber mich, mich kannst du enttäuschen, ja?«

»Bitte, Jens, ich kann das wirklich nicht.« Sophie griff nach seiner Hand, aber er entzog sie ihr.

»Gut, wenn du mich nicht genug liebst …«

»Ich liebe dich doch. Ich liebe dich sehr«, schluchzte Sophie. Sie blickte ihn flehend an. »Vielleicht solltest du dich stellen? Dann klärt sich bestimmt noch alles auf.«

»Quatsch. Die sperren mich ein Leben lang ein, Sophie, verstehst du!« Er legte seine Hände erneut auf Sophies Schultern, diesmal aber sanfter, und kam mit seinem Gesicht ganz nah an sie heran. »Wenn du mir nicht hilfst, werde ich in einer Zelle verrotten.«

Sophie dachte an Annas Worte. Was hatte sie noch gleich gesagt:

Er wird nicht ewig auf der Flucht sein können. Was, wenn er ein weiteres Verbrechen begeht, das du hättest verhindern können?

Sophie blickte Jens an. Vor ihren Augen verschwamm alles. Ihr Traum, Jens' Gesicht, sein Kuss, ihre Mutter, Anna. Sie fühlte sich schwindelig.

»Ich werde sehen, was ich für dich finde. Ich besorge dir auf jeden Fall was zu essen und schaue, ob ich Geld auftreiben kann, okay?«

»Gut.«

Sie küssten sich erneut, bevor Sophie sich von ihm helfen ließ, ihren Bademantel überzustreifen und sich in den Rollstuhl zu setzen.

»Es tut mir alles so leid, alles, was du durchmachst.« Sophie lächelte ihm noch einmal traurig zu, ehe sie das Zimmer verließ.

»Sieh an, noch mehr Kühlschrankräuber«, sagte Bendt, als er von der Terrasse in die Küche trat. Sophie fuhr vor Schreck derart zusammen, dass sie den Teller mit kaltem gegrilltem Lammfleisch, das vom Abendessen übrig geblieben war, um ein Haar hätte fallen lassen. »Du hast mich erschreckt«, fuhr sie ihn an.

»Entschuldigung!«, sagte Bendt amüsiert und hob Zeige- und Mittelfinger zu einem Peace-Zeichen. Er schien bester Laune zu sein.

»Ich wollte nur eine neue Flasche Wein holen.« Er streckte Sophie wie zum Beweis die leere Flasche entgegen und ging zum Kühlschrank hinüber. »Nicht, dass du denkst, wir hätten die schon gekillt. Das war nur der Rest vom Abendessen. Du kannst auch gern noch zu uns rauskommen. Ich sitze mit Anna im Garten. Wir würden uns freuen, wenn du uns Gesellschaft leistest.«

Bendts Angebot klang nach Sophies Wahrnehmung eher halbherzig. Sie hatte allerdings im Moment keine Zeit, sich darüber Gedanken zu machen, ob dieser Mann versuchen würde, dem armen Georg den Rang abzulaufen.

Bendt stutzte angesichts des Fleischbergs auf Sophies Teller.

»Ich habe zu wenig gegessen«, sagte Sophie hastig.

»Scheint so.«

»Ich lese gerade ein so spannendes Buch, dass ich nicht aufhören kann, und jetzt knurrt mir der Magen.«

Sophie blickte durch das Küchenfenster in den Garten und sah Anna, die ihr einladend zuwinkte. Für einen Moment spürte sie das Verlangen, zu ihr hinauszugehen und sich zu offenbaren. Bis heute hatte sie nie daran gezweifelt, dass es richtig war, Jens bei seiner Flucht zu unterstützen. Die Tatsache, dass er jetzt von ihr verlangte, ihre Mutter zu bestehlen, ließ sie erstmals schwanken. Sie wusste, dass es unmöglich für sie sein würde, Beate etwas zu entwenden.

»Ich dachte immer, kaltes Lammfleisch sei nur etwas für Schwangere und Freaks?«, riss Bendt sie aus ihren Gedanken.

»Kannst du mir das in die Mikrowelle stellen?« Sophie streckte Bendt den Teller entgegen.

»Klar. Zwei Minuten oder so?«

»Klingt gut.«

»Kommst du jetzt mit raus? Dann helfe ich dir mit dem Rollstuhl.«

Sophie zögerte einen Moment.

»Bedrückt dich irgendwas?«

»Nein, ich habe wirklich nur Hunger.«

»Na, da kannst du aber von Glück sagen, dass du mich gerade getroffen hast.« Bendt nahm den Teller wieder aus der Mikrowelle, an die Sophie allein unmöglich herangereicht wäre.

»Autsch, verdammt heiß. Du musst übrigens nicht rot werden, nur weil du mitten in der Nacht zu essen anfängst. Bei deiner Figur kannst du dir solche Portionen doch erlauben.«

Sophie lächelte gequält und merkte erst jetzt, dass ihre Wangen tatsächlich brannten.

»Kannst du mir noch ein Stück Baguette abschneiden?«

»Klar.« Bendt lachte laut auf. »Du musst ja wirklich Hunger haben wie ein Wolf. Willst du wirklich nicht mit rauskommen?«

»Nein. Du weißt doch, mein Buch ruft. Ich lese lieber noch ein bisschen.«

Bendt sah Sophie für einen Moment lang prüfend an.

»Es ist gut zu lesen, wenn man auf andere Gedanken kommen will.«

»Wie kommst du darauf, dass ich auf andere Gedanken kommen muss? Ich lese halt gern, das ist alles.«

»Schon klar.« Bendt schien über Sophies Reaktion irritiert zu sein. »Wir unterhalten uns morgen mal in Ruhe, einverstanden?«

»Einverstanden.« Sophie stellte den Teller mit Fleisch und Brot auf ihren Knien ab und hatte Mühe, den Fleischberg in Balance zu halten.

»Warte, ich bring dir das eben aufs Zimmer.« Bendt griff nach dem Teller, Sophie wandte sich jedoch abrupt ab.

»Nein, auf keinen Fall! Ich meine, das ist überhaupt nicht nötig.«

»Also, Sophie, ich schwöre dir, ich mache das gern und habe völlig ehrbare Absichten.« Bendt lachte erneut.

»Nein.« Sophies Gesicht glühte. Sie spürte, dass in Bendt so etwas wie Misstrauen aufkeimte. »Ich bin zwar behindert, kann meine Teller aber immer noch allein transportieren.«

Bendt hob in einer entschuldigenden Geste die Hände.

»Weiß ich doch. War nur ein Angebot. Was liest du denn überhaupt?«.

»*Sakrileg.*«

»Großartiges Buch – also dann.« Bendt wandte sich zum Gehen, und beide winkten sich noch einmal zu. Sophies Herz hämmerte laut, während sie den Weg zurück in ihr Zimmer antrat.

Anna reckte sich und lächelte Bendt an, als er wieder zu ihr auf die Terrasse herauskam.

»Du willst mich wohl betrunken machen«, sagte sie mit Blick auf die Flasche. »Ich bin doch schon ganz beschwipst.«

Bendts Lächeln war entwaffnend.

»Das merke ich. Du hast einen ganz schönen Zug am Leib. Ich hab von der ersten Flasche nur ein Glas abbekommen.«

»Wollte Sophie nicht rauskommen?«

»Nein.«

»Warum denn nicht?«

»Sie will lesen und möchte zu ihrer Lektüre einen Haufen Fleisch und Brot essen.«

»Gut, wenn sie etwas isst. Dann geht es ihr vielleicht schon ein bisschen besser.«

Anna tastete neben sich auf der Bank nach etwas und streckte es dann in die Höhe. Trotz der Dunkelheit erkannte Anna, dass Bendt die Farbe aus dem Gesicht wich.

»Was ist?«, fragte sie.

»Das ist *Sakrileg*.«

»Ja, und? Das ist doch ein gutes Buch. Ich nehme an, Sophie will es weiterlesen – jedenfalls hat sie heute Nachmittag darin geschmökert.«

Bendt sah Anna mit ernster Miene an und stellte die Flasche auf dem Gartentisch ab.

»Das Problem ist, dass sie angeblich gerade im Bett darin gelesen hat, bevor sie das Essen geholt hat.«

Anna brauchte einen Moment, um zu verstehen.

»Das heißt …«

»Das heißt, Sophie hat entweder zwei Exemplare dieses Buches, oder wir haben es hier mit einer ganz anderen spannenden Geschichte zu tun.«

37. KAPITEL

Jens blickte auf den Teller Fleisch und die zwei Scheiben Baguette, die Sophie ihm im Licht der Nachttischlampe reichte.

»Jetzt schau doch nicht so. Mehr ging wirklich nicht. Ich habe Ben in der Küche getroffen, den Kommissar. Wenn ich eine Wagenladung Brot und Wurst auf mein Zimmer geschleppt hätte, wäre ihm doch sofort aufgefallen, dass da etwas nicht stimmen kann.«

Sophie sah Jens zu, der gierig die kleinen Koteletts verschlang und anschließend seine fettigen Finger ableckte.

»Ich kann gleich noch mal was aus der Küche holen, wenn die zwei im Bett sind.«

»Das ist nicht das Wichtigste, Sophie. Hast du Geld gefunden?«

»Ich kann doch nicht nach Geld suchen, wenn Bendt und Anna noch wach sind. Außerdem ...«

Sophie und Jens schraken zusammen, als sie Schritte auf dem Korridor vernahmen. Jens würgte seinen Bissen herunter und ließ den Rest des Lammkoteletts auf den Teller fallen. Sein Blick war so fassungslos und anklagend, dass es Sophie fast die Sprache verschlug.

»Ich hab nichts gesagt, ehrlich.« Sophie griff nach dem Teller, damit er nicht zu Boden fiel.

Jens lief zum Fenster hinüber.

»Nicht«, zischte Sophie. »Wenn sie Verdacht geschöpft haben, steht bestimmt schon jemand draußen. Kriech unters Bett!«

Er schien einen Moment zu zögern, entschied dann aber offenbar, Sophies Rat zu folgen, und kroch unter das Bett. Sophie beeilte sich, unter ihre Decke zu kommen und zog sie bis zum Kinn hoch. Den halb vollen Teller nahm sie demonstrativ auf ihren Schoß. Die Geräusche der Schritte auf dem Flur verstummten direkt vor ihrem Zimmer. Es schien eine Ewigkeit zu vergehen, bevor sich wieder etwas rührte. Sophie empfand es fast als Erlösung, als endlich jemand anklopfte. »Ja?«, rief sie, und ihre Hände forschten auf dem Nachttisch vergebens nach ihrem Buch.

»Hi. Ben hat mir gesagt, dass du noch lesen willst.« Anna blieb in der halb offenen Tür stehen.

»Ja und?« Sophie deutete auf den Radiowecker auf dem Nachtschrank. »Findest du nicht, du solltest mich um diese Zeit mal ein bisschen in Ruhe lassen?«

Anna öffnete die Tür jetzt ganz und trat ein. Sie hielt das Buch in der Hand.

»Ich bringe dir deine Lektüre.« Anna war sicher, dass Sophie die Ironie in ihrer Stimme nicht entging, denn sie zuckte sichtbar zusammen, als Anna ihr das Buch entgegenstreckte. »Du hast es offenbar am Nachmittag auf der Terrasse liegen lassen.«

»Danke.« Sophies Stimme klang brüchig. Sie griff nach dem Buch. In ihrem Gesicht waren Angst und Verzweiflung zu lesen. Aber Anna erkannte auch noch etwas anderes – Erleichterung. Anna hatte in diesem Moment nicht mehr den geringsten Zweifel, dass Asmus sich im Raum befand. Sie konnte ihn beinahe physisch spüren.

Womöglich war mit dem Ende von Asmus' Flucht eine große Last von Sophies Schultern genommen, so schmerzlich diese Erfahrung für sie auch sein mochte.

Anna trat nah an das Bett und sah Sophie an, aus deren Augen Tränen hervorquollen. Sophie begann laut zu schluchzen und schlug die Hände vor das Gesicht.

»Er hat niemandem etwas getan«, presste sie hervor. »Er ist kein Mörder.«

Anna fluchte innerlich. Zu gern hätte sie den Raum wieder verlassen und Sophie eine Gute Nacht gewünscht, um Asmus in Sicherheit zu wiegen. Nun war es zu spät, um in aller Ruhe die französischen Behörden alarmieren zu können.

Bendt, der neben der Tür gewartet hatte, war binnen des Bruchteils einer Sekunde neben ihr und schob Anna aus dem Raum. Er hielt eins von Andrés Gewehren in der Hand.

»Wo ist er?«, fragte er ruhig und sah Sophie durchdringend an. »Asmus, kommen Sie raus.«

Es blieb totenstill.

»Sag ihm, wo er ist!«, forderte Anna von der Tür aus.

Sophies Unterlippe bebte.

»Anna, bleib draußen, verdammt«, befahl Bendt. »Kommen Sie endlich raus, Asmus, und machen Sie keinen Ärger. Es ist vorbei. Das Haus ist umstellt.«

Es vergingen noch einige Sekunden der Stille, bis Asmus plötzlich unter dem Bett hervorkroch.

»Ich komme raus. Bitte nicht schießen – ich bin nicht bewaffnet.«

Bendt richtete den Lauf der Flinte auf den jungen Mann, der sich umständlich vor ihm aufrichtete und seine Hände hob. Anna war geschockt, als sie erkannte, wie mager er geworden war. Er schien seit ihrem letzten Zusammentreffen um Jahre gealtert zu sein.

»Hände oben lassen und Beine auseinander.« Bendt packte Asmus am Arm und drängte ihn unsanft gegen die Wand. Dort begann er, ihn abzutasten.

Anna lief zu Sophie hinüber und schloss sie in ihre Arme. Sophies verzweifeltes Weinen schnitt ihr ins Herz. Gleichzeitig war sie unendlich erleichtert.

»Anna, ruf die Gendarmarie an, und Sie, Asmus, verlassen jetzt ganz langsam und sachte diesen Raum, verstanden? Und keine Dummheiten.«

Bendt schob Asmus Richtung Tür.

Anna hatte Mühe, sich von Sophie, die sie fest umklammert hielt, zu lösen.

»Er hat sie nicht umgebracht, das hat er nicht«, schluchzte Sophie immer wieder.

»Glaub mir, Sophie, es ist besser so. Er wird einen fairen Prozess bekommen.«

Zärtlich strich sie Sophie die Haare aus der Stirn und griff dann nach ihrem Mobiltelefon. Die Nummer der zuständigen Gendarmerie hatte Bendt bereits unmittelbar nach ihrer Ankunft in Frankreich für Anna gespeichert. Sie hatte gerade die ersten Worte in das Telefon gesprochen, als ein ohrenbetäubender Knall durch das Haus hallte, der Anna zusammenzucken ließ.

Sophie schrie laut auf.

Für einen kurzen Moment war Anna nicht in der Lage, sich auch nur einen Millimeter vom Fleck zu bewegen.

»Was war das?«, flüsterte Sophie, und in ihrer Stimme lag die blanke Panik.

»Ein Schuss«, antwortete Anna und stürmte aus Sophies Zimmer.

Der Flur wirkte plötzlich auf sonderbare Weise gespenstisch. Anna wollte nicht glauben, was sie sah. Ihre Beine fühlten sich plötzlich taub an.

»Bendt. – Wir brauchen hier sofort einen Krankenwagen«, brüllte sie verzweifelt. André, der schon zur Stelle war, nahm ihr das Telefon ab, das sie immer noch in der Hand hielt.

»Die Gendarmerie. Sagen Sie ihnen, was hier los ist, bitte«, brachte Anna hervor.

Wie aus weiter Ferne drang Andrés Stimme an ihr Ohr, als er der Polizei in schnellem Französisch die wichtigsten Informationen durchgab und einen Rettungswagen anforderte. Anna ließ sich neben Bendt auf die Knie fallen. Sein Hemd war voller Blut und sein Gesicht schmerzverzerrt. Er hielt seine Hände auf die Brust gepresst und stöhnte laut auf, als sie nach ihnen griff. Sein Atem ging stoßweise, und er schien jeden Moment ohnmächtig zu werden.

»Halt durch, mein Gott, halt durch«, flehte Anna und suchte nach der Stelle, an der das Projektil in seinen Körper eingedrungen war. Jetzt konnte auch sie ihre Tränen nicht mehr zurückhalten.

»Du darfst nicht sterben. Bitte nicht sterben, mein Gott, bitte nicht du.«

Anna zog an seinen Händen, um sie von seinem Körper zu lösen. Sie konnte die Einschussstelle nicht finden. Für den Moment sah sie nur, wie stark er blutete, und sie wusste in dieser Sekunde noch etwas anderes. Sie wusste, was sie in den vergangenen zwei Jahren daran gehindert hatte, eine Beziehung mit Georg einzugehen. Es war Bendt. Sie hatte es sich in all der Zeit nicht eingestehen wollen, hatte ihn aus ihrem Gedächtnis streichen wollen, weil er mit ihren furchtbarsten Erinnerungen verknüpft war, mit den Dämonen ihrer Vergangenheit, die sie um jeden Preis zu vertreiben versucht hatte.

Auch Beate und Sophie befanden sich inzwischen im Flur und blickten fassungslos und schockiert auf Bendt. Der schrie laut auf, als Anna seine Hände von seiner Brust zog.

»Lass los«, stieß er gepresst hervor.

»Scchhht, nicht sprechen, Ben, nicht sprechen. Du musst atmen, hörst du, du musst atmen.«

»Lass los, bitte!« Bendt versuchte, sich zur Seite zu rollen, während André sich sein Hemd auszog.

Es dauerte einen Moment, bis das, was Anna sah, in ihr Bewusstsein vordrang. Da war keine Wunde. Dort, wo seine Hände sich auf seine Brust gepresst hatten, war nichts als verschmiertes Blut.

»Wo?« Wie von Sinnen tasteten Annas Hände über seine schweißnasse Haut.

»Regarde ses mains«, forderte André.

»Ses mains?« Anna schrie jetzt fast.

»Lass los, bitte ...«, flehte Bendt.

Endlich lockerte Anna ihren Griff und sah das Blut, das aus seiner linken Hand hervorquoll.

Bendt rollte sich zur Seite und stöhnte auf.

André griff nach Bendts Arm, der ihn nun widerwillig preiszugeben schien, und wickelte seinen Hemdsärmel fest um Bendts Hand.

»Mein Gott, es ist nur deine Hand«, schrie Anna. Tränen der Erleichterung schossen ihr in die Augen. Sie griff mit beiden Händen nach seinem Kopf und küsste ihn auf die schweißnasse Stirn, die Wangen und auf den Mund, lachend und weinend zugleich.

»Es ist nur deine Hand, es ist nur deine Hand.«

»Ja, es ist nur meine Hand, und es tut verdammt noch mal weh«, zischte Bendt und rang sich gleichzeitig ein gequältes Grinsen ab.

In der Ferne konnten sie bereits die Sirenen der herannahenden Gendarmerie vernehmen.

»Es tut mir so leid, Anna«, schluchzte Sophie und ließ es zu, dass nun Beate sie tröstend umarmte.

»Es ist nicht deine Schuld«, sagte Beate.

»Wo ist Asmus?«, fragte Bendt und versuchte sich aufzurichten. »Wir müssen hinterher.« Er hatte es kaum ausgesprochen, als er schon wieder zusammensackte.

»Ziemlich blöde Idee. Du gehst im Moment ganz sicher nirgendwohin«, sagte Anna. Sie blieb an seiner Seite, selbst als kurz darauf die Erstversorgung seiner Wunde vorgenommen und er von den französischen Kollegen zu dem Geschehen befragt wurde. Bendt erzählte knapp, dass Asmus im Flur ganz plötzlich versucht hatte zu fliehen. Er wollte ihn festhalten, und bei dem Gerangel hatte sich irgendwann ein Schuss gelöst.

Anna verabschiedete Bendt am Krankenwagen, wo er auf

der Patientenbank im Innenraum des Fahrzeugs saß. Die starken Schmerzmittel, die man ihm sofort verabreicht hatte, schienen ihn schläfrig zu machen, und er sah sehr mitgenommen aus. Draußen begann es bereits zu dämmern.

»Bist du sicher, dass ich dich nicht ins Krankenhaus begleiten soll?«

»Ja, das bin ich. Vor mir liegen mit Sicherheit einige zeitraubende Untersuchungen. Es macht wenig Sinn, wenn du im Warteraum der Klinik herumsitzt. Schlaf dich lieber aus, und behalte Sophie im Auge.«

»Gut, wenn du meinst.«

Es entstand eine kleine Pause.

»Es war ein schrecklicher Moment, als ich dachte, dass du sterben würdest«, sagte Anna ernst.

Bendt streckte seine unverletzte Hand nach Annas aus. Sie schluckte, als ihre Blicke sich trafen.

»Es war viel schrecklicher, als ich dich damals fand und dachte, du seist tot.«

38. KAPITEL

Anna war froh, als sie wieder in Lübeck waren und endlich ein Stück Alltag zurückgekehrt war. Asmus war inzwischen gefasst. Man hatte ihn kurz nach seiner Flucht bei Nizza festgenommen. Kommissar Braun wartete jeden Tag auf seine Überführung nach Deutschland.

Bendt erholte sich rasch. Man hatte ihn mit einem Rettungshubschrauber aus Frankreich ausgeflogen, und er war in einer Handklinik in Hamburg behandelt worden. Inzwischen war er wieder in Lübeck, sie hatte ihn aber noch nicht getroffen. Anna fand wenig Zeit, sich mit den Gefühlen zu beschäftigen, die sie dem jungen Kommissar entgegenbrachte. Im Moment galt ihre Sorge Sophie, die noch immer fest daran glaubte, dass Jens Asmus kein Mörder war, und sehr unter seiner Verhaftung litt. Anna versuchte ihr, so gut es ging, eine Stütze zu sein, und ihr vor allem die Presse vom Leib zu halten. Inzwischen wünschte sie fast, sie nicht mit nach Hause genommen zu haben, zumal ihr vor der Schule täglich von Presseleuten aufgelauert wurde. Immerhin befolgte Sophie Annas Rat und ließ sich zu keinerlei Stellungnahmen hinreißen.

Anna schleppte ihre Einkäufe zum Parkplatz des Supermarktes und hatte Mühe, Emilys mit Lebensmitteln überfüllte Karre sicher über den Gehweg zum Auto zu manövrieren. Sie öffnete die Heckklappe und begann, unter Emilys interessierten Blicken den Heckraum zu beladen.

»Ach, Frau Lorenz«, wurde sie plötzlich von der Seite angesprochen.

»Guten Tag, Frau Martin, wir haben uns aber lange nicht mehr gesehen.« Sie reichte der alten Freundin von Frau Möbius, die einen vollgepackten Einkaufsroller bei sich hatte, die Hand.

»Schön, Sie mal wieder zu treffen, Sie sehen gut aus.«

»Du bist aber rasant gewachsen«, stellte Frau Martin fest und griff nach Emilys nackten Füßen.

»Emily wächst im Moment quasi über Nacht«, sagte Anna, die Frau Martin zuletzt auf der Beerdigung gesehen hatte, schmunzelnd. »Darf ich Sie nach Hause fahren?«, fragte sie, denn sie konnte der alten Dame ansehen, dass ihr der Gang zum Supermarkt angesichts der Hitze sicher nicht leichtgefallen war.

Dementsprechend schnell war sie überzeugt und nahm auch Annas Angebot, ihr die Einkäufe in die Küche zu tragen, dankbar an. Anna packte die Waren auf die Anrichte der gemütlichen Einbauküche, von wo aus Frau Martin alles in den Kühlschrank und die Schränke sortierte. Emily saß auf dem Fußboden und schaute zu.

»Wie geht es denn dem jungen Mädchen inzwischen? Ganz Lübeck hat aufgeatmet, nachdem bekannt geworden ist, dass sie lebt.«

»Was meinen Sie, wie froh wir erst waren! Es ist im Moment nicht leicht für Sophie. Sie ist sehr verwirrt und glaubt noch immer felsenfest, dass Asmus unschuldig ist.«

»Wie kann sie das denn denken, nachdem der Mann

nun auch noch kaltblütig einen Polizisten niedergeschossen hat?«

»Glauben Sie nicht alles, was in der Zeitung steht, Frau Martin. Das mit dem Schuss war ein Unfall. Aber Sie haben natürlich recht, es ist aus Sicht eines Außenstehenden tatsächlich schwer zu verstehen, dass Sophie so unbeirrt an ihm festhält.«

»Und dann der ganze Presserummel, das muss wirklich sehr belastend für das Mädchen sein.« Die alte Frau ließ sich erschöpft auf einem Küchenstuhl nieder, nachdem sie auch das Obst in einer Schale verstaut hatte.

»Haben Sie übrigens schon gehört, dass Sie eventuell bald neue Nachbarn bekommen, Frau Lorenz? Angeblich hat Petra Kessler das Haus einem Makler übergeben, heißt es in der Nachbarschaft.«

»Ich weiß«, antwortete Anna, die froh war über die Aussicht auf neue Nachbarn. »Wir sind sehr gespannt, wer dort einziehen wird. Frau Kessler hat ja am Ende doch eine Menge Zeit im Haus verbracht. Ich hatte fast schon befürchtet, sie würde dauerhaft bleiben. Wenn ich ehrlich bin, war sie mir von Anfang an alles andere als sympathisch.«

Frau Martin seufzte und sah Anna ernst an. »Wissen Sie, die Frau hat es furchtbar schwer gehabt. So leid mir Ihre Sophie tut, wenn ich in der Zeitung von ihrem Schicksal lese, so sehr musste ich in der letzten Zeit immer wieder daran denken, was Petra damals für ein bemitleidenswertes junges Mädchen war.«

Anna fiel auf, dass das Gesicht der alten Dame plötzlich sehr blass und eingefallen wirkte. »Sie müssen mehr trinken, Frau Martin«, sagte sie besorgt. »Wo finde ich ein Glas, damit ich Ihnen etwas einschenken kann?«

»Ach, Entschuldigung, wie unaufmerksam von mir. Ich hätte Ihnen ja auch mal etwas anbieten können.«

»Nicht wichtig. Wichtig ist, dass Sie mir nicht aus den Latschen kippen.«

Nachdem Anna die Gläser gefüllt hatte, setzte sie sich zu Frau Martin an den Tisch und bat sie, mehr über Petra Kessler zu erzählen.

»Sie war schon immer ein merkwürdiges und schwieriges Mädchen«, begann Frau Martin. »Ich war damals noch nicht mit Luise, also mit Frau Möbius, befreundet, aber man hörte natürlich so einiges in der Nachbarschaft.«

»Was hörte man denn so?«

Frau Martin überlegte einen Moment. »Ich bin nicht sicher, ob ich Ihnen das alles erzählen darf. Ich meine, ich weiß nicht, ob Luise, Gott hab sie selig, damit einverstanden wäre.«

»Nun machen Sie mich aber wirklich neugierig, Frau Martin. Sie können sicher sein, dass ich alles, was Sie mir erzählen, für mich behalten werde.«

»Ach, wissen Sie, Petra Kessler war als Teenager schwer krank, was auch für niemanden zu übersehen war. Sie litt an Magersucht. Ich weiß nicht, wie oft sie als junges Mädchen in der Klinik war. Luise hat sich furchtbare Sorgen um ihre Tochter machen müssen.«

»Denkt man gar nicht, dass sie so krank war, bei der netten Mutter.«

Frau Martin zuckte mit den Schultern. »Was soll's? Luise wird wahrscheinlich nichts mehr dagegen haben, wenn ich es Ihnen erzähle, und Sie sind ja hoffentlich nicht der Mensch, der in der Nachbarschaft alles ausplaudert.«

Frau Martin beugte sich ein wenig vor, als gelte es, ein besonders wichtiges Geheimnis zu schützen. Dann flüsterte sie: »Es ist gespenstisch, dass Petra Kessler so viel Zeit in dem Haus verbringt.«

»Inwiefern gespenstisch?«

»Die Leute sagen, dass der Geist des alten Möbius im Haus herumspukt.«

»Ich verstehe nicht.«

»Frau Möbius hat nie darüber gesprochen, weil sie sich ein Leben lang Vorwürfe gemacht hat.«

»Was denn für Vorwürfe?«

»Ihr Mann war sehr krank. Heute würde man wohl von manischer Depression oder dergleichen sprechen. Vielleicht auch eine Form der Schizophrenie. Damals hat man sich mit psychischen Erkrankungen nicht so auseinandergesetzt.«

»Das mag sein.«

»Er hat sich im Gartenhaus erschossen. Luise hat es später abreißen lassen.«

»O Gott, das ist ja furchtbar.«

»Ja, das ist es. Und das ist leider nicht alles. Petra hat ihren Vater damals gefunden. Sie war noch ziemlich jung, als es passierte, vielleicht dreizehn oder vierzehn. Jedenfalls war ihre Mutter zu dem Zeitpunkt, als es passierte, gerade verreist.«

»Wie kann ein Mann so grausam sein und zulassen, dass sein eigenes Kind ihn findet?«

»Ich glaube nicht, dass er damit gerechnet hat. Soweit

ich mich erinnere, sollte Petra an dem Tag gar nicht nach Hause kommen, sondern nach der Schule zu irgendeiner Tante gehen. Ich glaube, er hatte gewollt, dass Luise ihn findet, die an dem Tag von der Reise zurückkam.«

»Das ist ja fast genauso grausam, aber warum denn?«

»Warum er sich umbringen wollte? Er war krank und hatte einfach zu viel erlebt. Er gehörte zu den Männern, die Hitler beinahe noch als Kinder 1945 an die Front geschickt hat. Das hat viele von denen kaputtgemacht.«

Frau Martin nahm einen tiefen Schluck aus ihrem Wasserglas. »Na ja, Petra hat wohl viel von ihrem Vater. Das war auch der Grund, weshalb Luise immer versucht hat, sie zu Therapien zu drängen, nicht nur, als das mit der Magersucht passierte.«

»Ist Petra Kessler denn auch depressiv?«

»Was für eine Erkrankung sie genau hat, weiß ich gar nicht. Luise hat nicht gern darüber gesprochen. Ich weiß aber, dass sie schon als Kind häufiger in Kliniken war und wohl auch schon versucht hat, sich das Leben zu nehmen. Das dürfte erst ein paar Jahre her sein. Ich glaube, ihr Mann wollte sich damals von ihr trennen. Als sie in die Klinik kam, hat Petras Mann Kontakt zu Luise aufgenommen. Sie haben beide versucht, ihr zu helfen.«

»Ja, sie ist wirklich ein merkwürdiger Mensch. Erst hatte ich den Eindruck, sie hält es keine drei Stunden nach der Beerdigung ihrer Mutter in Lübeck aus, und plötzlich schien sie gar nicht mehr abreisen zu wollen. Wenn ich jetzt daran denke, dass ihr Vater dort gestorben ist, finde ich das richtig gruselig.«

»Und ich frage mich, warum ihr Mann sich so gar nicht

hier blicken lässt. Luise hat mir gegenüber kurz vor ihrem Tod angedeutet, dass sie sich Sorgen um Petra macht, wegen ihrer Ehe.«

»Aber woher wusste denn Luise Möbius von den Problemen, wenn sie kaum Kontakt zu Petra hatte?«

»Zu Petra nicht, aber wohl zu ihrem Mann. Luise hat sehr darunter gelitten, dass Petra sich so von ihr distanziert hat. Ich glaube, Petra hat ihr unterbewusst übel genommen, dass sie und nicht Luise ihren Vater gefunden hat.«

»Verstehe.«

»Christoph Kessler und Luise saßen quasi im selben Boot, wenn man so will. Er hat das mit Petra durchgemacht, was Luise mit ihrem Mann schon hinter sich hatte. Luise war oft sehr verzweifelt, weil Petra so krank war. Sie sagte immer, dass Petra ohne ihren Mann verloren sei. Deshalb wundert es mich umso mehr, dass er nicht bei der Beerdigung aufgetaucht ist.«

»Na ja, vielleicht hat sie sich wirklich getrennt und ist auch deshalb hier in Lübeck geblieben.«

»Möglich.«

Emily zog ihre Mutter am Hosenbein, und Anna merkte erst jetzt, dass es schon spät war und die Kleine längst ins Bett gehörte.

»Ich muss leider los, Frau Martin. Der Gedanke, dass meine zukünftigen neuen Nachbarn in ein Haus einziehen, in dessen früherem Gartenhaus sich ein Mensch umgebracht hat, ist schon irgendwie merkwürdig.«

»Ja, das ist er.«

Anna verließ das Haus der alten Dame mit einem unguten Gefühl im Bauch.

39. KAPITEL

Die Luft in dem kleinen Vernehmungszimmer wurde immer stickiger. Asmus standen Schweißperlen auf der Stirn. Braun hatte das kleine Fenster am Ende des Raumes bewusst geschlossen, und der Mangel an Sauerstoff machte Asmus mürbe. Er schien hundemüde zu sein, und das kam Braun gerade recht. Die Nacht hatte er in einem Gefangenentransport von Stuttgart nach Hamburg verbracht, und Braun hatte ihm keine Zeit zum Ausruhen gelassen, sondern so schnell wie möglich über die Staatsanwaltschaft eine Ausführungsgenehmigung aus dem Untersuchungsgefängnis beantragt und erhalten.

»Wann genau haben Sie noch gleich Frau Möbius gefunden?«, fragte Braun jetzt zum x-ten Mal. Herausfordernd stützte er sich mit beiden Händen auf den Vernehmungstisch und blickte Asmus scharf an, der den Rücken instinktiv gegen die Lehne seines Stuhls presste, als könnte er sich so seinem Gegenüber entziehen.

»Das habe ich doch schon tausendmal gesagt!«, brachte er zähneknirschend hervor. »Ich habe sie gar nicht gefunden. Ich habe sie an dem Tag überhaupt nicht gesehen.«

»Merkwürdig«, sagte Braun gedehnt und zog den Beleg für den Verkauf der Goldmünzen aus seiner Tasche. Er studierte das Blatt, als sehe er es zum ersten Mal. »Hier steht, dass Sie die Münzen genau einen Tag nach Luise Möbius' Tod versetzt haben. Ist doch ein toller Zufall, oder nicht?«

»Ich hab die Münzen nicht geklaut, verdammt! Sie hat sie mir geschenkt.«

»Geschenkt!« Braun pfiff durch die Zähne »Münzen im Wert von ungefähr 6000 Euro, tolles Geschenk. Ich frage mich gerade, wann ich das letzte Mal von jemandem ein Geschenk für 6000 Euro bekommen habe. Muss schon 'ne Weile her sein.«

Braun blickte in Richtung der einseitig verblendeten Glasscheibe an der rechten Wand, hinter der Bendt saß und aus dem Nebenraum die Vernehmung von Asmus unbemerkt verfolgen konnte. Braun war gezwungen gewesen, Bendt offiziell von dem Fall abzuziehen. Nachdem Asmus ihn angeschossen hatte, konnte er natürlich nicht mehr als neutraler Ermittler betrachtet werden. Überdies war er krankgeschrieben. Braun bedauerte es zutiefst, die Befragung nicht gemeinsam mit dem jungen Kollegen durchführen zu können, mit dem er für derartige Fälle eine konstruktive Vernehmungstaktik entwickelt hatte.

»Sie pflegen ja auch keine alten Leute«, sagte Asmus. »Außerdem hatte die Möbius außer mir niemanden mehr.«

»Niemanden? Immerhin hatte sie doch eine Tochter, oder etwa nicht?«

»Die mochten sich aber nicht, das habe ich Ihnen auch schon gesagt.« Asmus sah Braun aus seinen müden, blutunterlaufenen Augen giftig an.

»Okay, okay«, beschwichtigte Braun sein Gegenüber. »Aber weshalb sollte sie ausgerechnet Ihnen solche großzügigen Geschenke gemacht haben?«, fragte er und blätterte in seiner Ermittlungsakte. »Ich habe hier Aussagen, dass sie Freundinnen hatte, die sie teils über viele Jahre kannte und denen sie nichts geschenkt hat. Warum also ausgerechnet Ihnen?«

»Weil Sie mich mochte, auch wenn Sie sich das vielleicht nicht vorstellen können.«

»Und wann hat sie Ihnen nun diese Münzen geschenkt? Einfach so – oder gab es einen konkreten Anlass?«

»Zum Geburtstag.«

»Zum Geburtstag!« Braun hob die Brauen. »Sie sind im Februar geboren, wenn Ihr Geburtsdatum in meiner Akte korrekt angegeben ist, wovon ich mal ausgehe. Was hat Sie denn veranlasst, die Münzen erst Monate später – rein zufällig kurz nach dem Tod von Frau Möbius – zu verkaufen, anstatt sie schon im Februar oder März zu versetzen?«

Asmus schien nachdenken zu müssen. »Ich brauchte zu der Zeit eben das Geld!«, sagte er schließlich mit fester Stimme.

»Dass Sie Geld brauchten, haben wir auch in Erfahrung gebracht. Allerdings sahen Ihre Kontoauszüge im Februar kaum besser aus als heute – warum haben Sie die Münzen also nicht gleich verkauft?«

Braun blätterte erneut in seiner Ermittlungsakte, als könne er hier noch Überraschendes finden. Er stoppte bei den Kontounterlagen von Asmus, die von der Staatsanwaltschaft bei dessen Hausbank angefordert worden waren. »Eines muss man Ihnen lassen, vor Dispositionskrediten haben Sie wahrlich keine Angst. Ihr Dispo von 5000 Euro war bereits seit vergangenem Jahr immer am Anschlag! Wäre also eine gute Idee gewesen, die Münzen früher zu verscherbeln, von Ihren Problemen mit Ihrem Vermieter und Untermieter mal ganz abgesehen. Spricht also einiges dafür, dass Sie die Münzen am Morgen von Frau Möbius' Tod geklaut und binnen kürzester Zeit zu Geld gemacht haben.«

Asmus öffnete den Mund, als wolle er etwas sagen, entschied sich dann jedoch offenbar anders und schloss ihn wieder.

»Jetzt mal zu der Dose. Ich nehme an, die haben Sie auch geschenkt bekommen?«

»Nein, die habe ich geklaut – das habe ich doch schon zugegeben.«

»Also waren Sie an dem Morgen doch bei Frau Möbius?« Braun dachte überhaupt nicht daran lockerzulassen.

»Nein«, knirschte Asmus, »ich habe die Dose schon Wochen vorher geklaut.«

Braun sah einen Moment lang zu der abgedunkelten Scheibe hinüber und wusste, dass Bendt ihn ebenfalls ansah.

»Wie kann es dann sein, dass Frau Möbius die Dose noch einen Tag vor ihrem Tod einer Nachbarin gezeigt hat?«

Über Asmus' Gesicht huschte ein nervöses Zucken. Man sah ihm an, dass er sich die Frage stellte, ob Braun wohl bluffte.

»Andere Dose vielleicht?«, mutmaßte Asmus und griff mit zittrigen Fingern nach einer weiteren Zigarette.

»Wäre möglich. Warum nicht? Aber wie kann es sein,

dass Sie an dem Morgen vor dem Haus von Frau Möbius gesehen wurden?«

Braun erkannte, dass Asmus sich in die Ecke gedrängt fühlte.

»Glauben Sie nicht, wir hätten unsere Hausaufgaben nicht gemacht. Wissen Sie eigentlich, wie das für uns aussieht?« Braun fixierte Asmus und ließ nicht zu, dass er sich seinem Blick entzog. »Sie werden an dem Morgen vor dem Haus der alten Dame gesehen, und nur zwei Tage später verkaufen Sie deren Goldmünzen und geben eine sehr wertvolle Dose von Meissen, das wohl wertvollste Stück aus dem Nachlass von Frau Möbius, bei einem Antiquitätenhändler zur Auktion frei. Die alte Dame wird kurz darauf exhumiert, und wir stellen fest, dass sie ermordet wurde.«

»Ich lasse mir keinen Mord anhängen!«, schrie Asmus, sprang auf und feuerte den Stuhl, auf dem er gesessen hatte, gegen die Wand.

Braun ging um den Tisch herum, hob den Stuhl auf und schob ihn wieder an den Tisch. »Setzen«, sagte er scharf. Nachdem Asmus zähneknirschend Platz genommen hatte, fügte er hinzu: »Aber dass sie ermordet wurde, wundert Sie weniger?«

»Scheiße noch mal, ich hab die Frau nicht umgebracht, ich bin doch nicht wahnsinnig. Ich hab sie beklaut, ja, aber umgebracht habe ich sie nicht!« Asmus wurde derart hysterisch, dass sich seine Stimme überschlug. »Ich schwöre, dass sie schon tot war. Ich dachte, es tut ihr nicht mehr weh, wenn ich etwas nehme.«

Braun warf Bendt durch die Glasscheibe einen triumphierenden Blick zu. Er war sicher, dass sie beide das Gleiche dachten. Asmus hatte sich gerade selbst seine Grube gegraben.

»Haben Sie das auch bei den anderen Opfern gedacht, deren Geldbörsen Sie in Altenheimen und Krankenhäusern gestohlen haben?«, fragte Braun.

Asmus presste die Lippen aufeinander und schwieg. Doch Braun wusste, dass er ihn endlich so weit hatte.

»Ich schwöre, dass sie schon tot war, als ich in das Haus kam«, wiederholte er schließlich mit weinerlicher Stimme.

»Und um welche Uhrzeit soll das gewesen sein?«

»Was weiß ich. Gegen acht, wie immer.«

»Gegen acht.« Braun triumphierte innerlich.

»Sind Sie sicher, dass es gegen acht war?«

»Ja, Mann – warum soll das wichtig sein?«

Braun stützte sich erneut auf den Vernehmungstisch und kam Asmus so nahe, dass er fast seine Nase berührte.

»Wie sind Sie denn in das Haus gekommen?«

»Durch die Tür.«

»Durch welche Tür?«

Brauns innere Anspannung wuchs. Er war am Kernpunkt seiner Vernehmung angekommen und wusste, dass auch die Beamten auf der anderen Seite der Wand jetzt mucksmäuschenstill waren und gebannt zuhörten. Allen war klar, dass um die genannte Zeit die Jalousien im Haus der alten Frau noch geschlossen waren und Asmus somit unmöglich über die Terrasse in das Haus gelangt sein konnte. Andererseits konnte ihn eben eine Tote auch nicht ins Haus gelassen haben. Asmus war drauf und dran, den entscheidenden Fehler zu machen.

»Wie, durch welche Tür?«

»Ist doch keine so schwierige Frage, oder?«

»Durch die Haustür.«

»Durch die Haustür.« Braun genoss es, diesen Satz zu wiederholen. »Durch die Haustür, die nämlich Frau Möbius Ihnen öffnete, bevor Sie sie getötet haben!«

»Nein, durch die Haustür, die ich aufschließen musste, weil sie nicht aufgemacht hat.«

Braun blickte Asmus geradewegs in die Augen, aus welchen keinerlei Unsicherheit sprach. Seine Angaben kamen so spontan, schienen so arglos, als hätte er tatsächlich keine Ahnung, warum dieser Punkt für die Vernehmung so wichtig war.

»Und wo bitte ist dieser Schlüssel?«

»In einem Schließfach am Hamburger Hauptbahnhof.«

»In einem Schließfach.« Braun atmete einmal tief durch. »Was macht der Schlüssel dort? Warum haben Sie ihn nicht einfach weggeworfen – und warum Hamburg?«

Asmus schien selbst nach einer Antwort zu suchen und zuckte mit den Schultern. »Keine Ahnung. Ich habe ihn dort deponiert, nachdem ich mit der Dose in dem Auktionshaus war.« Er stockte. »Vielleicht habe ich gedacht, ich könnte den Schlüssel irgendwann noch einmal brauchen.«

Braun sah Asmus scharf an. »Und es war Ihnen unheimlich, den Schlüssel Ihres Mordopfers mit sich herumzutragen?«

»Quatsch!« Asmus war seine Wut und Erregung deutlich anzusehen. »Ich sag doch, ich hab sie nicht umgebracht!«

Braun dachte nach. Wenn es stimmte, was Asmus sagte,

und der Schlüssel tatsächlich in dem Schließfach lag, war ein wesentliches belastendes Indiz vom Tisch. Dem Hinweis war nachzugehen. Andererseits reichten auch in diesem Fall die verbleibenden belastenden Umstände mit Sicherheit für eine Anklage aus. Was störte ihn also an der ganzen Sache?

40. KAPITEL

Anna ging das Gespräch mit Frau Martin den ganzen Abend nicht mehr aus dem Kopf. Nachdem sie Emily ins Bett gebracht hatte, griff sie sich das Telefon, setzte sich auf ihr Sofa und rief Ben Bendt an. Er nahm sofort ab.

»Hallo, sitzt du auf deinem Telefon?«

»Klar, ich habe ja sonst nichts zu tun. Wie geht es dir, Anna?«

»Die Frage ist wohl eher, wie es dir geht.« Noch jetzt erschauderte sie bei dem Gedanken daran, dass Bendt hätte tot sein können.

»Ich habe immer noch ziemlich starke Schmerzen, aber ich komme durch.«

Anna musste angesichts des Mitleid heischenden Tons schmunzeln. »Ich hoffe, es ist ein Trostpflaster für dich, dass Asmus inzwischen gefasst ist. Wie war übrigens eure Vernehmung?«

»Was heißt hier eure? Ich musste leider vom Nebenzimmer aus zusehen, weil ich von dem Fall abgezogen bin. Wegen Asmus' Angriff gelte ich als befangen.«

»Verständlich. Wie war also Brauns Vernehmung?«

»Asmus ist eingebrochen, was den Diebstahl bei der Möbius betrifft. Er hat auch eine Reihe von Krankenhaus-

und Altenheimdiebstählen gestanden. Er bestreitet aber nach wie vor den Mord an der Möbius. Dabei hatte ich schon gedacht, wir hätten ihn sicher überführt.«

Anna lauschte gespannt.

»Braun hatte ihn nach der Zeit gefragt, zu der er an dem fraglichen Morgen bei der Möbius war, und er sagte glatt acht Uhr.«

»Bingo! Er hat also nicht an die Rollläden gedacht?«

»Musste er angeblich nicht. Er sagte, er habe einen Schlüssel für das Haus und aufgeschlossen, weil sie auf sein Klingeln nicht reagiert hat.«

»Merkwürdig. Ich dachte immer, ich sei die Einzige, die einen Zweitschlüssel hatte. Glaubt ihr ihm? Kann er es beweisen?«

»Das prüfen wir gerade. Er sagt, der Schlüssel sei in einem Schließfach am Hamburger Hauptbahnhof deponiert. Das wird jetzt untersucht. Morgen wird das Schließfach geöffnet, und alles, was wir darin finden, geht erst mal zur Spurensicherung ins Labor. Danach müssen wir ausprobieren, ob der Schlüssel passt, sofern Asmus die Wahrheit gesagt hat und wir dort überhaupt einen Schlüssel finden.«

»Selbst wenn, ändert das natürlich nichts an dem Mordverdacht.«

»Das stimmt. Es spricht alles dafür, dass die Möbius ihn beim Klauen erwischt und er die Nerven verloren hat. Dazu passt auch alles andere, insbesondere die Sache mit der alten Kramer im Altenheim.«

»Aber?«

»Was aber?«

»Du klingst so, als gäbe es ein Aber.«

»Ich weiß nicht. Du kennst ja Braun und seine Intuition. Er fand die Vernehmung nicht rund. Irgendwas stört ihn an Asmus' Aussage. Ich meine, der war am Ende echt mit den Nerven runter und hat hinsichtlich der Diebstähle die Hosen bedingungslos runtergelassen, aber beim Mord bleibt er stur.«

»Na ja, es geht schließlich bei dem Mord auch um viel mehr. Weiß Petra Kessler schon, dass ihr gegebenenfalls einen Schlüssel ausprobieren wollt?«

»Noch nicht. Ich habe ihr eine Rückrufbitte auf dem AB hinterlassen. Erst einmal abwarten, was wir morgen tatsächlich finden. Wenn du willst, kannst du sie aber gern vorwarnen. Denn wenn der Schlüssel tatsächlich im Schließfach ist, werden wir entweder ihre Genehmigung oder einen Gerichtsbeschluss brauchen, um das Haus damit zu öffnen. Du kannst also gern einmal vorfühlen.«

»Das mache ich vielleicht. Dann kann ich gleich versuchen, rauszukriegen, was für neue Nachbarn ich bekomme. Sie will das Haus nämlich verkaufen.«

»Das sind doch gute Nachrichten für dich – oder? Du magst die Kessler doch sowieso nicht.«

»Nicht wirklich. Ich hoffe, es zieht nebenan eine nette junge Familie ein, die keine Hausschweine im Garten züchtet.«

»Wenn du nette Nachbarn willst, sollte ich vielleicht darüber nachdenken, dort einzuziehen.«

»Tolle Idee! Nee, im Ernst, ich werde mal sehen, ob ich schon etwas über meine potenziellen neuen Nachbarn in Erfahrung bringen kann.«

»Wann sehen wir uns übrigens, Anna? Ich würde dich

sehr gern zum Essen einladen! Was hältst du davon, wenn du mich Freitagabend abholst? Natürlich würde ich dich lieber abholen, aber ich darf leider im Moment nicht Auto fahren wegen der Schmerzmittel, ohne die ich wahrscheinlich an die Decke gehen würde.«

»Ich muss schauen, ob ich einen Babysitter bekomme.«

»Wenn nicht, komme ich auch gern mit einem Taxi bei dir vorgefahren, und wir bestellen etwas beim Chinesen?«

Anna zögerte. »Mal sehen«, sagte sie schließlich.

»Wie, mal sehen? Was heißt hier: mal sehen? Ich biete dir an, mich schwer verletzt zu dir auf den Weg zu machen, und du sagst: mal sehen?«

Anna wusste nicht, weshalb sie so verhalten reagierte. Es war etwas zwischen ihr und Bendt, was sie nicht länger leugnen wollte, und trotzdem fühlte sie sich unsicher.

»Wie gesagt: Ich schau, ob ich einen Babysitter bekomme, okay? Ich melde mich morgen.«

41. KAPITEL

Petra Kessler war weder nebenan im Haus noch auf dem Handy erreichbar. Die Beamten hatten inzwischen wirklich einen am Hamburger Hauptbahnhof deponierten Schlüssel zutage gefördert, der so schnell wie möglich am Schloss des Nachbarhauses ausprobiert werden sollte. Allerdings hatte Petra Kessler für diesen Tag auch Besichtigungstermine wegen des Hausverkaufs vereinbart. Anna wollte nicht, dass ihre potenziellen neuen Nachbarn durch die Präsenz der Kripo gleich abgeschreckt wurden. Es musste ja nicht unbedingt sofort jeder mit der Nase darauf gestoßen werden, dass es sich bei dem Kaufobjekt um das Haus der ermordeten Luise Möbius handelte. Sie nahm das Telefon zur Hand und wählte die Nummer, die sie im Internet unter dem Eintrag Christoph Kessler in Berlin gefunden hatte. Nachdem sie Petra schon seit ein paar Tagen nicht mehr gesehen hatte, vermutete sie, sie in Berlin erreichen zu können.

Das Freizeichen ertönte fünfmal, und Anna wollte fast schon wieder auflegen, als endlich abgenommen wurde.

»Bei Kessler!?«, meldete sich eine gehetzt klingende Frauenstimme.

»Anna Lorenz, guten Tag.«

»Rufen Sie wegen des Flügels oder einem der Autos an?«

»Bitte?«

»Flügel oder Auto?« Die Stimme klang höflich, aber ungeduldig.

»Ich verstehe nicht – weder noch! Ich suche Frau Kessler.«

»Entschuldigung«, sagte die Frau jetzt freundlicher. »Herr Kessler hat Inserate geschaltet, weil der Flügel und zwei Autos verkauft werden sollen, und jetzt klingelt es hier unentwegt wegen der Termine.«

»Verstehe. Darf ich Frau Kessler sprechen?«

»Sie ist im Moment nicht im Hause. Kann ich ihr etwas ausrichten?«

»Ja, gern, das heißt, wann erwarten Sie sie denn zurück?«

»Heute gar nicht mehr. Sie ist in Hamburg, soweit ich weiß. Sie müssten es mobil versuchen, wenn es dringend ist.«

»Ja, gut.«

Anna überlegte kurz und entschied, dass es sinnvoll wäre, wenigstens Petra Kesslers Mann zu informieren. Außerdem verspürte sie eine gewisse Neugier, einmal mit dem Mann zu sprechen, der angeblich einen so engen Draht zu der alten Frau Möbius gehabt hatte und gleichzeitig mit ihrer schwierigen Tochter verheiratet war.

»Kann ich dann vielleicht den Mann von Frau Kessler sprechen?«, bat sie deshalb. »Es ist wichtig.«

»Herrn Kessler können Sie hier nicht mehr erreichen. Er ist tot.«

Anna fragte sich, ob die Frau am anderen Ende wohl geistig verwirrt war.

»Sagten Sie nicht gerade, er verkauft seine Autos?«

»Nicht Herr Kessler – also nicht Christoph Kessler. Das macht alles sein Bruder. Er kümmert sich um die Nachlassangelegenheiten.«

Anna traf diese Nachricht gänzlich unvorbereitet.

»Oh, das tut mir leid. Davon wusste ich nichts. Ich bin die frühere Nachbarin von Frau Möbius.«

Die Frau am anderen Ende der Leitung begann plötzlich zu weinen.

»Entschuldigung«, schluchzte sie. »Jetzt weiß ich erst, wer Sie sind. Ich kenne Sie aus der Zeitung. Das ist heute alles einfach zu viel für mich. Der Zwillingsbruder von Herrn Kessler läuft mir ständig über den Weg, und immer denke ich, ein Geist steht vor mir. Ich fange andauernd an zu heulen.«

»Sind Sie die Haushälterin?«

»Ja.« Die Frau schnäuzte sich vernehmlich in ein Taschentuch.

»Wann ist Herr Kessler denn gestorben?«

»Am dritten. August.«

»Am dritten August?« Anna war fassungslos. »Das ist der Tag, bevor Petra Kesslers Mutter gestorben ist.«

»Ja, das ist furchtbar.« Die Stimme am anderen Ende der Leitung klang jetzt wieder ein wenig gefasster.

»Aber das… Wie ist er denn gestorben?«

»Eine Fleischvergiftung und das Herz. Er ist kollabiert. Als Frau Kessler ihn gefunden hat, war er schon tot.«

Die Bitterkeit, mit der die Frau am anderen Ende das sagte, ließ Anna aufhorchen.

»Frau …«

»Hölter, Susanne Hölter.«

»Frau Hölter, ich bin ganz schockiert. Frau Kessler hat mir gegenüber mit keinem Wort erwähnt, dass ihr Mann gestorben ist. Welch großer Verlust.«

»Es ist ein Verlust. Für mich ist es ein sehr großer Verlust. Herr Kessler war ein wunderbarer Mensch. Ohne ihn ist dieses Haus nicht mehr dasselbe.«

»Und er hat eine Fleischvergiftung erlitten, sagen Sie?«

»Ja.« Die Frau begann wieder zu schluchzen. »Und mir hat Frau Kessler versucht, die Schuld dafür in die Schuhe zu schieben, weil ich angeblich verdorbenes Fleisch aus dem Tiefkühler genommen habe. Aber ich habe bestimmt nichts Schlechtes aufgetaut. Das Fleisch war völlig in Ordnung – das hätte ich doch gerochen. Ich habe die Steaks sogar für Frau Kessler zum Braten vorbereitet. Dass die wirklich in so wenigen Stunden verderben – eher, na ja …« Sie verstummte.

»Na ja, was?«

»Ich sage dazu nichts mehr. Mich hat man schief angeguckt, weil ich die Haushälterin bin. Aber dazu hat man kein Recht. Was ich glaube, das interessiert sowieso niemanden.«

»Mich interessiert es.«

»Nein, ich will Ihnen gar nicht sagen, was ich von der Polizei halte. Sie sind doch diese Staatsanwältin, von der ich gelesen habe. Die Polizei interessiert nichts. Die haben mich angeguckt, als würden sie mir gleich was anhängen, nur weil ich gewagt habe, etwas zu sagen. Aber ich sehe natürlich nicht so aus wie Frau Hochwohlgeboren und kann mich auch nicht so ausdrücken.«

»Ich verstehe überhaupt nichts, Frau Hölter. Wer wollte Ihnen ein Verfahren anhängen?«

»Ich sage nur, dass ich Herrn Kessler nicht vergiftet habe und auch nicht glaube, dass ein Stück Fleisch so schnell schlecht wird.«

»Ja, aber wollen Sie denn unterstellen …?«

»Ich unterstelle gar nichts. Mir hat Frau Kessler unterstellt – also nicht ausdrücklich, aber egal. Ich weiß nur, was ich weiß.«

»Frau Hölter!«

»Ich kann mich jetzt nicht mehr länger mit Ihnen unterhalten. Ich muss Termine machen. Der Flügel …« Abermals begann sie zu schluchzen. »Ich sehe ihn jetzt noch daran sitzen und spielen. Versuchen Sie Ihr Glück bei Frau Kessler auf dem Handy. Auf Wiederhören.«

Ehe Anna noch etwas sagen konnte, wurde am anderen Ende aufgelegt. Anna war völlig verwirrt. Wenn sie die Frau richtig verstanden hatte, hegte diese offenbar den Verdacht, dass Petra Kessler ihren Mann vergiftet hatte. Was hatte Bendt gesagt: Irgendetwas an Asmus' Aussage störte Braun … Was, wenn der wirklich nicht der Mörder von Luise Möbius war? Bisher hatten sich die Ermittlungen ausschließlich auf ihn konzentriert. Aber warum sollte Petra Kessler ihre Mutter getötet haben? Es gab dafür kein greifbares Motiv, und dennoch verspürte Anna das Bedürfnis, der Sache auf den Grund zu gehen. Vielleicht war es ein Zufall, dass der Mann von Petra Kessler keine vierundzwanzig Stunden vor ihrer Mutter gestorben war. Was aber, wenn nicht? Anna blickte auf die Uhr. Ihre Haushaltshilfe Theresa war an diesem Tag bei ihr, und auch Sophie konnte, bis Georg auftauchte, auf Emily aufpassen. Anna zögerte nicht lange – sie setzte sich ans Steuer und machte sich auf den Weg nach Berlin. Sie hatte das Gefühl, dass sie es Sophie schuldig war, die noch immer so verzweifelt an Jens Asmus' Unschuld glaubte.

42. KAPITEL

Die mondäne Auffahrt zu der zweistöckigen weißen Neubauvilla war durch ein gusseisernes Tor gesichert, weshalb Anna ausstieg und die Klingel betätigte, während sie freundlich in die Außenkamera blinzelte. Es dauerte nicht lange, bis sie eine sonore Männerstimme über die Außensprechanlage begrüßte.

»Guten Tag, ich komme wegen des Flügels«, sagte Anna laut.

»Sind Sie angemeldet?«

»Ich habe mit Frau Hölter gesprochen.«

Sie atmete auf, als sich anstatt einer Rückfrage das elektrische Schwingtor gleichermaßen geräuschlos wie hoheitlich öffnete. Sie fuhr die Auffahrt zum Haus hinauf, dessen große Säulen dem weißen Prunkbau einen neureichen Touch verliehen. Christoph Kessler musste ein ausgesprochen wohlhabender Mann gewesen sein, und offenbar hatte er das auch gern gezeigt. Direkt vor dem Portal parkten zwei blitzblank polierte Aston Martins und warteten auf ihre neuen Besitzer. Anna stellte ihren alten VW Touareg in gebührendem Abstand ab und stieg aus, als ihr bereits ein großer, korpulenter Mann mittleren Alters entgegenkam.

»Karl Kessler«, stellte er sich mit freundlichem Lächeln

vor und reichte Anna die Hand. Er war ihr auf Anhieb sympathisch. Wenn Christoph Kessler eine ähnliche Statur besessen hatte wie sein Bruder, wunderte es sie nicht, dass er nicht alt geworden war. Ein Kollaps oder Herzinfarkt hatte vermutlich niemanden besonders überrascht. Gleichzeitig stellte sie sich Petra Kessler neben ihm vor, deren Gewicht sie auf ein Drittel des seinen schätzte. Karl Kessler schnaufte angesichts der Hitze, und auf seiner Stirn, über der sich das schüttere Haar kräuselte, bildeten sich Schweißtropfen, die er mit einem Stofftaschentuch abtupfte. Gemeinsam betraten sie die mit weißem Marmorfußboden ausgestattete Halle, und Anna staunte beim Anblick des sicher an die achtzig Quadratmeter großen Wohnzimmers, das sich über zwei Ebenen erstreckte und an dessen Ende der Flügel stand. Das Haus war ohne Zweifel sehr geschmackvoll eingerichtet. Der mit hellen Naturschieferplatten ausgelegte Fußboden ließ den Raum riesig erscheinen. Die helle Sitzgruppe, der große Messing-Glas-Esstisch und die insgesamt eher reduzierte Einrichtung verliehen dem Ganzen allerdings etwas beinahe steril Unpersönliches. Anna ging auf den Flügel zu und strich vorsichtig über das edle schimmernde Holz, ohne auch nur den Hauch einer Ahnung zu haben, wie man einen Flügel begutachtete, geschweige denn, wie man darauf spielte. Sie hoffte, schnell Gelegenheit zu bekommen, mit Susanne Hölter zu sprechen.

»Ein wunderschöner Flügel«, sagte sie und fuhr mit den Fingern sanft über die Tasten.

»Ja, nicht wahr? Sie sind herzlich eingeladen, darauf zu spielen.«

»Spielen Sie auch?«

»Nein, ich verstehe nichts von Musik.«

Anna atmete auf. Sie konnte also einfach ein paar Tasten anschlagen, um sich den Anschein einer Kaufinteressentin zu geben, ohne dass Kessler sofort Verdacht schöpfen würde.

»Schöne Fotos!«, sagte sie und deutete auf die Silberrahmen auf der Fensterbank, die ebenso blank geputzt aussahen wie Petra Kessler selbst, die nahezu auf jedem der Fotos zu sehen war. Eines der Bilder zeigte sie auf einer Segeljacht. Daneben ein Mann, der Annas Gegenüber tatsächlich verblüffend glich.

»Ist der Flügel für Sie?« Karl Kessler hatte offenbar keine Lust, seine Zeit mit Smal Talk zu verschwenden. Annas in die Jahre gekommener fahrbarer Untersatz ließ ihn wohl auch daran zweifeln, dass sie sich einen Flügel leisten konnte, dessen Wert er beiläufig auf 50 000,– Euro bezifferte.

»Der Flügel ist für meine Nichte beziehungsweise meinen Onkel, wenn es um die Person geht, die ihn bezahlen soll«, sagte sie lächelnd.

»Verstehe.« Es läutete an der Tür, und kurz darauf trat eine gedrungene, schlicht gekleidete Frau mit einem jungen Mann in den Raum, dem ein Aston Martin optisch sicherlich wesentlich besser zu Gesicht stehen würde als seinem ursprünglichen Besitzer.

»Der Herr für den Aston Martin ist da«, sagte die Frau, deren Stimme Anna sofort als die der Haushälterin erkannte.

»Danke, Susanne.« Kessler reichte dem Mann die Hand, der sich, seinem Gesichtsausdruck nach zu urteilen, spontan lieber Anna als dem Aston Martin zugewandt hätte.

»Ich schlage vor, ich gehe mit dem Herrn nach draußen und kümmere mich um den Wagen, wenn Sie keine Einwände haben«, sagte Kessler an Anna gewandt.

Er wusste natürlich nicht, wie gelegen Anna die Aussicht kam, mit der Haushälterin allein zu sein.

»Überhaupt kein Problem«, sagte sie eilig. »Ich wende mich an Sie, wenn ich Fragen habe.«

»Frau Hölter leistet Ihnen so lange Gesellschaft.« Bereits im Hinausgehen begann er, den jungen Mann über die Vorzüge des Luxuswagens aufzuklären, der sich noch einmal mit einem entwaffnenden Lächeln nach Anna umsah.

Diese wandte sich allerdings sofort Susanne Hölter zu, der anzusehen war, wie sehr sie unter dem Tod ihres Chefs litt. Sie blickte Anna in einer Art und Weise an, die keinen Zweifel darüber zuließ, dass auch sie Anna erkannt hatte.

»Sie sind doch nicht wegen des Flügels hier?«, fragte sie und zog die Stirn in Falten.

»Nein, um ehrlich zu sein, wollte ich Sie sprechen. – Christoph Kessler sah seinem Bruder wirklich ähnlich.« Anna deutete auf das Bild, das ihn mit Petra Kessler zeigte.

»Ja«, seufzte die Haushälterin und mied es, Anna in die Augen zu sehen, »aber um das herauszufinden, sind Sie sicher nicht hier.«

»Nein – ich möchte wissen, was genau Sie vorhin am Telefon gemeint haben.«

Susanne Hölter blickte einen Moment aus dem Fenster, bevor sie antwortete: »Ich weiß nicht, ob es in Ordnung ist, wenn ich so etwas sage.«

»Wenn Sie was sagen?«

»Ich kann nichts beweisen, und vielleicht stimmt es ja auch nicht ...«

»Ja?«

Die Haushälterin nahm eines der Bilder von der Fensterbank und streckte es Anna entgegen. Es zeigte Christoph Kessler, der offenbar irgendwo in südlichen Gefilden an einem Hafenbecken stand. Er strahlte und streckte einen riesigen Fisch in die Höhe.

»So ein fröhlicher Mensch konnte er sein. Er war ganz anders als sie.« Sie ließ sich auf der Kante der Fensterbank nieder. »Es war merkwürdig. Ein paar Tage bevor er starb sagte er zu mir: Susanne, ich bin sehr dankbar, dass Sie hier in unserem Hause tätig sind. Bitte versprechen Sie mir, dass Sie bleiben werden. Ich habe ihn angesehen und gesagt: Aber Herr Kessler, ich will doch gar nicht fort.« Susanne Hölter blickte versonnen auf das Bild, als könne Christoph Kessler sie vielleicht doch noch hören.

»Ja?«, ermunterte Anna sie weiterzuerzählen und nahm auf dem kleinen Lederhocker am Flügel Platz.

»Dann sagte er: Meine Frau braucht Sie hier. Ja, sagte ich, Putzen ist nicht ihre Stärke, und wir haben gelacht, und dann wurde er ganz ernst und hat gesagt: Susanne, ich werde wohl nicht mehr lange hier wohnen, verstehen Sie?« Ihre Augen drohten sich abermals mit Tränen zu füllen. »Ich habe gesagt: Aber Herr Kessler, um Gottes willen, was ist denn los? Sie sehen ja ganz blass aus – das sah er wirklich, müssen Sie wissen. Er schien ganz mitgenommen und ...«

»Susanne!«

Frau Hölter schrak zusammen, als sie die Stimme von

Karl Kessler vernahm, der mit forschen Schritten ins Zimmer geeilt kam.

»Susanne, wo finde ich den Ordner mit den Fahrzeugunterlagen?«

»Ihre Schwägerin hat alle Papiere rausgelegt«, sagte sie, rieb sich rasch die Augen und stand hastig auf.

»Ja, ja, aber der Kaufvertrag von dem neuesten Wagen fehlt.«

»Welcher Vertrag?«

Karl Kessler wirkte ungeduldig.

»Mein Bruder hat den Wagen doch erst vor einem Jahr gekauft, oder? Der Käufer will den Vertrag sehen.«

»Wozu?«

»Wozu?« Karl Kessler klang jetzt ärgerlich. »Wenn jemand eine solch stattliche Summe für ein Luxusfahrzeug hinlegen soll, dann frage ich nicht, wozu. Wo ist der Ordner?«

Susanne Hölter zögerte. »Ich weiß nicht, ob es Frau Kessler recht ist, wenn ich an ihre Schränke gehe.«

»Seien Sie nicht albern, Susanne. Meinetwegen sagen Sie, ich hätte es getan. Ich suche einen Kfz-Ordner. Den wird sie nicht im Nachtschrank aufbewahren. Nun sehen Sie zu, dass Sie ihn finden. Ich gehe inzwischen wieder nach draußen. Sagen Sie mir Bescheid, wenn Sie den Ordner haben.«

Kessler wandte sich abrupt um und verließ den Raum.

»Der steht ja ganz schön unter Dampf«, bemerkte Anna.

»Für ihn ist das alles auch nicht leicht«, seufzte die Haushälterin. »Ich glaube, dass es ihm furchtbar schwerfällt, hier zu sein und überall seinen Bruder zu sehen. –

Der Ordner müsste im Büro sein. Ich hole ihn eben. Sie können inzwischen gern in der Küche warten und etwas trinken, wenn Sie wollen. Den Flügel müssen Sie ja wohl ohnehin nicht begutachten.«

»Nein«, sagte Anna und schritt neben der Haushälterin über den blanken Boden zurück in die Diele, von der die Küche abging.

»Ich kann Ihnen gleich einen Kaffee machen, wenn Sie jetzt schon einmal da sind.«

Anna nahm dankend an und folgte in die Küche, die mit ihren weiß lackierten Fronten und den Edelstahleinbauten ebenso steril aussah wie der Rest des Hauses.

»Die Küche passt zu Frau Kessler«, stellte Anna fest.

»Alles hier passt zu ihr«, bestätigte die Haushälterin. »Aber jetzt entschuldigen Sie mich bitte einen Moment.«

Anna betrachtete die peinliche Ordnung, in der die Küchengeräte auf der Arbeitsfläche aufgereiht standen, während die Haushälterin den gewünschten Ordner holen ging.

»Da ist er schon«, sagte sie, als sie kurz darauf wieder in die Küche kam. Susanne Hölter legte den sorgfältig beschrifteten Ordner auf dem Küchentresen ab, vor dem drei verchromte und mit weißem Leder bezogene Stühle standen, und begann sofort darin zu blättern. Schnell fand sie das gesuchte Dokument.

»Auf die Ordnung der beiden war immer schon Verlass«, sagte sie und nahm das Schriftstück heraus. »Ich bringe das eben Herrn Kessler. Ich bin jeden Moment zurück und mache Ihnen Ihren Kaffee.«

Anna setzte sich an den Tresen. Der Raum wirkte so

unpersönlich wie ein Ausstellungsraum in einem Nobelküchencenter. Künstlich, wie die Besitzerin des Hauses selbst, dacht sie. Es dauerte nicht lange, bis die Haushälterin abermals zurückkehrte. Anna kam umgehend auf den Grund ihres Besuches zurück.

»Haben Sie denn herausgefunden, warum Christoph Kessler wahrscheinlich ausziehen wollte?«

Die Haushälterin zuckte mit den Schultern. »Vor ein paar Jahren hatte er einmal eine Affäre. Frau Kessler hat damals einen Selbstmordversuch unternommen und ihn so wieder an sich gebunden. Ich weiß es natürlich nicht, aber vielleicht gab es in seinem Leben wieder jemanden.«

»Halten Sie es für möglich, dass Petra Kessler ihren Mann umgebracht hat?«

»Ich ... Es gibt keine Beweise dafür.«

»Aber welchen Grund sollte es denn überhaupt für Petra Kessler gegeben haben, ihren Mann und ihre Mutter umzubringen?«

Susanne Hölter zuckte mit den Schultern.

»Angenommen, sie hätte ihre Mutter tatsächlich umgebracht«, spekulierte Anna, »dann müsste sie in der Nacht vor deren Tod nach Lübeck und wieder zurück gefahren sein, richtig?«

»Ja.«

Anna richtete ihren Blick auf den Ordner mit den Fahrzeugunterlagen. Einer der Reiter war mit »Tankquittungen« beschriftet.

»Sie haben doch nichts dagegen, wenn ich mal reinschaue?«, fragte Anna und begann gleichzeitig in dem Ordner zu blättern.

»Schade!«, seufzte sie kurz darauf und schlug den Ordner enttäuscht wieder zu. »Es war wohl auch etwas naiv zu hoffen, dass Petra Kessler einfach einen Tankbeleg abgeheftet hat, der in der Mordnacht eine Fahrt von Berlin nach Lübeck dokumentiert.«

Anna trank einen Schluck von dem dampfenden Kaffee, den die Haushälterin vor sie hingestellt hatte, und sah die Frau einen Moment lang nachdenklich an.

»Das heißt ...! Wissen Sie, wo Frau Kessler ihre Kontoauszüge und Kreditkartenabrechnungen aufbewahrt und abheftet?«

Susanne Hölter war anzusehen, dass sie Anna nicht folgen konnte.

»Es ist nur eine Idee«, sagte Anna, »aber Kreditkartenabrechnungen und Kontoauszüge dokumentieren derartige Abbuchungen ziemlich deutlich.«

Die Haushälterin zögerte keine Sekunde. »Ich weiß, in welchem Schrank sie solche Unterlagen aufbewahrt.«

»Und haben Sie Zugang zu dem Schrank?«

»Na ja, sagen wir so, er ist normalerweise verschlossen.«

»Was heißt normalerweise? Sie wissen nicht zufällig, wo der Schlüssel ist, oder?«

»Was soll ich sagen«, Frau Hölter lächelte verlegen, »ich mache meine Arbeit gründlich. Könnte sein, dass ich eine leise Idee habe, wo er zu finden sein könnte.«

»Würden Sie ...?«

»Ich würde«, sagte die Haushälterin entschlossen und verließ mit entschlossenen Schritten die Küche.

43. KAPITEL

Sophie war aufgeregt. Anna hatte angerufen. Sie war auf dem Rückweg von Berlin nach Lübeck. Ihre Stimme hatte so hoffnungsvoll geklungen, dass Sophies Herz gleich einen Sprung machte. Anna hatte Hinweise, dass Jens vielleicht doch kein Mörder war. Sophie war voller Unruhe. Sie wollte irgendetwas tun und hatte entschieden, an der Besichtigung des Nachbarhauses teilzunehmen. Sich in die Höhle des Löwen zu begeben schien ihr besser, als untätig zu Hause herumzusitzen. Sie nahm Emily auf den Schoß und ließ sich von Annas Haushaltshilfe Theresa dabei helfen, die Stufe zum Haus von Frau Möbius zu überwinden. Nachdem sie Anna versprochen hatte, auf Emily achtzugeben, konnte sie sie unmöglich bei Theresa zurücklassen, gegenüber der die Kleine ohnehin ungewöhnlich stark fremdelte.

Der Makler, den sie schon etwa zwanzig Minuten zuvor am Haus der Nachbarin gesehen hatte, blickte das Trio gleichermaßen kritisch wie ratlos an, als er die Tür öffnete. Er entsprach mit seinen glatt gegelten Haaren und dem geschniegelten Anzug dem Prototyp eines Immobilienmaklers.

»Guten Tag – Sie sind?« Ganz offenbar forschte er in seinem Gedächtnis nach angemeldeten Bewerbern für das Haus und vermochte das Dreiergespann nicht einzuordnen.

»Wir sind nicht angemeldet. Wir sind Frau Kesslers Nachbarn«, sagte Sophie wahrheitsgemäß, bevor sie, ohne rot zu werden, hinzufügte: »Sie hat uns gesagt, dass wir uns das Haus gern heute mit ansehen können, wenn Sie die Besichtigung durchführen.«

Sophie bemühte sich, ihr freundlichstes Lächeln aufzusetzen. Dabei entging ihr nicht, dass es in dem Kopf ihres Gegenübers arbeitete. Wahrscheinlich fragte er sich, ob Sophie von Petra Kessler abgestellt worden war, um ihn zu überwachen, oder ob die Nachbarn tatsächlich ein Interesse an dem Haus angemeldet hatten.

»Na, dann kommen Sie mal rein und begeben sich schon einmal ins Wohnzimmer«, sagte er und klang dabei eher widerwillig. Er musterte Theresa zudem mit einem abschätzigen Blick, der Sophie ärgerte und sie bei anderer Gelegenheit veranlasst hätte, den Makler in ihrer jugendlichen Direktheit zurechtzuweisen. Im Moment aber war sie viel zu aufgeregt über das, was Anna ihr erzählt hatte. »Sie können ruhig wieder rübergehen, Theresa«, sagte Sophie bestimmt. »Ich bin hier ja nicht mit Emily allein.«

»Ja, machen Sie das ruhig«, stimmte der Makler zu. »Hier wird es sowieso gleich voll genug werden.«

Theresa wirkte unschlüssig.

»Aber Sophie, kommen Sie denn wirklich hier allein zurecht? Frau Lorenz hat gesagt, dass ich Ihnen helfen soll, auf Emily aufzupassen, solange sie nicht da ist, und ich habe es versprochen.«

»Es ist wirklich alles okay«, beruhigte sie Sophie. »Sie wissen doch, dass ich gerade mit Anna telefoniert habe. Außerdem müsste Georg jeden Moment kommen. Schicken Sie ihn einfach rüber, damit er Emily abholen kann. Eigentlich wollte er schon längst da sein.«

Theresa wirkte immer noch unsicher, verließ aber schließlich doch das Haus. Emily krabbelte begeistert von der unverhofften Abwechslung durch das Wohnzimmer, während der Makler nach und nach seine Kunden im Flur um sich versammelte und ihnen das alte Haus mit blumigen Worten anpries. Es verursachte in Sophie ein mulmiges Gefühl, zu wissen, dass in dem durchgesessenen Samtsessel, vor dem sie mit ihrem Rollstuhl stand, Frau Möbius gestorben war. Genau hier hatte sie leblos gelegen, während Jens sie bestohlen hatte. Sosehr Sophie Jens bedauert hatte, zu Unrecht eines Mordes verdächtigt zu werden, so sehr wurde ihr jetzt bewusst, wie groß dennoch das von ihm begangene Unrecht war. Während Sophies Blick über die dunklen Samtvorhänge und die Anrichte wanderte, wurde ihr schonungslos klar, dass sie sein Handeln zutiefst verurteilte. Wochenlang hatte sie nur die Tragik seiner Situation gesehen, weil man ihn ihrer festen Überzeugung nach fälschlich des Mordes verdächtigte, und dabei verdrängt, wie viel Kaltblütigkeit dazu gehört haben musste, eine Tote zu bestehlen. Sophie erschauderte und schrak dann zusammen, als mit lautem Krachen etwas zu Boden polterte. Sie wandte sich um und sah, dass Emily den Korb vor dem Kamin ausgekippt hatte.

»Nicht den Korb ausräumen«, schimpfte Sophie, als Emily begann, die Holzscheite herauszunehmen und auf dem Fußboden zu verteilen. Emily ließ von ihrem Vorhaben ab, wandte sich einem ebenfalls im Korb befindlichen Bündel fest verschnürter Zeitungen zu und begann, einzelne Papierfetzen abzureißen und auf dem Fußboden zu verstreuen.

»Das ist zum Feueranzünden und nicht zum Zerrupfen!«, tadelte Sophie, entschied sich allerdings, Emily gewähren zu lassen, da die Kaufinteressenten inzwischen das Wohnzimmer begutachteten und Emily so immerhin beschäftigt war und nicht zwischen den Beinen der Leute hindurchwuselte.

»Stellen Sie sich diesen Raum einmal vor, wenn die alten Vorhänge heruntergerissen sind und das Parkett von den staubigen bunten Persern befreit ist«, schwärmte der Makler, und Sophie hoffte, dass Frau Möbius ihn im Jenseits nicht hören konnte.

Sie musterte die drei jungen Paare, die sich für das Haus interessierten. Eine der jungen Frauen war schwanger und schien ganz verzückt von Emily zu sein, die weiterhin leidenschaftlich an dem Paket riss und dabei vor sich hin brabbelte. Offenbar erkannte die werdende Mutter in Emily bereits eine potenzielle Spielkameradin für ihren Nachwuchs und lachte herzlich über das Schlachtfeld, das Emily auf dem Fußboden anrichtete. Während die Kleine mit glühenden Wangen weitere Fetzen aus dem Paket riss, sammelte die Frau die Schnipsel auf und amüsierte sich sichtlich über Sophies vergebliche Bemühungen, Emily Einhalt zu gebieten. Als die Unordnung allzu groß wurde, nahm Sophie das Bündel schließlich auf den Schoß. Sie stutzte, als sie erkannte, dass es sich offenbar nur bei der äußeren

Hülle um Zeitungspapier handelte. Im Inneren des Stapels befanden sich Briefe und andere Papiere. Behutsam zog Sophie einen braunen Umschlag heraus. Er war an Frau Möbius adressiert und trug den Namen einer psychiatrischen Klinik im Absender.

Was hatte Anna doch gleich im Gespräch mit einer Nachbarin erfahren? Frau Kessler war als Kind psychisch krank gewesen. Mit klopfendem Herzen wartete Sophie, bis sich die Besuchergruppe in das Obergeschoss begeben hatte. Dann zog sie den gefalteten Inhalt des Umschlags heraus, strich ihn auf ihrem Schoß glatt und begann zu lesen:

Ergebnis der psychiatrischen Begutachtung von Petra Kessler 06.10.1988 ... Zur Eigen- und Fremdgefährdung der Probandin.

44. KAPITEL

Petra Kessler steuerte ihren Wagen zurück über die A1 in Richtung Lübeck, stöpselte ihre Freisprechanlage ein und wählte die Nummer des Maklers. Sie hatte nicht vor, diesem schmierigen Jungspund mit irgendwelchen Interessenten vor dem Haus in die Arme zu laufen, und wollte sichergehen, dass die Besichtigung inzwischen beendet war. Der Makler nahm das Gespräch bereits nach dem zweiten Klingeln entgegen. Er schien bester Laune zu sein, was Petra übel aufstieß. Im Geiste wälzte er wahrscheinlich schon Porschekataloge, um das leicht verdiente Geld wieder unter die Leute zu bringen, das er bei einem schnellen Verkauf sicher erwartete.

»Werte Frau Kessler, wunderbar, dass Sie gerade jetzt anrufen. Das nenne ich Gedankenübertragung. Ich wollte mich just bei Ihnen melden und Ihnen von der soeben durchgeführten Besichtigung berichten.«

»Na, dann berichten Sie mal«, sagte Petra Kessler betont gelassen und drehte ihr Radio noch ein wenig leiser. Sie hoffte, in Lübeck zu sein, bevor das große Gewitter losbrach, das bereits in den Nachrichten für den Abend angekündigt worden war.

»Das Haus wird ohne Zweifel gut zu verkaufen sein. Ich konnte bereits heute bei zwei der Besucher ernsthaftes Interesse wecken.« Petra verkniff es sich, darauf hinzuweisen, dass wohl eher das Haus als seine Arbeit Anlass für das geweckte Interesse sein dürfte. »Der einzige kleine Haken wird der Preis sein.« Er lachte auf.

»Der Preis ist immer der Haken«, erwiderte Petra Kessler. »Ich bin nicht bereit, wesentlich von meinen Vorstellungen abzuweichen.«

»Natürlich nicht, natürlich nicht«, sagte er in devotem Tonfall. »Ich kann Ihnen sicher in der kommenden Woche schon mehr sagen. Ich bin überzeugt, dass sich bereits innerhalb weniger Tage herauskristallisieren wird, ob bereits die erste Besichtigung heute zum Erfolg führen wird.«

»Gut.« Petra Kessler verließ die Autobahn. »Haben Sie den Schlüssel wie vereinbart auf der Terrasse unter der Blumenschale mit der Kamelie deponiert?«

»Nein, Ihre Nachbarin war so nett, sich anzubieten und den Schlüssel für Sie aufzubewahren, bis Sie zurück sind beziehungsweise bis noch ein Herr eintrifft, warten Sie ... Ich komme nicht auf den Namen, verdammt, ein Georg irgendwas.«

»Bitte?«

»Sie wissen schon, die junge Frau, die an der Besichtigung teilgenommen hat.«

»Ich habe nicht die geringste Ahnung, wovon Sie sprechen. Was fällt Ihnen ein, irgendjemandem meinen Schlüssel in die Hand zu drücken.« Petra hatte Mühe, ihre Wut im Zaum zu halten, und konnte die Unsicherheit des Maklers am anderen Ende der Leitung deutlich spüren.

»Na, die junge Frau im Rollstuhl!? Sie haben doch mit ihr gesprochen, oder? Es tut mir leid, wenn ...«

Petra musste einige tiefe Atemzüge nehmen, um ihre Unruhe zu unterdrücken. Was, zum Teufel, suchte die Göre in ihrem Haus? Auf der anderen Seite: Was sollte schon sein? Das Mädchen war nichts anderes als ein neugieriger, dummer Teenager.

»Natürlich«, sagte sie dann. »Das hatte ich fast vergessen. Sie hat den Schlüssel also mit rübergenommen, ja?«

»Das hatte sie jedenfalls vor. Sie wollte vorher nur noch das kleine Chaos beseitigen, das die Kleine angerichtet hat, die sie mitgebracht hatte.«

»Chaos, welches Chaos?«, fragte sie und rang sich ein Lachen ab, das allerdings ein wenig schrill geriet.

»Ach, ganz harmlos, nur ein paar Papierschnipsel. Das Kind hat mit dem Feuerholzkorb am Kamin gespielt. Nichts von Bedeutung …«

Petra legte auf, ohne sich zu verabschieden. Sie betätigte das Gaspedal und erhöhte das Tempo. Zehn Minuten, und sie wäre zu Hause. Zehn Minuten …!

45. KAPITEL

Anna hatte ihren Wagen kaum gestartet, als sie bereits zu ihrem Handy griff und die Freisprechanlage einschaltete. Sie musste Bendt sofort erzählen, was sie im Haus der Kesslers in Erfahrung gebracht hatte.

»Hallo, Anna, schön, dass du anrufst, ich ...«

»Weshalb betankt eine Frau am späten Abend – kurz nachdem ihr Mann gestorben ist – ihr Auto, und zwar auf einer Raststätte zwischen Berlin und Lübeck?« Annas Stimme überschlug sich fast.

»Wie bitte, wovon redest du?«

»Ben, ich glaube, Sophie hat recht. Vielleicht ist Asmus doch nicht der Mörder von Frau Möbius, sondern Petra Kessler.«

Anna war so aufgeregt, dass sie Mühe hatte, sich auf den Straßenverkehr zu konzentrieren. Sie holte kaum Luft, während sie erzählte: »Ich habe in Petra Kesslers Haus in Berlin einen Tankbeleg oder vielmehr eine Kreditkartenabrechnung gefunden, die belegt, dass sie in der Nacht, in der ihre Mutter gestorben ist, um zwei Uhr für 113 Euro mittels Kreditkarte eine Tankrechnung bezahlt hat. Der Mann von Petra Kessler ist keine vierundzwanzig Stunden vor Luise Möbius gestorben. Weißt du, was das bedeutet? Er hat angeblich einen Kollaps erlitten, der durch eine Fleischvergiftung verursacht wurde. Ihre Haushälterin, bei der ich gerade war, sagt aber, dass das Fleisch, das sie für ihn vorbereitet hatte, völlig in Ordnung war. Bendt, es ist möglich, dass Petra Kessler ihren Mann vergiftet und ...«

»Jetzt mal ganz langsam, damit ich auch mitkomme.« Bendts Stimme klang ungewohnt streng. »Verstehe ich das richtig, dass du gerade in Berlin warst und in unserem Mordfall ermittelt hast?«

»Was heißt ermitteln, nein ... Ich war nur in Berlin, also, ich musste mit der Haushälterin von der Kessler sprechen, weil ...«

Bendt polterte los, und Anna zuckte zusammen, als würde das angekündigte Unwetter schon jetzt auf ihren Wagen herabprasseln: »Verdammt, Anna, was bildest du dir eigentlich ein? Meinst du, du kannst einfach mal so losfahren und in einem Mordfall ermitteln? Hast du den Verstand verloren?«

»Also, nun beruhige dich mal!« Anna lenkte ihren Wagen auf die nächste Raststättenausfahrt und brachte ihn dort zum Stehen. Sie wollte sich auf das Telefonat konzentrieren. Dicke Gewitterwolken zogen sich bedrohlich am Himmel zusammen.

»Hast du jetzt ein Problem, weil ich in eure Zuständigkeiten eingreife? Nun sei doch bloß nicht so empfindlich, weil ...«

»Zuständigkeiten? Empfindlich? Darum, denkst du, geht es hier?« Er klang so wütend, dass Anna in ihrem Autositz ein Stückchen nach unten rutschte. »Hast du denn überhaupt rein gar nichts verstanden? Anna, du musst ein für alle Mal aufhören, auf eigene Faust loszuschlagen. Stell dir vor, dir wäre etwas zugestoßen und ...«

»Darum bist du also so sauer, weil du dir Sorgen gemacht hast«, sagte Anna kleinlaut. Gleichzeitig machte ihr Herz einen Sprung.

»Ja, verdammt, darum bin ich so sauer! Hier geht es nicht um Kompetenzen. Hier geht es darum, dass ich dich schon mal halb tot am Waldrand aufgesammelt habe, und das hat mir, wie du dich vielleicht erinnerst, gar nicht gefallen. Ich möchte deine Leiche nicht irgendwann aus einem gottverdammten Kellerloch oder aus der Ostsee fischen.«

»Klingt logisch für mich«, sagte Anna und biss sich auf die Lippe.

»Schön, dass du es immerhin einsiehst.« Bendt holte am anderen Ende der Leitung vernehmlich Luft. »Tu das nie wieder, hörst du? Und jetzt erzähl noch mal in Ruhe, was los war.«

Er unterbrach sie kein einziges Mal, während sie sprach.

»Warum also fährt eine Frau nach dem Tod ihres Mannes mitten in der Nacht in der Gegend herum und tankt ausgerechnet bei einer Tankstelle, die auf halber Strecke zwischen ihrem Wohnort und dem Haus ihrer Mutter liegt, und zwar um zwei Uhr nachts.«

»Das ist auf jeden Fall eine Frage, der wir nachgehen müssen. Was ich allerdings nicht verstehe, ist, dass diese Frau Hölter, wenn sie doch den Verdacht hatte, dass Petra Kessler ihren Mann und dann auch noch ihre Mutter umgebracht hat, nicht die Polizei eingeschaltet hat.«

»Das habe ich sie auch gefragt.«

»Ja, und?«

»Frau Hölter ist an dem Morgen nach Kesslers Tod in den Urlaub geflogen und hat erst zwei Wochen später – also nach ihrer Rückkehr – erfahren, dass er gestorben ist.«

»Na und? Dann hat sie doch wahrscheinlich auch erfahren, dass Luise Möbius tot war. Warum ist sie also nicht zur Polizei gegangen?«

»Christoph Kessler war zu der Zeit schon längst eingeäschert, und die Ärzte haben das Ausmaß der Vergiftung zuvor überhaupt nicht hinreichend überprüft. Ermittlungsansätze gab es also keine mehr. Als Frau Hölter dann bei der Polizei war und gesagt hat, Frau Kessler habe möglicherweise ihren Mann und ihre Mutter umgebracht, haben deine Berliner Kollegen in den Datensystemen geforscht, und da wird Petra Kessler als Anzeigeerstatterin wegen des Mordes an ihrer Mutter geführt, weil sie die Ermittlungen durch die Diebstahlsanzeige in Gang gebracht hat.«

»Verstehe, man hat Frau Hölter für eine Frau mit Hirngespinsten gehalten und es offenbar fahrlässig versäumt, den von Frau Hölter geäußerten Verdacht wenigstens an die Lübecker Polizei weiterzugeben.«

»Ja. Inzwischen war ja auch schon aus der Presse bekannt, dass Jens Asmus per Haftbefehl gesucht wurde, also dringend tatverdächtig war. Er hatte ein glasklares Motiv, Petra Kessler dagegen nicht.«

»Warum, um Himmels willen, arbeitet die Hölter überhaupt noch dort?«

»Keine Ahnung. Ich habe das Gefühl, sie fühlt sich Christoph Kessler gegenüber verantwortlich und kann ihn irgendwie nicht loslassen.«

»Wenn du recht hast und Petra Kessler tatsächlich die

Mörderin ihrer Mutter sein sollte, warum hat sie dann die Diebstähle angezeigt und so den Stein überhaupt erst ins Rollen gebracht?«

»Weil sie gar nicht damit gerechnet hat, dass sie sich durch eine Diebstahlsanzeige ins eigene Fleisch schneiden könnte. Nachdem ihre Mutter beerdigt war, war Petra Kessler sicher, dass niemand deren Tod mit den Diebstählen in Verbindung bringen würde. Warum auch? Sie konnte ja gar nicht wissen, dass die Sachen an dem Morgen gestohlen worden sind, als ihre Mutter aufgefunden wurde. Wahrscheinlich ging sie davon aus, dass alles schon viel eher abhandengekommen war.«

Bendt machte eine kleine Pause.

»Frau Staatsanwältin?«

»Ja.«

»Sie sind als Ermittlerin gar nicht mal so übel.«

»Ach.«

Beide lachten, dann wurde Bendt wieder sachlich. »Wir müssen auf jeden Fall sofort handeln. Videoüberwachungsbänder von der Tankstelle wird es für die fragliche Nacht vermutlich nicht mehr geben. Und der Beleg allein reicht noch nicht als Nachweis dafür aus, dass Petra Kessler die Fahrerin des Wagens war, der betankt wurde. Versuchen müssen wir es trotzdem. Außerdem brauchen wir Durchsuchungsbeschlüsse. Wann soll die Kessler denn zurück in Berlin sein?«

»Keine Ahnung. Ich bin nicht sicher, ob sie heute überhaupt noch nach Berlin wollte.«

»Wird ihre Haushälterin oder der Bruder von Christoph Kessler ihr sagen, dass du dort warst?«

»Ausgeschlossen. Karl Kessler weiß überhaupt nicht, wer ich bin, und die Hölter hält dicht. Die verrät kein Sterbenswort.«

»Gut, ich rufe gleich Braun an wegen der Anträge. Fragt sich jetzt nur noch, welches Motiv sie gehabt haben soll, ihren Mann und ihre Mutter zu töten.«

»Ich bin sicher, dass ihr das herauskriegen werdet, sofern der Verdacht zutrifft. Wie geht es übrigens deiner Hand?«

»Könnte besser sein. Vor allem aber hätte ich sehr viel mehr Ruhe und Freude an meiner Krankschreibung, wenn mich nicht so eine Staatsanwältin aus Lübeck ständig auf Trab halten würde.«

46. KAPITEL

Sophie las und las, und es dauerte eine Weile, bevor sie wirklich verstand, was die Briefe und Gutachten, die sie in Händen hielt, für Jens bedeuten konnten. Es fiel ihr schwer, Emily im Auge zu behalten, die vor der Anrichte im Wohnzimmer hockte und gerade eine der Schubladen ausräumte, in der sich die Tischwäsche befand. Es war Sophie im Moment völlig gleichgültig, dass Emily alles auf dem Boden ausbreitete. Hauptsache, sie war beschäftigt.

»Es gibt begründete Zweifel, Emily!«, rief sie plötzlich aus, als könne diese die Tragweite ihrer Äußerung verstehen. Sophie standen vor Glück die Tränen in den Augen. Ihr Fund war der Schlüssel zu Jens' Zellentür. Sie überflog die an Frau Möbius gerichteten Zeilen von Christoph Kessler wieder und wieder und vergaß darüber Raum und Zeit. Dieser Brief war nur wenige Wochen vor seinem Tod datiert worden:

Liebe Luise, stand darin, *ich hoffe, auch Du wirst mir irgendwann diesen Schritt verzeihen können, aber ich bin am Ende meiner Kraft und werde ihn gehen. Ich möchte mein Handeln nicht rechtfertigen, aber gerade Du wirst verstehen, wie sehr ich mich nach einem normaleren Leben sehne. Glaub mir, dass ich lange mit mir gerungen habe und große Angst habe vor diesem Schritt. Petra wird fraglos psychologische Hilfe benötigen, und ich werde Dr. Gomm benachrichtigen. Sie wird vermutlich versuchen, mich durch einen erneuten Suizidversuch zum Bleiben zu zwingen, aber diesmal wird es ihr nicht gelingen. Auch ich habe ein Recht auf ein normales Leben. Manchmal sieht sie mich an, als wüsste sie, dass ich sie verlassen werde. Wahrscheinlich klingt es verrückt, aber es gibt Momente, in denen ich nicht nur Angst um sie habe, sondern fürchte, sie könnte mir oder Corinna etwas antun ...*

Sophie hob den Kopf, als sie hörte, dass der Schlüssel im Schloss umgedreht wurde. Sie blickte auf die Uhr. Es war bereits fast drei. Eigentlich hätte Georg längst hier sein müssen. Innerlich fluchte sie, weil sie die Papiere nicht mitgenommen und in ihrem Zimmer gelesen hatte. Jetzt musste sie Petra Kessler gegenübertreten. Sie raffte die Papiere auf ihrem Schoß zusammen, schob sie hinter ihren Rücken und unter ihren Po und rollte dann zu Emily hinüber, um sie hochzuheben. Die Kleine entwischte ihr allerdings und versteckte sich hinter dem Sofa. Offenbar hatte sie ihren neuen Spielplatz lieb gewonnen. Sophies Herz klopfte wild, während sie Petra Kessler beobachtete, die mit forschen Schritten durch die Diele auf sie zueilte.

»Hallo, Frau Kessler«, sagte Sophie und bemühte sich, dabei unbefangen und fröhlich auszusehen.

Auch Petra lächelte sie an. Dennoch erkannte Sophie sofort, wie angespannt sie war.

»Sophie, was machen Sie denn hier?«, fragte Petra

Kessler und sah sich um. Um ihre Mundwinkel zuckte es, als ihr Blick den leeren Korb vor dem Kamin streifte. Sie räusperte sich und blickte Sophie aus kalten blauen Augen an. »Ich bin wirklich überrascht, Sie hier zu treffen.« Sie stieß ein nervöses Lachen aus. »Ich war der Meinung, das ist mein Haus. Was also haben Sie – oder sollte ich vielmehr sagen: was habt ihr – hier zu suchen?«

»Wir haben nur dem Makler Gesellschaft geleistet und ... und ich habe mir auch einfach mal das Haus angesehen. Sie wissen ja vielleicht, ich habe geerbt ...«

»So, so!« Petra Kessler ging zu der kleinen Emily hinüber, die hinter dem Sofa hervorkroch, und hob sie auf. Ihre Bewegungen wirkten hölzern.

»Oh, geben Sie mir Emily, Frau Kessler, ich gehe jetzt rüber.« Sie streckte ihre Arme nach Emily aus, die sofort heftig zu strampeln begann.

»Möchtest du ein Eis, Emily?«, flötete Petra Kessler. »Ich möchte wetten, du magst ein Eis.«

»Oh, das mag sie sicher, Frau Kessler, aber Anna wird damit nicht einverstanden sein.«

Das Wort Eis hatte auf Emily offenbar tatsächlich eine magische Wirkung. Sie hörte prompt auf zu strampeln und strahlte die Frau erwartungsvoll an.

»Gleich bekommst du ein Eis«, sagte Petra Kessler, ging aber nicht in Richtung Küche, sondern zum Kamin hinüber, auf dessen Sims eine Spieluhr mit filigranen Porzellanfiguren stand. Sie setzte Emily auf dem Boden ab, zog die Uhr mit spitzen Fingern auf und stellte sie vor das Kind auf das Parkett. Die Musik begann zu spielen, und Emily juchzte auf, schien alles um sich herum zu vergessen und blickte fasziniert auf die sich im Kreis und um die eigene Achse drehenden Porzellanpferdchen.

»Geben Sie ihr nicht die Uhr, die geht zu Bruch«, rief Sophie. Petra Kessler beachtete sie nicht, sondern schien für einen Moment versunken in den Anblick des kleinen Mädchens, das versuchte, sich ebenfalls im Kreis zu drehen, dabei immer wieder hinfiel, aufstand und es von Neuem versuchte.

»Nanu«, sagte Petra Kessler und deutete auf den Korb vor dem Kamin. »Wo ist das Papier? Womit soll ich denn ein Feuer machen?«

»Was für Papier?« Sophie bemühte sich, gleichgültig zu klingen. »Entschuldigung, aber wir müssen jetzt wirklich gehen. Komm, Emily, komm her, wir wollen zur Mama.«

Petra Kessler begann ein paar Scheite Holz in den Kamin zu werfen und griff nach dem Kaminbesteck.

Sophie tastete in ihrer Tasche unauffällig nach ihrem Handy, fand es dort aber nicht. »Wären Sie so nett und würden Anna anrufen und sagen, dass wir jetzt wieder nach drüben wollen? Sie wird uns sicher schon vermissen.«

»Wird sie das?« Petra ging in Richtung Terrasse und schloss die Tür. »Es wird gleich ein fürchterliches Gewitter geben«, sagte sie, bevor sie auch die Vorhänge zuzog und sich nun langsam Sophie näherte.

»Ich wäre wirklich dankbar, wenn Sie kurz nebenan anrufen könnten«, wiederholte Sophie mit matter Stimme.

»Das denke ich mir«, sagte Petra Kessler betont ruhig und baute sich vor Sophie auf. Das Lied der Spieluhr wurde immer langsamer und war schließlich kaum mehr als ein Leiern.

»Ich möchte nur vorher etwas haben, was mir gehört. Wo ist es?« Sie sah Sophie scharf an, und ihre Lippen bebten leicht. »Ich mag es überhaupt nicht, wenn man in meinen Sachen herumschnüffelt.«

»Was denn für Sachen?« Sophie wich mit dem Rollstuhl ein Stück zurück. »Ach, Sie meinen die Unordnung, die Emily mit den Tischdecken angerichtet hat? Das räume ich wieder auf.«

»Nicht nötig.« Petra Kesslers Stimme klang bedrohlich.

Sie beugte sich zu Sophie hinunter, sodass ihre Nasen sich fast berührten. Sophie roch ihr süßliches Parfüm und registrierte die kleinen Schweißperlen, die sich auf Petra Kesslers Stirn sammelten. Auch ihr war schrecklich heiß.

»Wo ist der Stapel Papier?« Petra Kessler deutete mit dem Schürhaken, den sie in der Hand hielt, zu dem leeren Korb.

»Papier? Ach, das alte Papier«, stotterte Sophie. »Wenn mich nicht alles täuscht, hat der Makler es draußen in die Tonne geworfen.«

»So, hat er das?«, zischte Petra, und ihre Augen zogen sich zu kleinen Schlitzen zusammen. Gleichzeitig griff sie hinter Sophies Rücken, zog mit einem Ruck einige der Papiere hervor und hielt sie ihr demonstrativ unter die Nase.

»Das gehört mir«, presste sie zwischen zusammengekniffenen Lippen hervor. »Verstehst du? Mir!« Sie schob Sophies Rücken unsanft nach vorn und forschte nach weiteren Papieren, die sie endlich unter Sophies Po hervorzog. Sie raffte alles zusammen, stieß sich am Griff von Sophies Rollstuhl ab und ging zurück zum Kamin. Dort machte sich Emily inzwischen an den Holzscheiten zu schaffen. Petra Kessler griff nach dem Anzünder, steckte ein Schriftstück in Brand und warf es in den Kamin. Dabei streifte sie fast Emilys Kopf.

»Seien Sie vorsichtig mit Emily«, schrie Sophie. »Sie verbrennt sich doch.« Petra Kessler erwiderte nichts, sie blickte nur versonnen auf die kleine, züngelnde Flamme, die die Holzscheite allerdings nicht zu entzünden vermochte, sondern träge in der Asche des Papiers erstickte. Emily klatschte begeistert in die Hände, als Petra einen weiteren Brief zur Hand nahm und auch diesen anzündete.

»Das können Sie nicht machen«, rief Sophie wütend. »Und es wird Ihnen auch nichts nützen. Ich habe das alles gelesen, und ich weiß, dass Sie Ihren Mann und Ihre Mutter umgebracht haben.«

Petra Kessler zuckte zusammen. »Weshalb sollte ich das tun? Das ist doch absurd.«

»Weil Ihr Mann Sie verlassen hat und in die Klapsmühle bringen wollte«, schrie Sophie.

»Das sind Hirngespinste eines verliebten Teenagers. Wer sollte dir diesen Blödsinn schon glauben.« Sie ließ ein weiteres Stück Papier in den Kamin gleiten. »Ich hätte das längst tun sollen. Wenn nur diese furchtbare Hitze nicht wäre.«

»Hören Sie auf damit!« Sophie war so wütend, dass sie jede Vernunft vergaß. Sie wollte Jens retten – um jeden Preis. Sie rollte auf Petra Kessler zu und versuchte, ihr den Anzünder aus der Hand zu reißen.

»Du neugieriges kleines Luder«, herrschte die Sophie an. »Was glaubst du eigentlich, wer du bist? Mach, dass du hier verschwindest mit deinen dummen Fantasien.«

»Fantasien? Sie glauben vielleicht, dass Sie ungeschoren davonkommen, aber das werden Sie nicht. Die sind

Ihnen längst auf der Spur. Anna war heute in Ihrem Haus in Berlin und hat mit Ihrer Haushälterin gesprochen. Sie werden nicht davonkommen, auch wenn Sie das hier verbrennen. Man wird mir glauben.« Es entstand eine Stille, die nur durch das leichte Donnergrollen am Himmel unterbrochen wurde. Petras Körper wirkte stocksteif, und sie sah Sophie in einer Art und Weise an, die Sophies Glieder gefrieren ließ. Dann begann plötzlich ihr ganzer Körper zu zittern. Sophies Blick fiel auf Petras Hand, die sich um den Schürhaken krampfte, und sie wusste, dass sie einen Fehler gemacht hatte.

»Was hast du da gesagt?«, keuchte Petra Kessler.

»Ich möchte nach Hause!« Sophie wich zurück. Ihre Augen suchten nach Emily, und sie entdeckte sie schließlich im Flur. Irgendetwas dort hatte offenbar die Aufmerksamkeit des Kindes erregt.

»Wir gehen jetzt einfach …«, stotterte sie. »Uns geht das ja auch alles gar nichts an. Vergessen Sie einfach, was ich gesagt habe. – Emily!«, rief sie erschrocken aus, als sie realisierte, dass diese gerade versuchte, im Flur die Treppe ins Obergeschoss zu erklimmen. Sie wollte ihr hinterher, doch Petra Kessler versperrte ihr den Weg.

»Holen Sie das Kind von der Treppe!«, flehte Sophie.

»Warum sollte ich das tun?«

»Reicht es Ihnen nicht, dass Sie Ihre Mutter auf dem Gewissen haben? Wollen Sie auch noch schuld sein, dass Emily zu Tode stürzt?«

Mit der Heftigkeit von Petras Reaktion hatte Sophie nicht gerechnet. Petra griff in die Speichen des Stuhls und kippte ihn mit Wucht zur Seite, sodass Sophie hinauskatapultiert wurde und mit der Stirn hart auf den Parkettboden aufschlug. Für einen kurzen Moment wurde ihr schwarz vor Augen. Die Angst hämmerte gleichermaßen wie der Schmerz in ihrem Kopf, als sie bemerkte, dass Petra langsam zum Kamin zurückging und wieder den Anzünder zur Hand nahm. In aller Seelenruhe begann sie, Papiere und Holzscheite in Brand zu setzen.

Sophie versuchte verzweifelt, ihren Rollstuhl wieder aufzurichten, und rief erfolglos nach Emily, die inzwischen offenbar tatsächlich die Treppe ins Obergeschoss hinaufgeklettert war.

Petra entzündete in ihrer Hand einen Stapel Briefe, betrachtete versunken das auflodernde Feuer und warf die Papiere dann in den Kamin, wo die Flamme langsam zu lodern begann. Die Hitze im Raum wurde unerträglich. Sophie schrak zusammen, als sie erneut den lauten Donner des herannahenden Gewitters vernahm. Obwohl es noch Tag war, konnte sie durch das Fenster über dem Sofa sehen, dass es draußen gespenstisch dunkel wurde.

Zu Sophies Verblüffung wirkte Petra Kessler plötzlich völlig ruhig. Auch ihre Wut schien verdampft zu sein, und ihr Blick erschien geradezu entrückt.

»Helfen Sie mir«, flehte Sophie sie an. »Oder holen Sie jedenfalls Emily, damit sie nicht die Treppe hinunterstürzt und sich das Genick bricht.«

»Warum glaubst du, dass sie hier unten sicherer aufgehoben wäre?«, fragte Petra Kessler und betrachtete scheinbar ungerührt Sophie, die hilflos auf dem Boden lag und vergebens versuchte, ihren Rollstuhl aufzurichten. Sie heizte das Feuer im Kamin weiter an und warf die Papiere Stück für Stück hinein. »Schön, nicht?«, sagte sie und blickte verzückt in die tanzenden Flammen. Erneut hielt sie einen Brief in der rechten Hand und zündete ihn an. Gleichzeitig suchte sie Sophies Blick.

»Welch ein tragischer Tag«, sagte sie dann und ließ das brennende Papier vor sich zu Boden fallen. Ihre Lippen, auf denen sich Schweißperlen gesammelt hatten, bebten leicht.

»Was zum Teufel machen Sie da?«, schrie Sophie und blickte auf das Häufchen verbrannter Asche auf dem Fußboden, in der das Feuer langsam verglomm. Ihr stockte der Atem, als Petra ein weiteres Blatt entzündete und es diesmal auf dem Perserteppich zu Boden fallen ließ. Das Papier erlosch auch dort und hinterließ lediglich einen untertassengroßen, übel riechenden Brandfleck. Petra schüttelte den Kopf, während sie wie selbstverständlich weiterzündelte und diesmal linksseitig des Kamins die Gardine in Brand steckte. Sie sah dabei völlig unbeteiligt aus. Sophie begann leise zu weinen.

»Wollen Sie uns alle umbringen?«, wimmerte sie hilflos. In welch schreckliche Lage hatte sie Emily und sich nur mit ihrem Gerede gebracht?

Die heißen Flammen krochen langsam an der Samtgardine empor und färbten das einst dunkle Rot schwarz.

»Georg oder Anna werden jeden Moment hier sein«, rief sie und spürte doch, dass sie nicht mehr zu Petra Kessler würde vordringen können.

»Ist es nicht eine Tragödie?«, sagte die ganz leise und lächelte. »Man sollte ein Kleinkind, einen elektrischen Feueranzünder und ein behindertes Mädchen wie dich doch wirklich nicht allein lassen.«

Sophie traf eine Entscheidung und robbte auf dem Bauch in Richtung Flur voran. Als sie kaum die Türschwelle erreicht hatte, war Petra mit einem Satz bei ihr. Sie stieß mit ihren spitzen Schuhen fast an Sophies Nase, als sie sich ihr in den Weg stellte.

»Nein, nein«, säuselte sie mit erhobenem Zeigefinger, als spreche sie mit einem Kleinkind. »Du bleibst schön hier.«

Sophie hörte voller Panik, wie das Feuer sich hinter ihr knisternd ausbreitete, und sie spürte, wie es ihr langsam die Luft zum Atmen nahm. Sie blickte nach oben in das schwitzende irre Gesicht der Frau, und ihr wurde bei dem Gedanken, sterben zu müssen, schwindelig. Sie betete zu Gott, dass Anna oder Georg auftauchen würden. Warum war sie bloß nicht wieder nach drüben gegangen? Und wo zum Teufel steckte Georg? Er hätte Emily doch längst abholen sollen. Warum schickte Theresa ihn nicht her? Wahrscheinlich hing er wieder in irgendeinem Termin fest. Sophie blickte auf Petra Kessler, die den Schürhaken fest umklammert hielt.

Sophie flehte und weinte, doch Petra sah nur ungerührt zu ihr hinunter. Sophie schien es, als verginge eine Ewigkeit, bis sie den Schürhaken hob und auf Sophies Kopf hinabsausen ließ. Sophie spürte den Schmerz, der ihren Körper durchzuckte, als er auf ihrem Hinterkopf aufschlug. »Emily«, war das Letzte, was sie sagen konnte, bevor sich das heiße Blut unter ihr auf dem Teppich ausbreitete. Sie hörte das Knistern der Flammen wie aus weiter Ferne, bevor sie mit dem Gesicht auf dem Boden aufschlug und es um sie herum dunkel wurde.

47. KAPITEL

Anna sah Georg die abgesperrte Straße hinaufrennen. Er keuchte, als er vor ihrem Haus ankam. Die Luft war stickig, und der beißende, heiße Rauch quoll pechschwarz aus den Fenstern des Nachbarhauses empor, während sich das bedrohliche Donnergrollen im Sirenengeheul und Stimmengewirr auf der Straße verlor.

»Sie sind nicht da«, rief Anna Georg entgegen, während sie zu ihm auf die Straße hinauslief. »Sie sind nicht da!«

Georg zog Anna auf die andere Straßenseite.

»Ich bin so froh, dass es nicht dein Haus ist, das brennt. Von Weitem dachte ich schon, dass ihr in Gefahr sein könntet.« Er drückte Anna an sich und merkte offenbar gar nicht, dass sie seine Erleichterung nicht teilte.

»Sophie und Emily sind verschwunden«, schluchzte Anna und blickte zum Himmel hinauf, aus dessen dunklen Wolken noch immer kein Tropfen Regen fiel. Immerhin hatten die Einsatzkräfte der beiden Löschzüge den Brandherd inzwischen offenbar so weit unter Kontrolle gebracht, dass ein Übergreifen des Feuers auf die Nachbarhäuser gebannt schien. Georg zog Anna über den Gehweg durch die Gruppe von Schaulustigen. Sophie und Emily waren nirgendwo zu entdecken.

»Sie werden irgendwo in der Nähe sein«, versuchte

Georg sie zu beruhigen, während er sich einen Weg bahnte. Hinter dem Absperrband hatten sich inzwischen zahlreiche Menschen versammelt. »Sophie und deine Putzfrau hatten wahrscheinlich Angst, das Feuer könnte auf dein Haus übergreifen, und haben sich in Sicherheit gebracht.«

»Was zum Teufel wollen die alle hier?« Anna war fassungslos, dass so viele Menschen die Arbeiten der Einsatzkräfte gänzlich unnötig durch ihre Schaulust erschwerten. »Das ist doch nicht zu fassen. Wo ist Emily bloß?« Anna suchte die Umgebung ab und lief gemeinsam mit Georg den Gehweg entlang. Endlich entdeckte sie ihre Haushaltshilfe Theresa, die, ein Geschirrtuch vor den Mund gepresst, einige Meter weiter rechts neben zahlreichen anderen Personen in der ersten Reihe am Absperrband stand und auf Frau Kesslers Haus starrte.

Georg packte Anna fester bei der Hand und erkämpfte sich entschlossen einen Weg nach vorn zu Theresa.

»Wo ist Emily?« Er musste schreien, um das Stimmengewirr zu übertönen. Theresa antwortete nicht, sondern blickte Georg nur aus angsterfüllten Augen an.

»Wo ist Emily, verdammt?« Georg ergriff die junge Frau bei den Schultern und zuckte zusammen, als Anna nahezu gleichzeitig einen Schrei ausstieß. Anna blickte fassungslos auf den schlaffen Körper, der gerade von zwei Feuerwehrmännern aus dem Haus nach draußen getragen wurde. Es dauerte eine Weile, bis die Erkenntnis zu ihrem Verstand vordrang, dass es wirklich Sophie war, die einige Meter entfernt vor einem der Feuerwehrwagen auf eine Bahre gelegt wurde. Sofort machten sich zwei Sanitäter daran, das Mädchen zu untersuchen und ihm eine Sauerstoffmaske über den Kopf zu streifen.

»Theresa«, brüllte Georg erneut, »was macht Sophie in dem Haus, und wo zum Teufel ist meine Tochter?«

Er hielt noch immer die Schultern der zierlichen Polin umklammert, die wie Espenlaub zitterte. Gleichzeitig füllten sich ihre Augen mit Tränen, und ihre Mundwinkel begannen zu zucken.

»Emily ist da drin!«, begriff Anna als Erste und schob sich an beiden vorbei unter dem Absperrband hindurch. Ein Feuerwehrmann versperrte ihr sofort den Weg. »Mein Kind ist da drin!«, schrie sie ihn verzweifelt an und versuchte sich aus der Umklammerung zu lösen. »Emily! Emily ist da drin!«, brüllte sie weinend und kämpfte nun auch gegen Georg, der sie von hinten festhielt.

»Du kannst da nicht rein, Anna, das Haus kann jeden Moment einstürzen.«

»Lasst mich los«, weinte sie, »lasst mich endlich los!«

Anna wand sich verzweifelt, bevor ihre Gegenwehr endlich nachließ. »Mein Kind ist da drin!«, wimmerte sie, bevor sie in Georgs Armen zusammensackte.

48. KAPITEL

Der Drogerieshop des Kaufhauses bot ein ganzes Arsenal an Haarfärbemitteln an. Petra ließ sich bei der Auswahl ihrer neuen Haarfarbe Zeit und entschied sich schließlich für den Farbton Kastanie. Sie zahlte an der Kasse und fuhr dann in das erste Obergeschoss, um sich nach der passenden Damenbekleidung umzusehen. Sie wählte zwei Jeans in Größe 36, zwei konservative T-Shirts mit Tierapplikationen auf der Brust und ein geblümtes Baumwollkleid irgendeines Billigherstellers. Schon der Gedanke daran, diesen grässlichen Fummel anziehen zu müssen, war ihr eine Qual. Sie zahlte die Ware mit ihrer Karte, obwohl sie soeben 20 000 Euro Bargeld bei ihrer Bank abgehoben hatte. Niemand sollte auf die Idee kommen, dass sie Hamburg an diesem Tag verlassen hatte.

»Ich habe alles richtig gemacht!«, versuchte sie sich zu beruhigen, während sie die Geschehnisse der letzten Stunden noch einmal Revue passieren ließ.

Sie ging fest davon aus, Sophie für immer zum Schweigen gebracht zu haben. Niemand wird auf die Idee kommen, dass ich für das Feuer verantwortlich bin, sprach sie sich Mut zu. Sie fühlte sich dennoch schrecklich nervös und griff erneut in ihre Handtasche. Das Beruhigungsmittel, das sie fand, schluckte sie ohne Wasser hinunter. Die

Tablette hinterließ einen bitteren Nachgeschmack und glitt nur langsam die Speiseröhre hinunter. Für den Fall, dass man ihr doch noch auf die Spur kommen sollte, wollte sie vorbereitet sein. Sie blickte auf die Uhr. Es war bereits nach sieben.

Sie verließ das Kaufhaus und ging eilig über den Jungfernstieg in Richtung Hanse-Viertel, wo sie ihren Wagen im Parkhaus abgestellt hatte. Es galt, jetzt möglichst schnell in das Hotel zurückzukehren, um am nächsten Tag mit einem neuen Äußeren pünktlich aufbrechen zu können. Petra legte ihre Einkäufe auf der Rückbank ab. Alles war in bester Ordnung. Unmittelbar nachdem sie eingestiegen war, schaltete sie ihr iPhone ein. Die Vielzahl der Anrufe in Abwesenheit überraschte sie wenig. Man wollte sie ganz offenbar über den Brand in ihrem Haus informieren.

Sie wählte die E-Mail-Funktion und schrieb:

Liebe Frau Lorenz,
ärgerlicherweise habe ich in der Hamburger Innenstadt mein iPhone verloren und bin deshalb im Moment telefonisch nicht erreichbar. Ich habe in Hamburg eine Freundin getroffen und mich entschlossen, spontan für ein paar Tage mit ihr wegzufahren. Seien Sie doch bitte so gut und schließen nebenan sorgfältig ab.

Herzliche Grüße und besten Dank,
Petra Kessler

Zufrieden betätigte sie den Sendeknopf. Offiziell wusste sie nichts von dem Brand, und angesichts des angeblichen Verlusts ihres Telefons würde sich auch niemand wundern, dass sie auf Mailbox-Nachrichten nicht reagierte. Sie lehnte sich für einen Augenblick zurück und schloss die Augen. Dann warf sie einen letzten prüfenden Blick auf das in Plastikfolie verschnürte Paket auf der Rückbank und startete den Motor.

49. KAPITEL

»Es gibt keinerlei Hinweis darauf, dass Emily im Haus ist«, berichtete Bendt Anna und Georg von seinem soeben mit dem Einsatzleiter der Feuerwehr geführten Gespräch. Anna saß, die Beine in eine Decke eingewickelt, auf einem Sessel und weinte vor Erleichterung.

»Ist es sicher, dass sie ... dass sie nicht ... verbrannt ist?«, fragte Georg, der hinter Anna stand, und ergriff ihre Hand.

»Die Feuerwehrleute sind sich absolut sicher«, bestätigte Bendt. »Das Haus wurde zwar stark verwüstet, es ist aber keineswegs ausgebrannt. Der Brand wurde früh genug entdeckt, um das zu verhindern.«

»Aber wo ist sie?«, schluchzte Anna und blickte hinaus in den Garten. Der heftige Gewitterregen prasselte gegen die Scheiben und tauchte die Welt in ein dunkles Grau. Nicht zu wissen, wo Emily in dem Unwetter da draußen war, brachte Anna fast um den Verstand. Ihre Verzweiflung und Angst waren so groß, dass sie daran zu ersticken glaubte. Nichts wünschte sie sich sehnlicher, als ihr Kind wieder in die Arme schließen zu können. Sie wusste, dass die Situation auch für Georg unerträglich war. Die Sorge um ihr Kind ließ sie zu einer Einheit zusammenwachsen, und Anna umklammerte dankbar seine Hand.

»Die Nachbarschaft wird bereits abgesucht«, berichtete Bendt, dem anzusehen war, wie sehr er sich wünschte, Anna helfen zu können. »Emily muss irgendwie aus dem Haus gekommen sein und …«

»Das macht doch überhaupt keinen Sinn«, unterbrach Georg Bendt. »Warum hat Sophie denn das Haus nicht zusammen mit dem Makler verlassen?«

»Wir müssen Emily suchen!«, sagte Anna schwach, wurde jedoch von Georg sanft in den Sessel zurückgedrückt, als sie aufstehen wollte. »Du bleibst jetzt erst einmal sitzen«, sagte er bestimmt. »Du wirst hier gebraucht, sobald man Emily gefunden hat.«

Anna leistete keinen Widerstand. Letztlich war ihr klar, dass sie im Hinblick auf die Menge an Beruhigungsmitteln, die sie eingenommen hatte, ohnehin jeden Moment zusammenzuklappen drohte.

»Es ist fast elf«, sagte Bendt. »Vielleicht ist sie irgendwo aufgefunden worden und längst in ein Kinderheim oder zur Polizei gebracht worden.« Seine Stimme klang wenig zuversichtlich.

»Was ist mit Sophie? Sie muss doch wissen, was mit Emily passiert ist«, sagte Anna verzweifelt.

»Die Kopfverletzung, die sie erlitten hat, ist sehr schwerwiegend«, berichtete Bendt. »Sie muss sehr unglücklich gefallen sein und ist noch nicht wieder bei Bewusstsein.«

»Was, wenn es kein Unfall war, Bendt? Was, wenn Petra Kessler die beiden im Haus angetroffen hat?«

Bendt ging zu Anna hinüber und kniete sich vor ihrem Sessel hin. Anna konnte ihm ansehen, dass auch er diese Möglichkeit längst in Betracht gezogen hatte.

»Dafür haben wir bisher keine Anhaltspunkte«, sagte Bendt und drückte Annas Hand, die bei dem Gedanken, ihr Kind könnte in der Hand einer Wahnsinnigen sein, erneut laut aufschluchzte. Bendt sah zu ihr auf. »Sobald Sophie aufwacht, werden wir sie befragen und dann hoffentlich mehr wissen.«

»Und wenn sie so schnell nicht aufwacht? O Gott, die arme Sophie! Wer garantiert uns, dass sie sich überhaupt an etwas erinnern wird?«, sagte Anna und musste erneut weinen. »Emily ist ganz allein irgendwo in dem Unwetter da draußen oder …« Ihre Stimme brach erneut.

»Ich finde sie, Anna«, versprach Bendt und ging zur Tür. »Ich finde sie.«

50. KAPITEL

Es war bereits drei Uhr nachts. Braun, der selbst Vater von zwei Töchtern war, konnte nur zu gut nachempfinden, welches Martyrium Anna und Georg gerade durchleiden mussten. Das Kind schien vom Erdboden verschluckt worden zu sein. Sein ausgewickeltes Schinkenbrot lag unberührt auf seinem Schreibtisch, der nur von dem Schein seiner alten, schmucklosen Metalllampe beleuchtet wurde. Es gab keine heiße Spur. Unmittelbar nachdem sich herausgestellt hatte, dass das Kind in dem Brandhaus gewesen sein musste, hatte man die »Soko Emily« gegründet. Um 17.00 Uhr hatten Suchtrupps begonnen, die Umgebung rund um Annas Haus abzusuchen. Man hatte die umliegenden Gärten durchforstet, Gartenteiche und Kellerschächte abgesucht – ohne Erfolg. In Annas Nachbarschaft hatte sich nach Bekanntwerden von Emilys Verschwinden eine Gruppe von Hilfswilligen zusammengefunden und ebenfalls eine Suchaktion gestartet. Keiner schien das Kind gesehen oder dessen Verschwinden bemerkt zu haben. Braun ließ sich in seinen Schreibtischstuhl zurückfallen und rieb sich die Augen. Wo, zum Teufel, war dieses Mädchen?

Er hielt es für weitestgehend ausgeschlossen, dass ein Kind von anderthalb Jahren, das gerade mal laufen konnte, sich unbemerkt und allein weiter als zweihundert Meter vom Brandhaus entfernt haben konnte. Seine Unruhe wuchs stündlich. Je mehr Zeit verging, umso größer wurde seine Sorge. Mit einer Aussage von Sophie war in den kommenden zwanzig Stunden nicht zu rechnen. Man hatte sie in ein künstliches Koma versetzt. Ihr Zustand war kritisch. Man konnte nur beten, dass die Schwellung ihres Gehirns zurückging. Dabei war derzeit gänzlich unklar, ob Sophie sich überhaupt an das Geschehen erinnern konnte.

Braun war derart in seine Gedanken vertieft, dass er aufschrak, als Bendt in sein Büro polterte.

Tiefe Ringe unter seinen Augen waren Zeugnis der Besorgnis, die den jungen Kollegen offenbar niederdrückte. Braun kannte ihn lange genug, um zu wissen, dass dieser Fall für Bendt weit mehr bedeutete als beruflichen Alltag.

»Ich habe diesen Makler gefunden«, berichtete Bendt und lief mit verschränkten Armen vor Brauns Schreibtisch auf und ab. »Nachdem wir ihn telefonisch nicht erreichen konnten, habe ich so lange vor seiner Tür gestanden, bis er endlich vor einer halben Stunde von seiner Zechtour nach Hause gekommen ist.«

Braun zog erwartungsvoll die Augenbrauen hoch.

»Petra Kessler! Wir müssen diese Frau sofort finden!«, sagte Bendt und stützte sich auf Brauns Schreibtisch. »Anna hatte recht! Ich bin inzwischen sicher, dass Emily bei ihr ist.« Er stieß sich wieder am Schreibtisch ab und stand keine Sekunde still, während er von dem Telefonat des Maklers mit Petra Kessler berichtete.

»Der Makler hat der Kessler offenbar am Telefon gesagt, dass Sophie und Emily im Haus sind. Sie war gerade auf dem Weg dorthin.«

»Verdammter Mist.« Braun raufte sich die Haare. »Was kann passiert sein, als sie Sophie im Haus vorgefunden hat?«

»Ich weiß es nicht. Vielleicht hat Sophie in dem Haus herumgeschnüffelt und irgendetwas gefunden, was die Kessler weiter belastet hat.«

»Wenn Petra Kessler tatsächlich ihren Mann und ihre Mutter umgebracht hat, warum, zum Teufel, soll sie dann das Kind mitgenommen haben?«

»Ich weiß es nicht!«, brüllte Bendt und schlug mit der Faust gegen das Fenster, zu dem er hinübergegangen war. Dann ließ er seinen müden Kopf gegen das kühle Glas fallen. »Ich weiß es doch auch nicht«, wiederholte er leise.

51. KAPITEL

Petra blickte erschöpft auf ihre Rolex. Sie lag auf die Seite gerollt auf dem Bett ihres Hotelzimmers und strich zärtlich über die Stirn des kleinen Mädchens, das endlich wieder neben ihr eingeschlafen war. Das kleine Gesicht, an dem die von Tränen und Schweiß nassen Löckchen klebten, sah aus wie das eines Engels. Das Unwetter war über Hamburg hinweggezogen, und so war es hier auch in dieser Nacht wieder sehr heiß. Das kleine Hotel lag an einer Hauptverkehrsstraße, und der Lärm der vorbeifahrenden Autos drang dumpf durch das halb geöffnete Fenster. Je länger Petra neben dem kleinen Mädchen lag und es betrachtete, desto mehr gewann sie die Überzeugung, dass das Kind ihr glich.

»Du bist mein kleiner Schatz, das Einzige, was ich habe«, flüsterte sie. Längst bereute sie ihre Entscheidung, nicht sofort nach Liechtenstein aufgebrochen zu sein. Sie musste so schnell wie möglich an ihr Geld kommen, musste für sich und Emily Papiere besorgen und würde dann nach Südamerika aufbrechen, um dort ein neues Leben zu beginnen. Nur, dass sie nicht die leiseste Ahnung hatte, wie sie das alles anstellen sollte. Sie war furchtbar erschöpft. Ein Kleinkind dabeizuhaben hatte sie sich bei Weitem nicht so schwer vorgestellt. Das Kind hatte eine gefühlte Ewigkeit geschrien, nachdem die Wirkung des Beruhigungsmittels nachgelassen hatte. Zuvor hatte sie von nachmittags bis um ein Uhr nachts geschlafen, und Petra hatte schon fast Angst gehabt, sie würde überhaupt nicht mehr zu sich kommen. Dann war sie endlich aufgewacht und hatte plötzlich angefangen zu schreien, sich auf den Boden geworfen und war nicht mehr zu beruhigen gewesen. Als Petra gesagt hatte, dass ihre Mama nie mehr wiederkomme, wenn sie nicht still sei, war es nur noch schlimmer geworden, und Petra hatte alle Mühe gehabt, den ungehaltenen Bewohner des Nachbarzimmers ihres Hotels zu besänftigen. Jetzt hatte sie endlich wieder Ruhe.

Allerdings musste sie bei der Dosierung der Medikamente, die ja eigentlich nur für sie bestimmt waren, überaus vorsichtig sein.

Petra griff erneut nach dem Milchfläschchen, das sie, während Emily im Auto schlief, in einem Babymarkt gekauft hatte. Emily trank, den Kopf zur Seite geneigt, ohne ihre Augen auch nur einen Spalt zu öffnen.

»Trink, mein kleiner Engel, trink«, säuselte Petra und dachte, wie friedlich sie war und wie einfach es in diesem Moment schien, ein Kind zu haben.

»Schlaf, mein kleiner Schatz!«, hauchte sie liebevoll. »Versprich mir, dass du mich morgen nicht wieder so anschreist.«

Emily tat im Schlaf einen tiefen Seufzer.

»So bist du lieb«, flüsterte Petra. »Du musst immer lieb zu mir sein, hörst du?«

Auch sie wollte einen Moment lang schlafen. Doch wann immer sie ihre Augen schloss, tauchte das Gesicht ihres Vaters vor ihr auf. Sie fand es sonderbar, dass sie ihn sah. Es war ihr nicht gelungen, die Schatten der Vergangenheit zu vertreiben. Sie dachte an die Nacht zurück, als ihr Mann gestorben war. Sie hatte gewusst, dass das Fleisch, das sie in Sojasoße eingelegt und für ihn gebraten hatte, nicht ganz in Ordnung gewesen war. Aber damit gerechnet, dass er sterben würde, hatte sie nicht. Sie hatte ihm nur eine Magenverstimmung gegönnt. Sie hatte ihm vieles gegönnt, seit sie herausgefunden hatte, dass er über Jahre hinweg ein Doppelleben geführt hatte. Und dann hatte sie ihn aus dem Arbeitszimmer um Hilfe rufen hören. Sie war hinuntergegangen und hatte ihn erblickt, wie er über den Teppich kroch und stöhnte, und sie hatte sich dem Gefühl der Überlegenheit hingegeben, die es ihr verlieh, ihn leiden zu sehen. Sie hatte einfach nur dagestanden, und plötzlich war er zusammengesackt und hatte keinen Laut mehr von sich gegeben. Er hatte es nicht anders verdient. Nachdem man ihn weggebracht hatte, hatte sie im Schein der Schreibtischlampe auf seinem Stuhl gesessen und den Brief gelesen, an dem er offensichtlich kurz zuvor noch geschrieben hatte, und ihr war klar geworden, dass ihre Mutter von seiner Liaison gewusst, ja sie angeblich sogar verstanden hatte. Er hatte ganz rege mit ihr korrespondiert, und sie war unsagbar wütend gewesen, nachdem sie die Briefe gelesen hatte, die ihre Mutter ihm geschrieben und die sie im Schreibtisch gefunden hatte. Sie hatte die ersten Zeilen des Briefes überflogen, und ihre Beine hatten sich vor Entsetzen ganz taub angefühlt. Ihre Mutter war also seine Verbündete gewesen. Ihren Kontakt hatte er von dem Moment an gesucht, von dem er meinte,

Petra werde unbequem und gehöre in eine Klinik. Ihre Mutter hatte Christoph bestätigt in seiner Einschätzung, ihre Tochter sei krank. Petra hatte zum Telefonhörer gegriffen und ihre Mutter zur Rede stellen wollen. Sie hatte ihr mitteilen wollen, welche Demütigung es für sie bedeutete, dass sie hinter ihrem Rücken mit ihrem Mann korrespondiert hatte. Aber sie war nicht dazu gekommen. Als sie ihrer Mutter gesagt hatte, dass Christoph tot sei, hatte die sofort gefragt: »Was hast du ihm angetan, Petra?« Sie hatte gar nicht in Betracht gezogen, dass es ein Unfall gewesen sein könnte. In diesem Moment hatte Petra gewusst, dass es zu handeln galt. Sie hatte sie zum Schweigen bringen müssen! Andernfalls hätte ihre Mutter die Welt glauben gemacht, dass Petra seinen Tod zu verantworten hatte. Und wie sie es schon bei ihrem Vater geplant hatte, hätte sie auch bei ihr keine Skrupel gehabt, sie für den Rest ihres Lebens in ein Irrenhaus zu stecken.

Petra erschauderte noch heute bei dem Gedanken an die Nacht, in der sie ihn im Gartenhaus gefunden hatte. Sie war überzeugt davon, dass der Freitod auch für sie die einzige Möglichkeit gewesen wäre, einer Einweisung in eine Klinik zu entgehen. Selten war sie sich sicherer als in diesem Moment, richtig gehandelt zu haben, als sie sich gegen das Leben ihrer Mutter und damit für sich selbst entschieden hatte.

52. KAPITEL

Braun musste sich zusammenreißen, um nicht mit quietschenden Reifen vor dem Hotel vorzufahren. Er brachte den Wagen auf dem hinteren Parkplatz des kleinen Vertreterhotels im Hamburger Stadtteil Wandsbek zum Stehen. Selten war er mit seinem behäbigen Körper so schnell aus einem Wagen gesprungen wie in dieser Nacht. Die Einsatzkräfte hatten ihm bereits per Funk mitgeteilt, dass das Hotel umstellt war.

An der Rezeption wurden Bendt und er bereits von einer kleinen, rundlichen Dame erwartet. Ihre Wangen glühten vor Aufregung.

»Ich hoffe, dass ich Sie nicht umsonst hierherbemühe«, sagte sie statt einer Begrüßung und nahm den Generalschlüssel aus dem Schlüsselkasten.

»Es ist absolut richtig, dass Sie uns angerufen haben«, sagte Braun und folgte der Frau über den Flur.

»Ich mein' ja nur«, kam die Frau auf das Telefonat zu sprechen, das sie eine knappe Stunde zuvor mit Kommissar Braun geführt hatte. »Welche Mutter färbt sich schon mitten in der Nacht die Haare, während ihr krankes Kind von Fieberkrämpfen geschüttelt wird?« Sie führte die Männer über den Innenhof zu dem kleinen Anbau, in dem ein Teil der Zimmer untergebracht war.

»Es ist ja nicht so, dass ich nicht auch erlebt hätte, wie Kinder brüllen können, wenn sie nicht gesund sind. Ich kann auch absolut verstehen, dass man sich dann etwas zum Essen aufs Zimmer bestellt. Mir dann aber die Zimmertür mit einer Plastikhaube auf dem Kopf zu öffnen und zu sagen, man färbe sich gerade die Haare, ist mehr als schräg.« Die Frau schüttelte bei der Erinnerung an ihre Begegnung mit Petra Kessler den Kopf. »Keine Mutter, die Ihnen sagt, ihr Kind sei schwer krank und habe Fieberkrämpfe, fängt in aller Ruhe an, sich die Haare zu färben.«

»Haben Sie das Kind gesehen?«, fragte Bendt. »In welchem Zustand war das Mädchen?«

»Schwer zu sagen«, antwortete die Frau, während sie den Anbau betraten. »Als die beiden bei uns eingecheckt haben, hat das Kind in seinem Maxi-Cosi geschlafen. Und ach ja, das war auch komisch. An dem Autositz hing noch ein Preisschild. Ich meine, welche Mutter kauft für ein so großes Kind noch einen neuen Autositz, den es höchstens noch ein paar Wochen benutzen kann?«

Sie gingen die Treppe in den ersten Stock hinauf.

»Jetzt ist alles ruhig. Vorhin konnte man die Kleine schon unten an der Tür brüllen hören. Der Vertreter aus Zimmer vierzehn hat vielleicht ein Theater gemacht wegen des Lärms.«

Bendt hielt seinen Zeigefinger vor seine Lippen, woraufhin die Frau sofort verstummte. Im Flur brannte nur schwaches Licht.

Braun hielt sein Ohr an die Tür und gab Bendt dann mit einem Schulterzucken zu verstehen, dass nichts zu hören war.

»Vielleicht schlafen beide«, sagte er und begann dann vernehmlich mit dem Handballen anzuklopfen. Es blieb weiterhin still.

Jetzt klopfte er energischer.

»Frau Möller«, rief er den Namen, unter dem Petra Kessler im Hotel eingecheckt hatte. »Öffnen Sie bitte die Tür. Mein Name ist Kommissar Braun, ich habe einige Fragen an Sie.«

Als sich im Inneren des Raumes erneut nichts tat, bat Braun die Rezeptionistin, die Tür zu öffnen.

Bendt trat zuerst ein und schaltete das Licht an. Er erkannte den Gegenstand, der auf dem Bett lag, sofort.

»Emilys Stoffhase!«, sagte er und nahm das Plüschtier an sich, das neben dem Zimmerschlüssel auf dem gemachten Bett abgelegt war. Braun lief derweil hastig ins Badezimmer, das er ebenfalls leer vorfand. Einer Eingebung folgend warf er einen Blick in den kleinen Alu-Mülleimer unter dem Waschbecken und zog einige Fetzen Pappe hervor. Petra Kesslers Aufbruch war offenbar sehr überstürzt gewesen; zumindest hatte sie sich keine Zeit mehr zum Aufräumen genommen.

»Wir sind zu spät gekommen!«, fluchte er in sein Polizeifunkgerät. »Die Leute können abziehen«, gab er an den Einsatzleiter der Hamburger Kollegen weiter. »Ach, und übrigens, Frau Kessler ist jetzt brünett.«

Zurück im Kommissariat, schlichen die Stunden nur so dahin. Braun hatte sich kaum Schlaf gegönnt und hielt sich mit literweise starkem Kaffee aufrecht. Er blickte auf, als Bendt in sein Büro trat.

»Sophies Zustand ist weiterhin kritisch«, berichtete dieser von seinem soeben geführten Telefonat mit der Klinik und ließ sich Braun gegenüber auf einen Stuhl fallen. »Wir werden sie bis auf Weiteres nicht vernehmen können.«

Braun seufzte, er war erschöpft. Es wäre eine Frage von Stunden, bevor der Haftbefehl gegen Asmus aufgehoben werden müsste. Der im Schließfach am Hamburger Hauptbahnhof aufgefundene Schlüssel hatte erwartungsgemäß in das Türschloss des Brandhauses gepasst, und inzwischen galt Petra Kessler aufgrund der neuen Ermittlungsergebnisse als dringend tatverdächtig. Der gegen Asmus verbleibende Verdacht des Diebstahls und der fahrlässigen Körperverletzung zulasten Bendts rechtfertigte nicht das Fortbestehen der Untersuchungshaft, nachdem Asmus insoweit geständig war und er zudem einen festen Wohnsitz hatte.

»Mist, verdammt!«, fluchte Braun. »Sobald publik gemacht wird, dass der Mordverdacht gegen Asmus fallen gelassen wurde und er auf freiem Fuß ist, kann Petra Kessler zwei und zwei zusammenzählen und weiß, dass wir ihr auf den Fersen sind. Es wird nur eine Frage der Zeit sein, wann die Presse davon Wind bekommt und Asmus seine Nase in die erstbeste Kamera hält.«

Ihnen beiden war klar, dass es vermutlich keine vierundzwanzig Stunden dauern würde, bevor die Medien über sie herfielen, weil man Petra Kessler erst sehr spät ins Visier genommen hatte. Aber das war Braun in diesem Moment gleichgültig. Er hatte sich längst daran gewöhnt, Kritik an sich abprallen zu lassen. Er stand auf und goss ihnen Kaffee ein. Man konnte nur hoffen, dass die Fahndung nach Petra Kessler zeitnah zum Erfolg führen würde. Ihr Berliner Haus stand ebenso unter Beobachtung wie die Überreste vom Haus ihrer Mutter.

»Flughäfen und Bahnhöfe sind gesichert, und bundesweit wird auf den Straßen nach Petra Kesslers Wagen Ausschau gehalten. Zudem sind Bilder von Emily in allen großen Zeitungen und in den Nachrichten gezeigt worden«, sprach er seinem Kollegen und sich selbst Mut zu.

Bendt lehnte sich in seinem Stuhl zurück und schloss einen Moment lang die Augen.

»Wir müssen sie finden«, sagte er. »Was immer diese Frau mit dem Kind vorhat – wir müssen sie finden.«

53. KAPITEL

Petra lenkte ihren Wagen über die regennasse, glitschige Straße. Ihre Augenlider wurden immer schwerer, und ihr Bedürfnis nach Schlaf schien übermächtig. Ihre Nerven lagen blank, und trotz der Müdigkeit war sie schrecklich aufgewühlt. Sie zwang sich, sich auf die Straße zu konzentrieren, und versuchte, die einschläfernde Wirkung der auf der Scheibe hin und her rudernden Scheibenwischer zu ignorieren. Sie hatte das Gelddepot, das ihr Mann in einer Liechtensteiner Bank angelegt hatte, immer mit einer gewissen Skepsis betrachtet. Nun war sie froh, dass es die Million außerhalb des Zugriffs der deutschen Behörden auf dem geheimen Konto gab. Sie musste das Geld holen und fliehen, bevor die Welt erfuhr, dass man sie suchte. Es strengte sie furchtbar an, den Wagen durch die Serpentinen der Gebirgslandschaft zu manövrieren. Rechts und links der Strecke ragten dunkle Tannen empor. Schaudernd dachte sie an die Sekunden zurück, in denen sie hinter einer Säule des Hotels in der Lobby gestanden und zitternd das Telefongespräch der Rezeptionistin mit der Polizei belauscht hatte. Sie hatte ihr Zimmer nur zufällig verlassen, um eine Tasche aus dem Auto zu holen, und war angesichts des Gesprächsinhalts gezwungen gewesen, sofort zu fliehen.

Sie betrachtete ihr Gesicht im Rückspiegel und bemerkte die dicken schwarzen Ränder unter ihren Augen. Kein Wunder, nach allem, was sie durchgemacht hatte. Sie stutzte, als sie ein Fahrzeug der Gendarmerie herannahen sah. Es schloss dicht zu ihrem Wagen auf, und sie erhöhte das Tempo. Der Fahrer des Wagens hinter ihr tat es ihr gleich und setzte den Blinker, um zum Überholvorgang auszuscheren. Petras Müdigkeit war binnen des Bruchteils einer Sekunde verflogen. Gleichzeitig fühlte sie, wie ihre Schläfen zu pochen begannen und die Angst ihren Nacken emporkroch.

Die Fahrbahn war eng und rechts und links durch Leitplanken begrenzt. Es schien keine Chance für sie zu geben, auf dieser Strecke zu entkommen. Petra schrak zusammen, als ein entgegenkommendes Fahrzeug so eng an ihr vorbeischoss, dass ihr Seitenspiegel um ein Haar abgerissen worden wäre. Sie beschleunigte erneut. Im Fahrzeug hinter ihr ertönte schrill die Polizeisirene, die in ihrem Kopf ebenso schmerzte, wie Emilys Babygebrüll in der vergangenen Nacht es getan hatte. Jetzt war es still auf der Rückbank, und Petra hatte keine einzige Beruhigungstablette mehr. Sie trat weiter auf das Gaspedal. Ihre Angst peitschte sie voran, während der Regen gegen die Scheiben klatschte und die Tannen wie im Zeitraffer an ihrem Fenster vorbeisausten. Die engen Kurven und die hohe Geschwindigkeit lösten ein Schwindelgefühl bei ihr aus, das zu ihrer eigenen Verblüffung eine geradezu befreiende Wirkung zu haben schien. Die Entfernung zum Wagen hinter ihr vergrößerte sich um einige Meter, und der Gedanke, ihren Verfolger bezwingen zu können, beflügelte sie. Zum ersten Mal in ihrem Leben fühlte sie sich kühn. Sie gab sich völlig dem Rausch der Geschwindigkeit hin. Die Konturen der Bäume entlang der Fahrbahn wurden zu einer grünen Wand, während sie die Serpentinen entlangraste. Der Abstand vergrößerte sich, während sie den steilen Abhang links der Fahrbahn auf sich zuschnellen sah. Als der Wagen die Leitplanke durchbrach und in die Tiefe stürzte, schloss Petra die Augen. Sie sah ihren Vater. Er lächelte ihr zu.

54. KAPITEL

Anna saß neben Beate an Sophies Krankenbett. Zwei Mütter, die gemeinsam um das Leben ihrer Töchter bangten, deren Schicksale auf so tragische Weise miteinander verbunden waren. Anna streichelte über Sophies Hand und lauschte dem rhythmischen Gleichklang des Beatmungsgerätes, das Sophie über einen Tubus mit Sauerstoff versorgte. Sie achtete darauf, nicht die Braunüle auf Sophies Hand zu berühren, die ihren Körper mit einem der unzähligen Schläuche verband. Sophies Gesicht war angeschwollen, und ein dicker Verband auf ihrem Kopf verband die Platzwunde, die sie von dem Schlag davongetragen hatte. Beate, die sofort aus Frankreich angereist war und jetzt neben Anna saß, weinte leise und hielt einen Becher Tee umklammert. Die kommenden Stunden sollten über Sophies Schicksal entscheiden. Anna konnte nur allzu gut nachempfinden, durch welche Hölle Beate gerade ging. Ihr war klar, dass Sophies Mutter die gleiche Verlustangst empfand wie sie. Wenn Emily nur noch am Leben war! Sie fühlte sich, als sei sie in den vergangenen vierundzwanzig Stunden um Jahre gealtert, und wusste, dass sie keine Minute länger würde leben wollen, wenn Emily etwas zugestoßen wäre. Anna nippte an ihrem Tee. Georg saß hinter der Glaswand des Zimmers auf dem Flur der Intensivstation, und wann immer Anna zu ihm hinübersah, lächelte er ihr aufmunternd zu. Sie wusste, dass er ebenso sehr litt wie sie, und trotzdem versuchte er, ihr Zuversicht und Kraft zu schenken und ihr Mut zu machen. Nie war sie ihm so dankbar gewesen und nie hatte sie sich ihm so nah gefühlt wie in diesen Stunden, in denen sie gemeinsam um ihr Kind bangten. Er hatte ihr nicht den geringsten Vorwurf gemacht, weil sie Emily und Sophie allein gelassen hatte. Im Gegenteil, er hatte versucht, ihre Selbstvorwürfe zu zerstreuen und sie zu trösten. Sie wird ihr nichts antun, hatte Georg ihr in der Nacht immer wieder zugeflüstert, die sie eng aneinandergeschmiegt auf Annas Sofa verbracht hatten. Wenn sie sie hätte töten wollen, hätte sie sie nicht mitgenommen. Mit diesem Gedanken hielt sich auch Anna aufrecht. Es gab Augenblicke, in denen sie sicher war, dass Emily jeden Moment durch die Tür getapst kommen würde, und wieder andere, in denen die Angst, sie nie wiederzusehen, sie fast wahnsinnig machte.

Georg, dem Emily so verblüffend glich, schien kurz eingenickt zu sein. Jetzt blickte er auf, als habe er gespürt, dass Annas Augen auf ihm ruhten. Er sah zerzaust und müde aus. Sie empfand in diesem Moment, in dem sie einander zulächelten, eine so tiefe Zuneigung für ihn wie nie zuvor.

55. KAPITEL

Der Regen war stärker geworden. Polizeiinspektor Zöllner stieg fröstelnd in das Fahrzeug der Gendarmerie und griff nach seinem Funkgerät. Das Regenwasser hatte seine Uniformjacke durchnässt und rann kalt seinen Nacken hinunter. Er hatte Mühe, seinen Standort durchzugeben und seinem Kollegen auf der Wache klarzumachen, was genau passiert war. Der Wagen vor ihm war plötzlich von der Fahrbahn abgekommen, hatte die Leitplanke durchbrochen und war den Abhang hinuntergerauscht. Das Geschehene erschien Zöllner fast unwirklich. Er lehnte sich in seinem Wagen zurück, nahm eine Zigarette aus der Schachtel vom Armaturenbrett und rauchte sie in tiefen Zügen. Der Rettungshubschrauber war bereits unterwegs. Für ihn gab es in diesem Moment nichts zu tun, als abzuwarten. Es war unmöglich, den Abhang ungesichert hinunterzuklettern.

Endlich hörte er die Rotorgeräusche des sich nähernden Hubschraubers. Er vermutete bereits jetzt, was später traurige Gewissheit werden würde: Niemand dort unten in dem Autowrack hatte den Unfall überlebt.

56. KAPITEL

Jens Asmus stand dicht an die Wand gepresst neben der offenen Tür am Eingang des Schwesternzimmers und horchte. Offenbar hantierte jemand an der Spüle herum. Er warf einen schnellen Blick hinein, erkannte, dass niemand am Küchentisch saß, und huschte vorbei.

Leise schlich er voran, bis er Sophies Zimmer erreichte. Der Raum war stark abgedunkelt. Er trat an das Bett und setzte sich am Kopfende auf einen Stuhl. Es zerriss ihm das Herz, Sophie an diesen Schläuchen und Geräten angeschlossen zu sehen. Er betete, dass ihn hier so schnell niemand entdecken würde. Vorsichtig strich er über Sophies Hand, in der noch immer eine Braunüle steckte.

»Ich musste dich sehen«, flüsterte er, als könne sie ihn hören. Sie schien ganz friedlich zu schlafen, und ihr Atem ging gleichmäßig und ruhig. Eine ganze Weile saß er dort und betrachtete sie. Ihr Kopf war leicht zur Seite in seine Richtung geneigt, und er bildete sich ein, sie würde ihn anlächeln. Trotz der Dunkelheit waren die veilchenblauen Blutergüsse rund um ihre Nase zu erkennen. Er musste in Erfahrung bringen, ob sie noch immer in Lebensgefahr schwebte. Ganz sanft streichelte er über ihre Stirn und ihre Arme, hauchte ihr ihren Namen ins Ohr, doch sie reagierte nicht.

»Ich bin wieder frei und habe mit einem Anwalt gesprochen«, begann er zu erzählen. »Er sagt, dass ich Glück habe, weil ich erst einundzwanzig bin. Er sagt, dass man mich nach Jugendrecht verurteilen wird.«

Er rückte etwas näher an Sophies Bett heran.

»Ich werde wohl nicht ins Gefängnis müssen, Sophie. Ist das nicht toll? Vielleicht bekomme ich eine Jugendstrafe mit Bewährung. Ich werde auch eine Therapie machen wegen der Spielsucht. Ich will versuchen, alles zu ändern, Sophie. Es wird wahrscheinlich noch einmal einen ganz schönen Presserummel geben. Ich habe eine Scheißangst davor.«

Jens Asmus schwieg eine Weile und ließ seinen Kopf in seine Hände fallen. »Ich weiß nicht, wie ich dir danken soll, dass du die ganze Zeit an mich geglaubt hast, weißt du. Du bist der erste Mensch, der wirklich zu mir gehalten hat. Es tut mir so leid, dass ich dich in diese ganze Sache mit reingezogen habe. Bitte stirb jetzt nicht, Sophie.« Dann begann er bitterlich zu weinen.

57. KAPITEL

Sophie schlug die Augen auf. Sie brauchte einen Moment, um zu realisieren, dass sie in einem Krankenbett lag. Beate lächelte sie an, und Sophie empfand ein unendliches Glücksgefühl, ihre Mutter neben sich zu wissen. Also hatte sie nicht geträumt, als sie vor wenigen Stunden das erste Mal zu sich gekommen war und Beate neben ihr gesessen hatte. Noch gelang es ihr nicht recht, ihre Gedanken zu ordnen. Die Tage seit ihrer Rückkehr aus Frankreich schienen aus ihrem Gedächtnis ausgelöscht worden zu sein. Sophie fühlte sich, als würde sie die Welt durch einen dichten Schleier wahrnehmen.

»Habe ich lange geschlafen?«

Sie hatte Mühe zu sprechen, denn ihre Kehle war von dem inzwischen entfernten Tubus ganz wund.

»Eine Zeit lang«, flüsterte Beate und griff nach einem Trinkbecher, als hätte sie erraten, wie trocken Sophies Kehle sich anfühlte. Sophie ließ es zu, dass Beate ihren Kopf stützte, während sie mühsam ein paar Schlucke Wasser trank. Noch immer drehte sich alles in ihrem Kopf, und selbst die kleinste Bewegung strengte sie an und schmerzte.

Erschöpft ließ sie sich wieder zurück auf das Kissen sinken.

»Wie spät ist es?«

»Fast drei Uhr nachts.«

»Warum bin ich hier?«

Beate schien einen Moment zu zögern, bevor sie antwortete.

»Du hast eine schwere Kopfverletzung erlitten und leidest im Moment an einer partiellen Amnesie. Das alles ist aber jetzt ganz unwichtig. Wichtig ist, dass du dich ausruhst und erholst und schnell wieder gesund wirst.«

»Mama?«

»Ja?«

Sophie schluckte, denn sie hatte Beate das erste Mal, seit sie vier Jahre alt war, wieder so genannt. »Ich bin froh, dass du da bist.«

Beate stiegen die Tränen in die Augen, und sie küsste Sophies Hand.

»Glaub mir, mein Kleines, ich bin auch froh, hier zu sein, und ich werde ab jetzt immer für dich da sein, wann immer du mich brauchst.«

Beide umarmten einander innig und mussten kurz darauf lachen, als Beate vernehmlich in ein Taschentuch schnäuzte.

Es kostete Sophie Mühe zu sprechen, aber sie hatte das Bedürfnis, so vieles zu sagen.

»Ich ... Jens ... Ich habe alles falsch gemacht, ich ...«

»Dein Freund war hier, Sophie. Er hat an deinem Bett gesessen.«

»Wieso hier?« Sophie war ganz verwirrt. »Er ist doch im Gefängnis, er ...«

»Man hat den Mordverdacht gegen ihn fallen lassen, Sophie.«

In Sophies Kopf schwirrte alles durcheinander, und ihr wurde schwindelig. Gleichzeitig spürte sie, wie groß ihre Erschöpfung war und dass sie gegen ihren Willen wieder einzuschlafen drohte.

»Ich versteh nicht – ich bin so müde.«

»Es wird alles gut, Sophie. Ich glaube, dass ihm wirklich an dir liegt. Er hat sich hier reingeschlichen, und ich muss gestehen, dass ich ihn belauscht habe. Er hat sehr große Fehler gemacht, Sophie, aber ich glaube, er liebt dich.«

»Mama.«

»Ja.«

»Ich weiß nicht, warum, aber ich habe geträumt, dass ich in Frau Möbius' Haus bin und vor ihrem Sessel stehe ... Er hat sie bestohlen, und er wollte, dass ich dich bestehle ... Ich weiß nicht, ob ich zu ihm zurückkann und ... Ich bin so müde.«

»Du hast alle Zeit der Welt, Sophie. Versuche, wieder ein bisschen zu schlafen.«

Sophie hielt Beates Hand ganz fest.

»Bist du noch da, wenn ich wieder aufwache?«

»Natürlich bin ich da, Sophie. Für alle Zeit. Ich weiß, es ist der falsche Zeitpunkt, um darüber zu sprechen, aber ich möchte dich gern so schnell wie möglich wieder mit nach Frankreich nehmen, wenn du mich lässt. Wir haben so vieles nachzuholen, und du wirst eine Weile brauchen, bevor du wieder richtig gesund bist.«

Sophie sah ihre Mutter an, und in diesem Moment schien es ihr, als sei sie wieder ein kleines Mädchen.

»Ich habe dich vermisst, Mama«, flüsterte sie und fiel dann in einen ruhigen Schlaf.

58. KAPITEL

Anna schluchzte, während sie in Emilys Zimmer ihre kleinen Hemdchen und Hosen zusammenlegte. Immer wieder sah sie auf die Uhr. Die Zeit schien stillzustehen. Jede weitere Minute der quälenden Ungewissheit verlängerte ihr Martyrium. Die guten Nachrichten, die sie aus dem Krankenhaus über Sophies Gesundheitszustand erhalten hatte, waren nur für Sekunden geeignet gewesen, die Gedanken an Emily zu verdrängen. Hier im Kinderzimmer war die Angst vor ihrem Verlust wieder allgegenwärtig. Georg hatte ihr eigentlich verboten, nach oben zu gehen. Bevor er gegangen war, um ein paar Sachen aus seiner Wohnung zu holen, hatte er sie im Wohnzimmer auf das Sofa verfrachtet und den Fernseher eingeschaltet, um ihr ein wenig Ablenkung zu verschaffen. Anna hätte nicht einmal sagen können, ob dort ein Film oder eine Talkshow lief, als sie aufgestanden und nach oben gegangen war.

Im Kinderzimmer fühlte sie sich Emily am nächsten, wenn auch der Schmerz sie beim Anblick ihrer Spielsachen, der Kleider und Plüschtiere fast erstickte. Der Gedanke, Emily nie wieder in ihrem Gitterbettchen unter dem rosa-weiß karierten Betthimmel einschlafen zu sehen, war unerträglich. Anna strich über das kleine Kopfkissen mit dem goldenen Krönchen, auf dem Emilys Name eingestickt war, und wünschte sich verzweifelt, ihre warme, weiche Hand halten zu dürfen, während sie darauf einschlief.

Der Weinkrampf überfiel Anna so heftig, dass sie sich mit Emilys Teddybär im Arm auf den Fußboden sinken ließ, sich dort zusammenkauerte und hemmungslos schluchzte. Ihr Krampf löste sich erst, als es unten an der Tür Sturm klingelte. Für einige Sekunden war sie wie gelähmt, und ihre Beine zitterten, als sie schließlich die Treppe hinunter in den Flur stolperte. Ihr wurde fast schwarz vor Augen, als sie Bendt hinter der Milchglasscheibe erkannte. Anna riss die Tür auf und musste ihn nur ansehen, um zu wissen, dass er Neuigkeiten mitbrachte. Er trug Emilys Stoffhasen in der Hand, den er in dem Hotel in Hamburg gefunden hatte, in dem Petra Kessler mit Emily abgestiegen war.

»Wir haben Emily, Anna. Es geht ihr gut.«

Anna stieß einen Schrei der Erleichterung aus und spürte gleichzeitig, dass ihre Beine unter ihr zusammensackten wie die einer Marionette. Bendt fing sie auf und ließ sich mit ihr auf die Knie sinken, während er sie in den Armen hielt und sie ihren Freudentränen freien Lauf ließ.

»Wo …? Wie …?«, war das Einzige, was sie hervorbringen konnte.

»Es geht ihr gut«, wiederholte Bendt, der ebenfalls sichtlich bewegt war. Er nahm Annas Gesicht in seine Hände, strich ihr die tränennassen Haare aus dem Gesicht und küsste ihre Wangen und ihre Stirn.

»Petra Kessler hat Emily auf einer Raststätte in Friedrichshafen zurückgelassen, kurz bevor sie nach Liechtenstein aufgebrochen und verunglückt ist.«

»Warum …? Wo ist Emily jetzt?«

»Warum sie Emily zurückgelassen hat, werden wir wahrscheinlich nie erfahren. Auf jeden Fall ist Emily in Begleitung eines Psychologen und fliegt heute noch nach Hamburg. Georg wurde von Braun schon informiert. Wir holen ihn gleich ab, und ich fahre euch dann zum Flughafen nach Hamburg. Ihr solltet im Moment beide nicht hinter einem Steuer sitzen.« Bendt sah Anna an. »Keine zwei Stunden, Anna, und du kannst sie wieder in den Arm nehmen.«

Anna konnte ihr Glück kaum fassen. Gleichzeitig sorgte sie sich um Emily und hoffte inständig, dass ihre kleine Seele bei alldem keinen Schaden genommen hatte.

»Was heißt, es geht ihr gut? In welcher Verfassung war sie, als man sie gefunden hat? Was hat die Frau mit ihr gemacht und …«

»Langsam, eins nach dem anderen.« Bendt lächelte und hielt Annas Hände fest in seinen. »Emily ist, nachdem man sie gefunden hatte, in einer Klinik in Friedrichshafen untersucht worden. Offenbar hat Petra Kessler ihr starke Beruhigungsmittel gegeben …«

»O Gott.« Anna schlug die Hände vors Gesicht.

»… die nach Angaben der Ärzte keinen Schaden angerichtet haben. Als man dann herausgefunden hatte, wer sie ist, hat man umgehend ihre Rückreise vorbereitet. Braun wurde, kurz bevor ich hier angekommen bin, informiert und hat mich sofort angerufen. Ich war gerade zur Staatsanwaltschaft in die Travemünder Allee unterwegs und damit direkt bei dir um die Ecke.«

Er sah ihr in die Augen.

»Du weißt nicht, wie froh ich bin, dir diese Nachricht überbringen zu können.«

Bendt stand auf und half auch Anna wieder hoch, die langsam ihre Fassung zurückerlangte. Trotzdem fühlte sie sich ganz benommen und wackelig auf den Beinen.

»Ich bin so dankbar«, seufzte sie und fiel Bendt um den Hals, der sie ein Stück hochhob und an sich zog. »Danke«, flüsterte sie noch einmal.

»Wir müssen los«, sagte Bendt, »wenn ich auch gern noch stundenlang hier so mit dir stehen bleiben würde.«

Sie lachten beide.

»Ich hole eine Jacke für Emily«, sagte Anna, konnte sich aber nicht abwenden, weil er sie an der Hand zurückhielt.

»Einen Moment noch. Wenn das alles überstanden ist und wir ganz sicher sind, dass es Emily gut geht, bestehe ich auf das versprochene Essen, verstanden?«

»Verstanden«, sagte Anna und lief hinauf in Emilys Zimmer. Ich habe mein Kind wieder, dachte sie überglücklich, mein Kind und mein Leben.

DANKSAGUNG

Ich danke meinem Schwiegervater, der das Manuskript zu diesem Buch trotz schwerer Krankheit mit Enthusiasmus und in gewohnt hoher Qualität redigiert hat.

Ein großes Dankeschön auch an die Lektorin Anja Franzen vom Diana Verlag für Inspiration und viele Ideen, die dem Roman noch einmal eine neue Richtung gegeben und die Geschichte bereichert haben.

Vielen Dank an meine Freundinnen – vor allem Gitta – für ihr Verständnis dafür, dass ich mich im Jahr der Erstellung des Manuskriptes kaum habe blicken lassen und die mich trotzdem nicht vergessen haben. Meiner Freundin Barbara Gereke vielen Dank fürs Gegenlesen und für ihre Freundschaft.

Außerdem danke ich meinem Agenten Dirk Meynecke für die Auswahl des Diana Verlages, ohne die ich auf die engagierte Unterstützung der Pressereferentin Julia Jerosch und Veranstaltungsplanerin Doris Schuck verzichten müsste.

Der größte Dank gebührt auch bei diesem Buch meiner Familie, vor allem meinem wunderbaren Mann Kai: Du bist dafür verantwortlich, dass unsere großartigen Kinder mich an Tagen, an denen ich am Schreibtisch sitze, nicht vermissen.

QUELLENNACHWEIS

S. 33: in: Ludwig Reiners, *Der ewige Brunnen. Ein Handbuch deutscher Dichtung*, Verlag C.H. Beck, Illustrierte Sonderausgabe auf der Grundlage der zweiten, durchgearbeiteten und erweiterten Ausgabe 1959/2000, S. 57